Franziska Franz

# Blutzeilen

Franziska Franz

# Blutzeilen

Ein Frankfurt-Krimi

edition krimi
Frankfurt-Krimi

**Franz, Franziska: Blutzeilen. Ein Frankfurt-Krimi. Hamburg, edition krimi 2022**

2. Auflage 2022
ISBN: 978-3-948972-50-9

Dieses Buch ist auch als ePub erhältlich und kann über den Handel oder den Verlag bezogen werden.
ePub-ISBN: 978-3-948972-51-6

Lektorat: Angellika Bünzel, Friedrichsdorf
Korrektorat: Annika Gebhardt, Frankfurt am Main
Satz: DocAlign GmbH, Berlin
Umschlaggestaltung: © Annelie Lamers, edition krimi
Umschlagmotiv: Skyline © sebastian-pociecha / pexels.com, Zettel © Demianastur / stock.adobe.com, Struktur © pixabay.com

Bibliografische Information der Deutschen Nationalbibliothek: Die Deutsche Nationalbibliothek verzeichnet diese Publikation in der Deutschen Nationalbibliografie; detaillierte bibliografische Daten sind im Internet über https://dnb.d-nb.de abrufbar.

Die edition krimi ist ein Imprint der Bedey und Thoms Media GmbH, Hermannstal 119k, 22119 Hamburg.
https://www.bedey-thoms.de

---


Gedruckt in Deutschland

# Prolog

Die erste Obduzentin Doktor Gesine Walther stand neben ihrer Kollegin am Seziertisch des Instituts für Rechtsmedizin und blickte auf den Toten. »Der arme Mann muss höllische Qualen erlitten haben, beinah alle Zehen wurden abgefressen und ein Teil der Fingerkuppen fehlt ebenfalls. Ich habe schon viel gesehen, aber das hier macht mich sprachlos.«

Doktor Leiss, die zweite Obduzentin, nickte. »Das Labor hat eindeutig Rattenbisse bestätigt. Die haben ihn bei lebendigem Leibe angefressen.«

»Dennoch ist er nicht an einer Blutvergiftung gestorben, sondern an stumpfer Gewalt. Der Täter hätte nicht brutaler vorgehen können.«

# 1

*Freitag, 30. Juni 2018, Zoltan Német*

Zoltan Német war niedergeschlagen, als er das Büro seines Agenten Klaus Heimann in der Ginnheimer Landstraße verließ.

»Dieses Jahr gewinnt Mikkels den Krimipreis, jede Wette«, hatte Heimann prophezeit. Mike Mikkels war der neue Stern am Autorenhimmel. Zehn Jahre jünger als Zoltan und »alles, was Mikkels schreibt, wird zu Gold«, stand neulich in der Frankfurter Allgemeinen Zeitung. Das wurmte Zoltan, der den Neuen noch nicht persönlich kennengelernt hatte und auch keinen besonderen Wert darauflegte. Am eigenen Ego kratzte eine solche Behauptung schon. Er tröstete sich mit dem Gedanken, dass sich die wenigsten Autoren lange auf der Überholspur befanden, bevor es mit dem nächsten Buch bergab ging und keine Zeitung mehr über den neuen Star berichtete. Denn der Erfolgsdruck war enorm, wenn man einmal einen Bestseller rausgehauen hatte. Zoltan wusste allzu gut, wovon er sprach, hatte er sich doch über zwanzig Jahre gequält, bis zum großen Wurf. Seitdem lief es spektakulär. Mehrere Fernsehsender hatten Interviews mit ihm ausgestrahlt und die Presse war ihm stets wohlgesonnen. Doch vor etwa einem Jahr war dieser junge Schnösel aufgetaucht. Zoltan hatte dessen Bücher quergelesen und war das Gefühl nicht losgeworden, dass dieser Jüngling ihn kopierte. Die Themen waren ähnlich. Ein bisschen Psycho, ein bisschen Öko und Politik durfte auch nicht fehlen. Nein, so ohne weiteres würde er sich seinen Platz nicht streitig machen lassen. Aber insgeheim musste er zugeben, dass der Junge begabt war.

Immer wieder dachte Zoltan an die Jahre zurück, in denen nichts gelingen wollte. »Der Text ist recht nett, passt aber nicht in unser Programm.« Oder: »Sie sind begabt, bleiben Sie dran. Wir wünschen Ihnen viel Erfolg bei der weiteren Verlagssuche.« Diese und ähnlich übliche Floskeln bekam er zu hören. Das ging Jahre so. Erstaunlich, dass er nie aufgegeben hatte. Lag wohl an der Energie, die man in jungen Jahren hat. Er glaubte an sich, und was eklatant wichtig war, seine Frau glaubte an ihn. Sie hatte ihn stets angespornt, weiterzumachen, damals. Hätte er sie vor drei Jahren nur nicht gehenlassen.

»Der Ruhm hat dich zu einem anderen Menschen gemacht«, hatte sie behauptet. »Du bist arrogant und unausstehlich geworden.« Ja, das waren ihre Worte gewesen, bevor sie zurückgegangen war in ihre Heimat Stuttgart. Etliche Male hatte er sie gebeten, zu ihm zurückzukehren. Vergeblich. Inzwischen war ein neuer Mann in ihr Leben getreten. Umso mehr bedeutete Zoltan seine Arbeit. Wenngleich er zugeben musste, dass sie in vielen Dingen, seinen Charakter betreffend, durchaus nicht im Unrecht war.

Dieser Glückspilz Mikkels war viel zu jung, um es auf Dauer mit ihm aufzunehmen. Denn gutes Schreiben erforderte Erfahrung. Das war zumindest Zoltans Meinung. Seine Anfänge waren bescheiden. Erst eine Kurzgeschichte in einem kleinen Verlag, erneut etliche Absagen, immer wieder von vorne anfangen. Und dann plötzlich sein »Sechser im Lotto«. Der Durchbruch war ihm damals wie ein Traum erschienen. Seit 2012 hatte er regelmäßig Preise für außergewöhnliche Krimis gewonnen. Seit 2015 schrieb er unter dem Pseudonym: Will Buck. Zoltan war bereits 43 Jahre alt. Mit seinem blonden Haar hätte er durchaus als Schwede durchgehen können, nicht unbedingt als Ungar, der er gebürtig war. Aufgewachsen jedoch war er in Frankfurt als Sohn eines Arztes und sprach kaum mehr als zehn Worte in seiner Muttersprache. Da sein Name nicht international klang, hatte ihm sein Agent zu einem Pseudonym geraten. Natürlich zu einem englischen, wer konnte schon einen ungarischen Namen aussprechen. Seine Bücher verkauften sich seit Jahren in diversen Sprachen und einige Krimis wurden verfilmt. Seit kurzem verwendete er sogar ein weiteres Pseudonym.

»Ich hätte da eine Lesung für dich«, sagte Heimann eines Tages. »Im Literaturhaus, na? Wäre wieder an der Zeit, nicht? Dann lernst du Mikkels persönlich kennen, der liest dort auch. Du wirst begeistert sein. Er schreibt nicht nur beeindruckend, er liest auch fantastisch. Bespricht demnächst sein eigenes Hörbuch. Da kannst du eine Menge lernen. Ist nicht jedem gegeben.«

Diesen Satz würde Zoltan so schnell nicht vergessen. Er war bedient. Heimann hatte sich an ihm eine goldene Nase verdient und nun fing er an, herumzumäkeln und ihn wie einen zweitklassigen Schriftsteller zu behandeln.

# 2

*Anfang Juni 2018, Tom Parker*

Tom Parker war vor Kurzem 43 Jahre alt geworden und zu dem Schluss gekommen, dass er sein Leben ändern sollte. Wenn er schon Single war, so wollte er wenigstens sein Hobby zum Beruf machen und seinen bisherigen Beruf an den Nagel hängen, genau wie seine langweilige Identität. Er wollte in die Rolle des Tom Parker schlüpfen. Sein Alter Ego ließ sich von niemandem unterjochen und verfolgte klare Ziele. Außerdem war Parker bereits jetzt ein ernstzunehmender Schriftsteller. Mit diesem Talent wurde er geboren. Nur hatten ihn seine Eltern stets kleingehalten. Schon in seiner Kindheit. Seit Jahren galt seine Leidenschaft Krimis. Er las alles, was ihm unter die Finger kam, besonders gern Bestseller. Von dem Erfolgsautor Will Buck hatte er sämtliche Krimis gelesen. Ihm war bewusst, der Kerl beherrschte das Schreiben. Der neue Star am Autorenhimmel war Mikkels, der dauerhaft Bestseller raushaute. Die Presse lobte ihn in den höchsten Tönen, aber Mikkels neuester Thriller gefiel Parker besonders. Dort ging es um die Entführung eines Mannes, der physisch und psychisch bis zum Tod gefoltert wurde. Der Entführer prahlte vor seinem Opfer, dass er sich mit Erfolg an dessen Frau herangemacht und sie verführt hatte. Das trieb den Gefangenen beinah in den Wahnsinn.

Psychospiele sollten auch Parkers Krimis auszeichnen. Er hatte in dieser Hinsicht mehrfach hervorragende Manuskripte geschrieben, davon war er selbst fest überzeugt. Sie lagen trotzdem in der Schublade. Die eine oder andere Änderung stand noch aus. Außerdem musste er den richtigen Verlag suchen. Bisher war er stets abgelehnt worden. Vermutlich hatten die sich nicht einmal die Mühe gemacht, seine Werke zu lesen. Nur weil er unbekannt war. Doch er tröstete sich damit, dass auch die Großen einmal klein angefangen hatten. Den wenigsten gelang auf Anhieb ein Kassenschlager. Er hatte kürzlich die Memoiren von Stephen King gelesen. Seinem großen Vorbild. King musste in seinen Anfängen diverse Absagen hinnehmen, und das über Jahre hinweg, bevor er mit dem Thriller *Carrie* durch die Decke geschossen war. Und nun verglich man Mikkels mit King, wie Parker neulich gelesen hatte. Das wurmte ihn dann doch. Dieser Glückspilz war noch mit einer bildhübschen Frau gesegnet. Die war Parker aufgefallen, denn sie saß stets an Mikkels Seite, wenn er Interviews gab. Das brachte ihm garantiert zusätzliche Aufmerksamkeit.

Wie auch Buck hat Mikkels einen Agenten, der sich um die richtige Platzierung im Verlag, Lesungen und um die Lizenzverkäufe kümmerte. In einem Interview erwähnte er den Agenten einmal. Parker notierte sich den Namen, um ihm gleich mehrere Exposés und Leseproben zukommen zu lassen.

Klaus Heimann war Profi. Er würde seine Manuskripte zu schätzen wissen. Schrott gab es schließlich genug. Parker würde sich künftig nicht mehr selbst um die Verlagssuche kümmern müssen. Das würde Heimann für ihn übernehmen. Parker würde die bekannten Schriftsteller schon bald in den Schatten stellen.

*Freitag, 30. Juni 2018, Tom Parker*

Parker hatte endlich per E-Mail eine Einladung von seinem künftigen Agenten erhalten, das wurde auch Zeit. Dennoch war es ein erhabenes Gefühl. Er kannte die Mail bereits auswendig, so oft las er sie. Der Agent verstand ganz offensichtlich, was in ihm steckte. Tom wusste, es war alles eine Frage der Zeit.

Seine kleine Wohnung in Rödelheim würde er als erstes kündigen. Im Schlafzimmer hatte sich bereits vor einem Jahr Schimmel über dem Bett gebildet. Es wurde Zeit für eine bessere Wohnung. Er war nun kein Hobbyautor mehr, sondern würde bald vom Schreiben leben. Das Manuskript, an dem er gerade arbeitete, würde ein Verkaufsschlager werden. Stilistisch war es überdurchschnittlich gut, der Plot gelungen, die Figuren einzigartig. Klar musste ein Agent wie Heimann da zuschlagen. Tom sagte seinem alten Leben nur allzu gern Lebewohl.

Parker brauchte zu Fuß nur knappe zehn Minuten bis zur Ginnheimer Straße. In Höhe des Elisabethenkrankenhauses überquerte er die Fahrbahn. Heimanns Büro lag im ersten Stock eines eher ungepflegten Mehrfamilienhauses. Nach mehrfachem Klingeln an der Tür ertönte der Summer. Parker sah auf die Uhr. Exakt elf Uhr, keine Minute zu früh, aber auch keine zu spät. Kurz spielte er mit dem Gedanken, das akademische Viertel zu nutzen, um sich interessanter zu machen. Aber nicht gleich beim ersten Mal.

Er trug eine Kappe und eine dunkle Sonnenbrille, die er nicht abnahm, als er das Büro betrat. Die Sekretärin, die ihn mürrisch beäugte als er vor ihr stand, war genauso in die Jahre gekommen wie das gesamte Büro.

Die vergilbten Wände benötigten dringend einen Anstrich und der Schreibtisch, an dem die Frau mit dem grauen Dutt saß, war abgewetzt wie eine alte Schulbank. Parker fragte sich, ob er sich im falschen Büro befand.

»Bin ich hier richtig bei dem Literaturagenten Klaus Heimann?«

Die Frau schob ihre Brille auf der Nase zurecht und musterte Parker unverhohlen von oben bis unten. »Im Prinzip schon, er ist aber nicht da. Blendet Sie hier im Büro das Licht, wenn ich fragen darf? Oder weshalb tragen Sie eine Sonnenbrille?«

»Wegen einer Augenoperation. Ich habe heute einen Termin bei ihm. Heute ist doch der 30. Juni?«

»Schon. Er hat mir allerdings nichts von einem Termin gesagt. Wie ist denn Ihr Name?«

»Parker, Tom Parker.«

Sie stöberte in einem großen Tischkalender. »Sind Sie ein Klient von uns?«

Parker nickte eifrig. »So gut wie, deshalb sind wir heute verabredet. Ich habe ihm mein gesamtes Material, also meinen Text und das Exposé bereits zukommen lassen.«

»Tja, dann hat er es vermutlich vergessen. Ich sehe in meiner Agenda auch keinen Hinweis darauf. Keine Ahnung, ob er heute noch vorbeischaut. Sie können ja ein anderes Mal wiederkommen. Rufen Sie später einfach nochmal an.«

Parker konnte nicht glauben, was er hörte. »Später? Ich habe lange genug auf den Termin gewartet. Ich gehe nirgendwo hin. Ich habe eine Verabredung mit Herrn Heimann und die beabsichtige ich wahrzunehmen. Bitte rufen Sie ihn an.«

Die Frau schüttelte den Kopf. »Sind Sie verrückt? Glauben Sie, ich riskiere meinen Job? Er würde mich in der Luft zerreißen!«

Parker machte keine Anstalten zu gehen.

Schließlich seufzte sie und deutete auf eine verschlossene Tür. »Gehen Sie in Gottes Namen rein. Wenn er kommt, sage ich ihm, dass Sie da sind. Aber schließen Sie die Tür hinter sich. Ich muss ein paar diskrete Gespräche führen. Und wenn er in einer Stunde immer noch nicht da ist, kommt er vermutlich heute nicht mehr rein. Auf Dienstage legt er meistens seine Außentermine. Das heißt mit anderen Worten, dass Sie dann nicht länger zu warten brauchen.«

Parker lagen ein paar zynische Worte auf der Zunge, die er sich jedoch verkniff. Er öffnete die Tür des Warteraums, der so wenig einladend war, dass Parker sich fragte, ob das pure Absicht war, um sich Leute vom Hals zu schaffen. Er schloss die Tür, setzte sich auf einen der zwei harten Stühle und sah sich in dem kargen Raum um. An der gegenüberliegenden Wand hing eine große Pinnwand, an die diverse Fotos geheftet waren. Von Autoren, Veranstaltungen und Lesungen. Auf Anhieb erkannte er Will Buck, daneben Mike Mikkels und noch ein paar weitere Autoren und Autorinnen. Neben Mikkels war eine Stelle freigeblieben. Schicksal? Der leere Platz war wie für eine Porträtaufnahme von ihm geschaffen.

Eine gute halbe Stunde später saß Parker Heimann gegenüber. Nicht ein Wort der Entschuldigung für die Verspätung kam über die Lippen des Agenten. Heimann war ihm auf den ersten Blick unsympathisch. Ein auffällig angezogener Geck von Mann. Erinnerte in seiner textilen Farbenpracht an einen Buntspecht. Jemand, der um jeden Preis wirken will, dachte Parker. Wahrscheinlich litt er darunter, dass er selbst nicht schreiben konnte.

»Tja Parker, wie war nochmal Ihr richtiger Name? Ach …«, Heimann winkte ab, »… bleiben wir einfach bei Parker. Ich muss mir viel zu viele Namen merken. Übrigens dürfen Sie hier Ihre Brille ruhig abnehmen. Ich sehe gern in die Augen meines Gegenübers.«

»Ich vertrage wegen einer Operation am Auge kein Licht, tut mir leid.«

»Nun denn, Parker, ich habe mir Ihre Leseprobe mal angesehen, nachdem Sie sich so hartnäckig um einen Termin bemüht haben. Manchmal täuscht man sich mit seinem Bauchgefühl.« Er nahm den Telefonhörer zur Hand und drückte eine Taste. »Meierchen, bringst du mir bitte einen Kaffee?« Er schaute auf. »Wollen Sie auch?«

»Nein danke, ich …«

»Nur einen, Meierchen«, unterbrach ihn Heimann. »So, wo waren wir stehen geblieben?« Heimann schaute auf seine Unterlagen. »Ach ja, vom Prinzip her kein schlechter Ansatz, wenngleich Entführungen in vielen Krimis vorkommen. Nichts wirklich Neues. Kennen Sie Mikkels' neuesten Krimi? Erste Sahne kann ich Ihnen sagen. Von dem können Sie viel lernen. Nun ja, auch Sie haben anfänglich eine gewisse Spannung aufgebaut.«

Sag ich doch, dachte Parker und lächelte.

»Was Ihnen leider fehlt, ist die Lebendigkeit Ihrer Protagonisten. Die Figuren stehen nur hölzern rum und quatschen dummes Zeug. Sie haben keinerlei Esprit. Sind die etwa alle schon tot, oder was? Ihre Kommunikation ist einschläfernder als jede Schlaftablette.«

Parker war irritiert. Sollte das ein Scherz sein?

»Hauchen Sie Ihnen Leben ein, dann kann man vielleicht was aus Ihrem Text machen.« Er hob den Zeigefinger. »Wobei die Betonung auf vielleicht liegt.«

Vielleicht? Tickte der Kerl noch richtig? »Sind Sie sicher, dass Sie meinen Text gelesen haben? Ich fürchte, es handelt sich um eine Verwechslung. Meine Protagonisten sprühen vor Lebendigkeit.«

»Ich denke nicht, dass ich etwas verwechselt habe. Der Arbeitstitel lautet«, sagte er und sah in seine Notizen. »*Entführung bei Nacht,* stimmt's?«

Parker nickte.

»Übrigens ein richtiger Scheiß-Titel. Allein da verliere ich das Interesse an dem Text. Wie gesagt, lesen Sie Mikkels oder meinetwegen Buck. Vor allem lesen Sie, so viel Sie können. Meine Sekretärin kann Ihnen eine Liste von Bestsellern mitgeben, die ein Debütant gelesen haben sollte. Ach, was heißt Debütant, jeder Autor sollte stets gute Bücher lesen. Man lernt nie aus.«

Parker schüttelte den Kopf. »Ich habe sowohl Mikkels als auch Buck gelesen. Für mich alles zweitklassige Literatur!«

Heimann lachte auf. »So was aber auch. Was ist denn für Sie erstklassig?«

»John le Carré oder Stephen King zum Beispiel.«

»Sie greifen direkt nach den Sternen. Mit Ihrer Einstellung, mein Lieber, kommen Sie nicht weit. So viel kann ich Ihnen verraten. Mikkels ist ein echtes Juwel, zumindest seine Bücher, und Buck ist es auch. Die beiden werden nicht umsonst von der Presse in den Himmel gelobt. Ihnen rate ich: Verzichten Sie eine Weile auf das eigene Schreiben. Lernen Sie erst das Handwerk eines guten Autors kennen. Ja, betrachten Sie das

Schreiben als Handwerk. Glauben Sie mir, mit ein paar düsteren Szenen, noch dazu stilistisch alles andere als einwandfrei, locken Sie keinen Leser hinter dem Ofen vor. Wenn ich ehrlich bin, wüsste ich nicht einen einzigen Verlag«, meinte er und zeigte mit den Fingern auf die Blätter, »… der diesen Mist verlegen würde. Nicht einen einzigen.«

Parker hielt es kaum noch auf seinem Stuhl. »Also, Sie mögen ja von manchen Autoren Ahnung haben, aber das geht mir jetzt zu weit, Herr Heimann. Ich bin mir bewusst, was ich kann, da brauche ich Ihre Möchtegern-Stars nicht zu lesen. Sie werden sich in den Hintern beißen werden, wenn ich eines Tages durchstarte. Ach, was heißt eines Tages. Mit meinem Manuskript werde ich Ihre Bucks und Mikkels überholen. Da können Sie 'nen Besen fressen. Sie nehmen mich nur nicht ernst, weil ich noch keinen bekannten Namen habe, oder?«

Heimann lehnte sich belustigt im komfortablen Schreibtischstuhl zurück und verschränkte die Arme auf dem überdimensionierten Bauch. »Wieso? Sie haben doch einen und sogar schon einen Künstlernamen. Fast imponiert mir Ihre Beharrlichkeit, wenngleich Sie ins Unverschämte abrutschen. Wie auch immer, ich kann Ihnen nichts anderes sagen. Wenn Sie allerdings unbedingt wollen, dass Ihr Buch erscheint, versuchen Sie es mit Selfpublishing, dann haben Sie wenigstens Ihre Zeit nicht ganz umsonst vergeigt. Wichtig ist ebenfalls, Menschen zu beobachten. Situationen zu sehen und diese in Texte umzuschreiben. Schreiben ist wie Zeichnen. Nur, dass man Buchstaben dazu nutzt. Und jetzt entschuldigen Sie mich bitte.« Er nahm den Telefonhörer ab. »Hör mal Meierchen, Herr Parker möchte gehen. Gib ihm doch eine unserer Bestseller Listen.«

*

Parker verzichtete auf die Liste, eilte bloß hastig an der dämlichen Sekretärin vorbei und verließ diesen Schuppen. Das war geradezu eine Farce. Kein Wunder, dass der Innenraum so runtergekommen aussah. Dieser Typ war nichts weiter als ein Möchtegern-Agent. Nur weil er ein paar Autoren vertreten hat. Diesen Mikkels würde Parker am liebsten auf der Stelle in der Luft zerreißen und Buck ebenso. Musste er sich von diesem Paradiesvogel von Heimann sagen lassen, dass er sich unverschämt verhielt? Blieb dahingestellt, wer von Ihnen beiden unverschämt war. Dieser Heimann behandelte ihn wie einen Idioten. Warte ab, dachte Parker. Heimann würde sich wundern, was er ihm liefern würde. Seine Figuren nicht lebendig? Das war geradezu zum Totlachen.

## 3

*Freitag, 30. Juni, 22 Uhr, Zoltan Német*

Zoltan befand sich auf dem Heimweg. Er hätte sich diese Lesung wahrhaftig sparen sollen. Statt seinem Agenten gehörig die Meinung zu sagen, ließ er sich auf diese dämliche Kombi-Lesung im Literaturhaus ein, die ihm garantiert noch viele Tage im Kopf herumspuken würde. Bloß, weil er und Mikkels im selben Verlag veröffentlichten. Nach seinen bisherigen Lesungen hatte er im Anschluss häufig Ausflüge über die Brücke nach Sachsenhausen unternommen. Vor Jahren, als sich gegenüber noch das Sudfass befand, überredete ihn einmal ein Freund, den Prostituierten dort einen Besuch abzustatten. Das war ein verdammt teurer Abend geworden. Nun, das Sudfass war mittlerweile Geschichte. 2014 war das Gebäude abgerissen worden und einem großen Wohnkomplex gewichen. Nichts war mehr so wie zuvor und Zoltan wollte nur noch auf dem schnellsten Weg nach Hause, um sich zu besaufen.

Diese Mikkels war eine verdammt attraktive Frau. Die hätte der Kollege ohne seinen Ruhm sicher nie abbekommen. War doch klar. Scheiß freundlich war er, der Mikkels. »Es ist mir eine Ehre, Sie persönlich kennenzulernen, Herr Buck«, hatte Mikkels gesagt. »Ich habe all Ihre Werke gelesen.«

»Na bravo.« Der Typ war doch nichts als ein Speichellecker.

Dann hatte Mikkels eine Visitenkarte aus der Brusttasche seines Sakkos gezogen. »Vielleicht können wir uns nochmal persönlich austauschen. Ich meine so ganz unter Kollegen. Den einen oder anderen Tipp könnten wir uns gegenseitig geben. Das würde unsere Texte optimieren. Wir Autoren sind ja keine Konkurrenten. Hier ist unsere Festnetznummer. Wir würden Sie gerne mal zu uns persönlich einladen, nicht wahr Schatz?«

Mirjam Mikkels hatte höflich genickt und gelächelt, obwohl Zoltan an ihrer Mimik bemerkt hatte, dass sie über diesen Vorschlag nicht begeistert war.

»Leider bin ich momentan sehr beschäftigt«, hatte Zoltan bemerkt und die Visitenkarte in die Brusttasche seines Jacketts gleiten lassen, ohne sie anzusehen. »Aber wenn mal ein Loch in meinem Terminkalender ist, komme ich darauf zurück, falls ich es nicht vergesse.«

Was bildete der Schnösel sich ein, einem versierten Autor wie Zoltan Tipps geben zu wollen? Das war das Allerletzte. Der Kerl war aus dem nichts gekommen und würde hoffentlich bald dorthin verschwinden.

Beinah noch mehr wurmte Zoltan allerdings Mikkels' Lesung. Erst hatte Zoltan gelesen und sich dabei viel Zeit gelassen. Er war nicht nur der Bekanntere, er war auch der Ältere. Das hin und wieder ältere Menschen bei einer Lesung in einen kurzen Schlummer verfielen, war völlig normal. Zumindest kannte Zoltan es nicht anders und es störte ihn nicht mehr. Hauptsache die Plätze waren belegt und die Verkäufe gesichert.

Danach aber hatte Mike Mikkels vorgelesen. Zoltan konnte nicht sagen, was es war, das es zu etwas so Besonderem machte, doch die Zuschauer hingen förmlich an Mikkels' Lippen. Die Journalisten hatten sich um ihn geschart und ein Fotograf hatte fast ausschließlich Fotos von Mikkels und seiner Frau geschossen. Nur einmal fotografierte er Zoltan. Das war die Krönung des unsäglichen Abends gewesen. Er hatte den Fotografen sogleich beiseitegenommen, ihn nach seinem Namen gefragt und diesen notiert. Karl Lemberg hieß der Kretin. Er würde sich über den Mann bei der Zeitung beschweren.

*

Karl Lemberg liebte Kriminalromane und las beinah alles, was der Markt hergab, besonders interessierten ihn zeitgenössische Krimis. Da stand aktuell Mike Mikkels im Fokus, natürlich auch Will Buck. Sie beide waren in der Lage, in ihren Büchern eine lebendige Wendigkeit zu erzeugen, die ihresgleichen suchte. Man konnte auf solche Talente schon recht neidisch werden. Aber auch rein beruflich musste er die beiden unter die Lupe nehmen. Er bekam den Auftrag, für die Frankfurter Zeitung ein paar brauchbare Fotos von der Lesung im Literaturhaus zu schießen. Neben Mikkels saß seine bildschöne Frau. Mit ihrem welligen blonden Haar und der makellosen Figur hätte sie glatt neben Claudia Schiffer bestanden. Ein Rasseweib. Er machte circa fünfzig Schnappschüsse von ihr und Mikkels, als er registrierte, dass Will Buck den beiden auf den Pelz rückte und Lemberg auffordernd ansah. Nein, so nicht. Aufdringlichkeit musste bestraft werden. Buck war Lemberg nicht mehr als zwei Schnappschüsse wert, was den eitlen Autor dazu bewog, ihn nach seinem Namen zu fragen. Sollte er sich doch über ihn beschweren. Buck war ein selbstverliebter Wichtigtuer und Mikkels ebenfalls. Er freute sich schon, wenn die beiden demnächst einen auf den Deckel kriegen würden. Kritiken waren nun einmal nicht immer positiv und Hochmut kommt bekanntermaßen vor dem Fall.

Lemberg schrieb den Artikel noch am selben Abend und schickte ihn direkt in die Redaktion. Die Standpauke folgte nach dem Erscheinen des Textes am folgenden Tag.

»Menschenskinder, Lemberg. Nicht Sie haben zu bestimmen, wer der bessere ist. Buck ist außer sich vor Zorn. Gerade mal ein halbwegs brauchbares Foto von ihm und das noch dazu verpixelt. Was soll das? Wollen Sie Ihren Job riskieren?«, fragte der Chefredakteur.

Lemberg riskierte eine dicke Lippe und zuckte mit den Schultern. »Vielleicht sollte ich kündigen, wenn Sie so unzufrieden mit mir sind? Ich gebe immer mein Bestes, wenn Ihnen das nicht ausreicht, dann tut es mir leid. Es herrschten schwierige Lichtverhältnisse an dem Abend und Buck saß nun mal im Schatten von Mikkels und seiner strahlenden Frau.«

»Schieben Sie es nicht auf das Licht. Aber gut, jeder hat einen schlechten Tag, kann mich sonst immer auf Sie verlassen. Ich drücke ein Auge zu. Das kommt hoffentlich nicht wieder vor«, mahnte der Boss und Lemberg grinste innerlich. Sollte er ihn doch feuern. Er würde schon was Neues finden.

# 4

*Montag, 2. Juli, Mike Mikkels*

Mirjam war müde und abgearbeitet. Die Montage waren in der Zahnarztpraxis meistens ausgebucht und der Rücken tat ihr weh. Als Zahnarzthelferin musste sie den ganzen Tag Schläuche halten und in ängstliche Patientengesichter schauen, das war recht anstrengend. Noch dazu war ihr Chef heute mehr als schlecht gelaunt gewesen. Mirjam freute sich auf ihren Mann. Ihretwegen hatten sie eine Penthousewohnung in der Adalbertstraße gemietet, damit sie es nicht weit hatte bis zur Praxis in der Leipziger Straße. Die Wohnung, die Mike für sie ausgesucht hatte, war lichtdurchflutet, mit einem riesigen Atelierfenster, einer offenen Küche und einem großzügigen Wohnraum. Auch das Schlafzimmer war sehr geräumig. Allerdings war es gleichermaßen Mikes Arbeitszimmer. Der Wohnung fehlte ein weiterer Raum, in den sich Mike zum Schreiben zurückziehen konnte. Mirjam tröstete sich damit, dass dem Umzug in eine neue Wohnung nicht mehr allzu viel im Weg stand, denn durch Mikes Bucherfolge verdiente er mittlerweile recht gut. Er sprach neulich sogar davon, dass sie ihren Job bald an den Nagel hängen könnte, wenn sich seine Bücher auch weiterhin gut verkauften. Seitdem hatte Mirjam konkrete Träume, über die sie unbedingt mit ihrem Mann reden wollte. Heute war der richtige Zeitpunkt gekommen, entschied sie. Besser gesagt, handelte es sich bloß um einen einzigen Wunsch. Vom Mezzanotte, ihrem Lieblingsitaliener, holte sie auf dem Heimweg zwei Pizzen, denn Kochen wollte sie heute Abend nicht. Außerdem war es beinah schon sieben.

»Schatz?«, rief sie, nachdem sie die Wohnungstür aufgeschlossen hatte. »Bist du da?«

»Ich arbeite noch«, rief Mike aus dem Schlafzimmer.

Sie ging zu ihm und küsste ihren Mann, der am Rechner saß, auf die Stirn.

»Ich habe Pizza mitgebracht. Komm, mach Schluss für heute.«

Mikes Blick war leer, als er sie anschaute. Vermutlich hatte er ihre Worte kaum wahrgenommen. Sie kannte diesen Blick. Er konnte sich ihr völlig entziehen, wenn er mitten im Roman steckte, und er wurde dann äußerst ungern gestört. Es war, als sei sie nichts weiter als eine Randfigur. Manchmal war sie regelrecht eifersüchtig auf seinen Rechner.

Sie ging in die Küche und legte die Pizzakartons auf die Arbeitsplatte. Vermutlich sollte sie ihn sich selbst überlassen und ihre Pizza essen, solange sie noch warm war, aber etwas in ihr stachelte sie an, ihn aus seiner Welt zu reißen.

Wieder ging sie zum Schlafzimmer, blieb aber im Eingang stehen. »Es war heute wahnsinnig anstrengend in der Praxis. Ich dachte, wir könnten uns einen romantischen Abend machen, was meinst du? Ich habe mich so auf dich gefreut.«

»Nimmst du meinen Beruf nicht ernst?«, fragte Mike und blickte vom Computer auf.

»Natürlich, du solltest aber deine Frau auch ein wenig ernst nehmen«, sagte Mirjam, um ihn zu provozieren.

»Bitte Mirjam, ich befinde mich in einer entscheidenden Phase meines Romans. Ich werde wohl ein paar Tage Auszeit brauchen. Ich miete mich vielleicht mal wieder in einer kleinen Pension ein, damit ich meine Ruhe habe.«

Mirjam stöhnte und lehnte sich an den Türrahmen. »Wie so oft. Wäre es nicht sinnvoller, wir würden uns um eine größere Wohnung kümmern, mit einem Arbeitszimmer nur für dich und vielleicht noch einem vierten Zimmer? Ich finde wirklich, das wäre an der Zeit.«

»So, das findest du? Wozu so viele Zimmer?«

»Du sagtest doch, wenn alles weiter gut läuft, dann kann ich meinen Job aufgeben. Wäre es nicht genau der richtige Zeitpunkt, über Nachwuchs nachzudenken? Ich bin genau im richtigen Alter und ich hätte viel Zeit für das Kind.«

Mirjam stand immer noch im Eingang. Vor Aufregung wurden ihre Knie weich.

Mike war entgeistert. »Bist du völlig verrückt geworden? Ein Kind? Gerade jetzt, wo es läuft? Was ist in dich gefahren. Vielleicht würde ich mir gern mal einen Urlaub gönnen von dem Geld, das übrigbleibt? Mit dir eine größere Reise unternehmen? Dich einfach nur genießen? Aber nein, du willst ein Blag. Bist du irre? Sei einfach stolz auf deinen Mann, verdammt nochmal! Ich dachte, du bist anders als die anderen.« Er schlug mit der Hand auf die Schreibtischplatte.

»Du meinst deine Affären?« Mirjam biss sich auf die zitternde Unterlippe.

»Was heißt hier Affären? Mein Gott, nur weil ich einmal fremdgegangen bin. Glaubst du, das tun andere Männer nicht? Außerdem ist es schon lange aus.

Mach dir nicht in die Hosen. Das ist doch kein Drama. Du weißt, dass ich dich liebe. Und jetzt lass mich, ich möchte arbeiten.«

Er starrte stur auf seinen Bildschirm und würdigte sie keines Blickes mehr.

»Danke, das ist großartig, Mike Mikkels. Ich bin wirklich stolz auf dich.« Mirjam warf die Tür des Schlafzimmers zu und stürmte in den Wohnraum, wo sie sich auf die Couch fallen ließ. Ihr war der Hunger vergangen. Sie würde die Nacht im Wohnzimmer verbringen.

# 5

*Samstag, 14. Juli, Mirjam Mikkels*

Aus dem Streit mit Mike resultierte, dass sie nur das Nötigste miteinander sprachen. Das Schlimmste daran war, dass ihn das nicht besonders beeindruckte, so sehr war er mit seinem Manuskript beschäftigt. Doch sie konnte ihm nicht vergeben, zu sehr wünschte sie sich ein Kind.

Als er vor drei Tagen zu einer Lesung aufgebrochen war, bat er sie, sich mit ihm zu vertragen. Sie aber konnte es nicht lassen und fing erneut mit dem unsäglichen Kinderwunsch an. Das reichte, Mike war ohne ein weiteres Wort aus der Wohnung gestürmt und bis heute nicht wiedergekommen.

Mirjam war bestürzt und hatte nachts beunruhigt seinen Kleiderschrank inspiziert. Sollte er vorgehabt haben, längere Zeit fort zu bleiben, hätte er Garderobe zum Wechseln mitgenommen, so gut kannte sie ihren Mann. Sie glaubte nicht, dass auch nur ein Kleidungsstück fehlte, wenngleich Mike unzählige Hemden besaß und sie diese zugegebenermaßen nie durchzählte. Ohnehin begriff sie kaum, warum man mehrere blaue, weiße, grau-gestreifte oder blau-weiß gestreifte Hemden brauchte. Er hatte einen wesentlich größeren Kleiderschrank als sie. Darüber ärgerte sie sich insgeheim.

Wenn er ein oder zwei Hemden mitgenommen hatte, dann musste er diese schon in eine Tüte gestopft haben, denn Reisegepäckstücke fehlten nicht. Nicht einmal sein Handy hatte er mitgenommen. Obwohl das nicht viel bedeutete. Er ließ es vor öffentlichen Auftritten oftmals zu Hause. Es machte ihn nervös, wenn es klingelte oder Nachrichten kamen. Wenn er aber verreiste, nahm er es grundsätzlich mit.

Ob seine damalige Affäre hinter seinem Verschwinden steckte? Aber bis auf ihren Streit waren sie in letzter Zeit doch glücklich gewesen. Und soviel Mirjam wusste, war Alessa liiert und letztes Jahr nach München gezogen. Konnte es sich um eine neue Affäre handeln? Nein, er hatte gesagt, dass er sie nie betrügen würde und dass sie ihm viel bedeutete. Und sie glaubte ihm. Dennoch hatte sie ein ungutes Gefühl.

Seither achtete sie auf jedes Geräusch in der Wohnung, besonders nachts. Jedes kleinste Knacken schreckte sie auf, weil sie vermutete, dass Mike zurückgekommen war. Kürzlich sagte er, dass er für ein paar Tage in eine Pension ziehen wolle, das hielt sie bisher davon ab, zur Polizei zu gehen. Gestern hatte sie sich krankschreiben lassen. Sie fühlte sich ausgelaugt, war nicht in der Lage zu arbeiten, und dann war heute Morgen dieser Brief gekommen. Ein Brief von ihrem Mann. Mirjam hatte ihn wieder und wieder gelesen, denn im ersten Moment beruhigte sie, was sie dort las. Mittlerweile kannte sie die Zeilen auswendig: »Mein Herz, mach dir bitte keine Sorgen. Es geht mir gut. Ich stecke tief in der Arbeit und nehme mir eine Auszeit. Ich kann noch nicht sagen, wie lange ich fortbleibe. Bitte mach dir keine Sorgen. Ich bin bald wieder da und glaube mir, ich habe dich lieb, mein Herz.«

Immer wieder hatte sie auf die Zeilen gestarrt, ohne dahinterzukommen, was sie an dem Brief so störte. Dass er nicht mehr auf ihren Streit einging, war es nicht allein. Etwas anderes verwirrte sie. Dann, ganz plötzlich, wurde es ihr bewusst.

*

Kriminalkommissar Arndt Burschel saß in seinem Büro im Frankfurter Polizeipräsidium. Von seinen Kollegen und vor allem von seiner beruflichen Partnerin wurde er liebevoll Burschi genannt, denn er wirkte mit seinen drahtigen Haaren, die sich nicht recht bändigen ließen, und dem ewig fröhlichen Gemüt jünger, als er mit seinen 32 Jahren war. Ein richtiger Bursche.

Uta Scharf, seine Kollegin, trat ein. »Moin Burschi, gut geschlafen?«

»Tag Uta, ich döse noch, tue ich samstags meistens.«

Uta grinste und setzte sich an ihren Schreibtisch, um den Rechner hochzufahren. Burschel beobachtete sie dabei. Für Uta Scharf hatte er heimlich ein Faible. Sie war in seinen Augen die ideale Partnerin, nicht nur beruflich. Er konnte sie sich an seiner Seite gut vorstellen.

Die junge sportliche Kriminalkommissarin, mit blondem Pferdeschwanz, und er hatten schon so manchen Täter überführt und waren dabei psychisch zum Glück nie an ihre Grenzen gestoßen. Einer stützte den anderen, das machte die gemeinsame Arbeit so wertvoll. Viele Kollegen zogen nach einem schweren Verbrechen einen Polizeipsychologen zu Rate, um das Erlebte zu verarbeiten. Scharf und Burschel führten stattdessen lange Gespräche, die ihnen die Kraft zum Weitermachen gaben.

Leider jedoch war Scharf liiert. Sie hatte ihn ihren Kollegen bei der letzten Weihnachtsfeier vorgestellt. In Burschels Augen ein Spießer par excellence dieser Philip und keine Spur von Humor. Noch dazu ein dröger IT-Fachmann.

»Der Mann hat schon viereckige Augen, so oft wie er auf den Bildschirm schaut«, behauptete Burschel einmal. »Kennt er eigentlich deine Augenfarbe?«

Scharf lies diese und ähnliche Bemerkungen unkommentiert. Ein wenig aber freute sie sich über seine offenkundige Eifersucht.

Am heutigen Morgen kam Scharf schwer in die Gänge, da sie schlecht geschlafen hatte. »Magst du auch einen Kaffee, Burschi?«, fragte sie und stand auf.

»Wie könnte ich ein solches Angebot ausschlagen. Du weißt, was ich brauche. Und bitte schwarz wie die Nacht.«

»Schwarz wie deine Seele«, antwortete Scharf und lief lachend zur Teeküche. Das Telefon auf Burschels Schreibtisch klingelte und hielt den Kommissar ab, allzu lange hinter Scharf herzustarren. »Burschel?«

Scharf kehrte mit zwei großen dampfenden Kaffeebechern zurück und stellte ihm einen davon vor die Nase.

»Danke.« Burschel beendete das Gespräch und stand auf. »Wir nehmen die Tassen mit, müssen in den Verhörraum.«

»Warum?«

»Wir bekommen Besuch.«

»Besuch? Am frühen Morgen?« Scharf folgte Burschel in den Gang.

»Ich weiß nicht recht. Du weißt doch gewiss, wer Mike Mikkels ist, oder?«

Uta zog die Stirn in Falten und überlegte. »Mikkels, Mikkels … Der Name kommt mir bekannt vor, aber nein, eigentlich weiß ich es nicht.«

»Er war mal hier, stellte ein paar Fragen, unsere Polizeiarbeit betreffend. Er ist Krimiautor. Momentan DER Krimiautor, soviel ich weiß«, antwortete Burschel.

Scharfs Augen leuchteten. »Aber klar. Hat der nicht sogar einen Bestseller gelandet?«

»Mindestens einen, und er hat uns nicht einmal gefragt, ob er uns prozentual beteiligen darf, oder wenigstens dich.«

Scharf lachte. »Witzbold.«

»Nun ja, du hast ihm bereitwillig Auskunft gegeben. So einen langen Vortrag hast du mir nie gehalten. Ich war regelrecht eifersüchtig. Jedenfalls ist seine Frau hier. Wir werden Sie gleich treffen. Bin gespannt, was sie will.«

»Vielleicht übernimmt sie jetzt die Recherche für ihren Mann?«

Burschel konnte nicht antworten, da sie im Verhörraum angekommen waren und ein Kollege eintrat, gefolgt von einer attraktiven Frau. »Hier ist die junge Dame, die mit euch sprechen möchte«, sagte der Beamte.

»Hallo, ich bin Mirjam Mikkels.«

Burschel gab der jungen Frau die Hand. »Guten Tag Frau Mikkels, was können wir für Sie tun? Das ist Kommissarin Scharf, meine Partnerin.«

Scharf begrüßte die junge Frau ebenfalls. »Ach bitte, nehmen Sie an dem runden Tisch Platz. Darf ich Ihnen einen Kaffee anbieten?«

»Danke nein, ich bin ohnehin aufgeregt genug«, sagte die Frau. »Ich wollte zu Ihnen, weil mein Mann bereits mit Ihnen zu tun hatte. Davon hat er mir damals erzählt.«

»Ja, ich sprach gerade mit meiner Kollegin darüber. Ich erinnere mich noch genau an ihn. Er stellte viele Fragen, wollte nichts Falsches schreiben. Das wissen wir von der Kripo zu schätzen. Es wird genug Blödsinn geschrieben. Er machte einen sehr sorgfältigen Eindruck, so etwas unterstützen wir gern.«

Die junge Frau nickte erleichtert. Sie wirkte fahrig und verstört. Die Haare wirr und ungekämmt, die Bluse falsch zugeknöpft. Burschel schätzte, dass sie normalerweise mehr Wert auf ihr Äußeres legte. Zumindest hatte er sie vor kurzem auf einem Foto bewundert, auf dem sie makellos wirkte.

»Nehmen Sie doch bitte Platz, Frau Mikkels.«

Scharf wies auf einen leeren Stuhl und die junge Frau setzte sich. »Ich, ich bin wegen meines Mannes hier«, stotterte sie. »Er ist seit Mittwoch verschwunden.« Sie presste die Lippen zusammen.

Scharf schob ihren Stuhl näher zu Mikkels und blickte die junge Frau aufmerksam an. »Verschwunden?«

»Also es ist so«, fuhr Mikkels fort. »Er hat die Angewohnheit, hin und wieder unterzutauchen, wenn er für einen Krimi recherchiert. Er behauptet, nur so werden seine Bücher erfolgreich.« Unruhig schaute die Mikkels abwechselnd in die Gesichter der beiden. »Sie werden jetzt denken: Dann ist doch klar, warum er jetzt weg ist, oder?« Sie machte eine Pause. »Er arbeitet an seinem Manuskript.«

Scharf trank einen Schluck Kaffee, antwortete aber nicht.

»So ist es aber nicht. Wir, also es war so, er hatte am Mittwoch, dem 11. Juli, eine Lesung im Mozartsaal der Alten Oper. Die Lesung war sogar ausverkauft. Doch mein Mann kehrte danach nicht nach Hause zurück.«

Hilfesuchend schaute Mirjam sich im Raum um. »Kurz bevor er zu der Lesung ging, hat es nochmal einen unschönen Wortwechsel gegeben und dann ist er, wütend und ohne Abschied zu nehmen, fortgegangen.«

»Darf ich fragen, worum es in diesem Streit ging?«, fragte Burschel.

Mirjam Mikkels senkte den Blick und sprach leise, als habe sie Angst, ihre Worte könnten Unheil anrichten: »Ich möchte ein Kind, um das bat ich ihn. Verstehen Sie, ich bin genau im richtigen Alter.« Tränen schimmerten in ihren Augen, als sie aufblickte. »Er aber antwortete, dass es überhaupt nicht infrage kommt. Gerade, wo er endlich Erfolg hat, da würde ein Kind nur stören. Wir sprachen einige Zeit kaum miteinander. Ich war einfach so unendlich traurig und verletzt. Bevor er zu dieser letzten Lesung aufbrach, bat er mich, sich mit ihm zu versöhnen. Aber ich verhielt mich töricht und fing erneut mit dem Kinderwunsch an. Da ließ er mich einfach stehen.« Mirjam Mikkels verbarg ihr Gesicht in beiden Händen.

»Hm, liebe Frau Mikkels, ich bin mir gar nicht sicher, ob Sie hier in unserer Abteilung richtig sind. Wir sind von der Kripo, wissen Sie«, sagte Scharf.

»Aber gerade deswegen bin ich hier. Sie haben einen guten Eindruck von ihm gewonnen, oder? Ich muss Ihnen meinen Mann nicht erst noch beschreiben.«

Die junge Frau wirkte hoffnungsvoll. »Sie erwähnten es bereits. Er machte auf Sie einen sorgfältigen Eindruck. Ja, das ist er und er ist verantwortungsbewusst. Er geht nicht einfach fort, schon gar nicht, ohne irgendetwas mitzunehmen. Es fehlt zu Hause kein einziges Kleidungsstück, kein Koffer, nichts. Selbst sein

Handy hat er daheim gelassen. Nun gut, er legt keinen großen Wert auf Handys, vor allem nicht, wenn er zu einer Lesung geht. Wenn er nicht hätte wiederkommen wollen, hätte er es als sorgfältiger und verantwortungsbewusster Mensch mitgenommen, ich kenne ihn.«

Burschel kratzte sich nachdenklich an der Schläfe. »Menschen, die in Rage sind, reagieren oft kopflos.«

Mikkels öffnete ihre Handtasche, angelte ein Taschentuch hervor und wischte sich die Augen. »Heute Morgen rief der Agent meines Mannes an, also auf dem Handy meines Mannes. Er wollte wissen, ob die Lesungen heute und morgen in Ordnung gehen. Ich wusste leider gar nicht, dass zwei Lesungen anstanden, aber die würde mein Mann nicht einfach ignorieren.« Sie schniefte.

»Der Tag ist noch nicht um, vielleicht wird er die Lesungen durchführen. Sie werden sehen, heute Abend ist er zurück.«

Mirjam schüttelte den Kopf. »Das glaube ich nicht, da im Briefkasten ein Brief lag, wegen dem ich mich entschieden habe, heute zu Ihnen zu kommen. Wo ist er denn nur?« Wieder suchte sie in ihrer Handtasche. Mit zittrigen Fingern zog sie erst eine Geldbörse hervor, dann ein Paket Taschentücher und ein Sonnenbrillenetui.

»Das gibt's doch nicht. Hier ist er, ich habe ihn heute mit der Post bekommen.« Sie zog einen Brief hervor. »Bitte lesen Sie selbst.« Mit zitternder Hand gab sie Burschel den Brief.

Burschel sah auf das Kuvert. »Kein Absender, aber in Frankfurt abgeschickt.« Er nahm den Brief aus dem Umschlag und faltete ihn auseinander. »Mein Herz«, las Burschel vor, »mach dir bitte keine Sorgen. Es geht mir gut. Ich stecke tief in der Arbeit und nehme mir eine Auszeit. Ich kann noch nicht sagen, wie lange ich fortbleibe. Bitte mach dir keine Sorgen. Ich bin bald wieder da und glaube mir, ich habe dich lieb, mein Herz.«

Verwirrt blickte Burschel auf. »Ist das nicht seine Handschrift?«

»Es ist die meines Mannes.«

»Dann verstehe ich nicht, worauf Sie hinauswollen. Wieso sind Sie beunruhigt? Da erklärt er Ihnen den Sachstand. Sie sollten sich keine Sorgen mehr machen.«

»Verstehen Sie nicht? Er schreibt nichts über die Lesungen und geht auch nicht auf unseren Disput ein. Er wird nicht hingehen, ich weiß es.«

Scharf legte eine Hand auf Mikkels Arm. »Frau Mikkels, ich pflichte meinem Kollegen bei. Wir verstehen natürlich, dass Sie aufgeregt sind, aber ob ein Anlass zur Sorge besteht, ist nicht augenscheinlich. Am besten, Sie gehen nach Hause und beruhigen sich erst einmal. Sie werden sehen, er wird seine Arbeit machen und danach zu Ihnen zurückkehren.«

Mikkels starrte eine Weile stumm auf den Text. »Das habe ich im ersten Moment auch gedacht, Frau Kommissarin, aber dann bin ich stutzig geworden. Etwas störte mich an seinen Zeilen.«

»Und was?«, fragte Burschel.

»Es liegt an der Wortwahl. Mein Mann würde nie schreiben: Ich habe dich lieb oder mein Herz. Ganz sicher nicht.« Ihre Stimme brach.

»Wie meinen Sie das?«

»*Mein Herz,* das sind nicht seine Worte. Er würde andere Worte wählen wie: *Liebling* oder *Ich liebe dich.* Verstehen Sie nicht?« Sie senkte die Stimme. »Ich glaube, da stimmt etwas nicht. Ich weiß nicht, ob er freiwillig fernbleibt. Ich meine damit, vielleicht zwang ihn jemand, mir zu schreiben, damit ich nicht misstrauisch werde. Diese Worte könnten eine Botschaft an mich sein!«

»Entschuldigen Sie bitte meine unverschämte Frage, Frau Mikkels«, warf Scharf ein. »Eine andere Frau kommt nicht infrage?«

Mirjam Mikkels schüttelte energisch den Kopf. »Da war mal was mit einer anderen Frau. Als es aufflog, tat es ihm furchtbar leid. Er beteuerte, er würde so etwas nie wieder tun. Es war der dümmste Ausrutscher, den er sich je geleistet hatte. Damals war ich sehr wütend auf meinen Mann und sehr verletzt, aber ich glaube ihm. Sonst hätte er mich längst verlassen. Ich habe kein Geld oder so. Was sollte ihn bei mir halten? Nein, er liebt mich, das weiß ich!«

»Wie lange sind Sie verheiratet?«

»Etwas über drei Jahre.«

Scharf warf Burschel einen vielsagenden Blick zu.

»Könnte es sein, dass man Sie erpressen will? Ihr Mann hat gutes Geld verdient?«, fragte Burschel.

»Nein, noch sind wir nicht besonders wohlhabend.«

»Sind Sie denn nicht berufstätig?«

»Doch, ich bin Zahnarzthelferin, da verdient man aber kein Vermögen. Ich habe mich allerdings für eine Woche krankschreiben lassen. Das war alles zu viel für mich.« Wieder kämpfte sie mit den Tränen.

Scharf nickte verständnisvoll. »Darf ich fragen, wie der Zahnarzt heißt, für den Sie arbeiten?«

»Doktor Bohnstätter.«

»Und wo befindet sich die Praxis?«

»Leipziger Straße.«

Scharf machte sich Notizen.

»Aber«, warf Mirjam ein.

»Ja?«

»Wenn uns jemand erpressen will, dann hätte derjenige einen Brief geschrieben und nicht mein Mann, oder?«

»Hm, Sie sagen es.« Scharf schüttelte skeptisch den Kopf. »Weshalb sollte man ihren Mann aber sonst entführen? Wer hätte Interesse daran, ihn aus dem Verkehr zu ziehen? Wenn wir denn wahrhaftig von einer Entführung ausgehen sollten.«

»Was weiß ich?« Mikkels hob die Schultern. »Das müssen Sie bitte herausfinden, deshalb bin ich hier! Ich dachte, wenn man einen begründeten Verdacht hat, hilft die Kripo einem weiter, ist es nicht so?«

»Natürlich, dafür sind wir da, wie Sie selbst sagen, bei einem begründeten Verdacht.« Burschel verzog nachdenklich sein Gesicht und stützte das Kinn auf die Hände. »Hat ihr Mann Feinde?«

Mikkels überlegte. »Feinde? Nicht, dass ich wüsste, allerdings steht mein Mann im öffentlichen Leben. Da hat man, wenn man erfolgreich ist, automatisch Neider. So sind die Menschen leider. Und ...« Sie hielt inne. »Na ja, da wäre dieser Will Buck, der Bestseller Autor. Er schreibt für denselben Verlag wie mein Mann, doch nun hat ihm Mike den Rang abgelaufen. Das hat Buck ganz offensichtlich zugesetzt.«

»Woher wissen Sie das und wollen Sie nicht doch eine Tasse Kaffee?«, fragte Scharf.

»Nein, danke. Ach herrje, woher ich das weiß? Ich habe ihn kennengelernt. Er konnte seine Abneigung kaum verbergen. Dabei hat mein Mike allergrößten Respekt vor Buck, also ich meine Német, so heißt er mit Klarnamen, Zoltan Német. Er ist gebürtiger Ungar. Mein Mann hat alles von ihm gelesen. Noch vor etwa einem Jahr äußerte er, man müsste so gut wie Német schreiben können.«

»Woran genau haben Sie gemerkt, dass Német Probleme mit Ihrem Mann hat? Manchmal bildet man sich auch so allerhand ein. Hat er etwas Entsprechendes geäußert oder war es nur ein Blick, in den Sie etwas hineininterpretiert haben? Ich bin kein Krimiautor, hat nicht der eine oder andere Thriller-Experte sich ganz bewusst eine düstere Mimik zugelegt, um vor dem Publikum authentischer rüberzukommen?«

»Also Herr Kommissar, glauben Sie mir, ich weiß, was ich sehe. Er konnte meinem Mann kaum in die Augen blicken, obwohl der ihn sogar zu uns nach Hause eingeladen hat. Aber Német hat gesagt, dass er für so etwas keine Zeit hat. Und kennen Sie dieses gequälte Lächeln, was manch einer an den Tag legt, wenn ihm partout nicht danach zumute ist, zu lächeln? Geäußert hat Német sich in dieser Hinsicht nicht. Er hat nur das Nötigste mit meinem Mann gesprochen. Ich habe ihn genau während Mikes Lesung beobachtet. Mein Mann liest wirklich packend. Die Leser bekommen regelrecht Gänsehaut und man könnte eine Nadel fallen hören, wenn er liest. Tja, und während dieser Lesung sank Német förmlich in sich zusammen wie eine welkende Blume. Dann hat das Publikum auch noch um Zugabe gebeten, da wirkte Német, als ob ihm jemand einen Hammer auf den Kopf geschlagen hätte.«

»Haben Sie mit Ihrem Mann über Ihre Beobachtung gesprochen?«

»Ich wollte. Er lehnte ab. Er kann manchmal recht barsch reagieren. Er mag keinen Tratsch über Kollegen hören. Jeder solle auf sich selbst achten. Damit hat er ja sicherlich recht. Hätte er mir doch nur zugehört, dann wäre er vielleicht noch bei mir.« Mikkels schnäuzte ins Taschentuch, das sie immer noch in der Hand hielt.

»Sie glauben, Német hat Ihren Mann entführt?«

Mikkels riss die Augen auf. »Nein, so habe ich das nicht gemeint, ich glaube nicht, dass Mike freiwillig verschwunden ist. Ich habe nur laut gedacht. Entschuldigen Sie bitte.«

»Gibt es sonst noch etwas, dass Ihnen in letzter Zeit aufgefallen ist?«, wollte Burschel wissen. »Eigentümliche Anrufe oder Briefe, auf die Ihr Mann erstaunt reagiert hat, oder erschrocken? Oder hat er sich merkwürdig Ihnen gegenüber verhalten?«

Mirjam Mikkels dachte nach, schüttelte dann den Kopf. »Nein, bis auf unseren Streit gar nicht. Auch sonst ist mir nichts aufgefallen.«

»Frau Mikkels, wenn hier überhaupt ein Verbrechen vorliegt, was ich zum gegenwärtigen Zeitpunkt stark anzweifele, dann müssen wir die Sachlage von allen Richtungen betrachten. Vor allem müssen Sie uns alles, aber wirklich alles sagen, was Sie wissen.« Er schaute auf und sah Mikkels an. »In dem Brief steht, Sie brauchen sich keine Sorgen zu machen, er will zu Ihnen zurückkehren. Nur weil er Worte benutzt hat, die er normalerweise nicht benutzt, können wir hier leider noch kein Verbrechen unterstellen und auch nicht nach ihm fahnden. Dazu braucht es einen richterlichen Beschluss, den wir bei reinen Vermutungen natürlich nicht bekommen.«

Scharf nickte. »Ja, da spricht mir mein Kollege aus der Seele. Was nicht bedeutet, dass wir Ihre Angelegenheit nicht ernstnehmen. Wir werden auch weiterhin in

Kontakt mit Ihnen bleiben. Sollte Unvorhergesehenes geschehen, bitte ich Sie, mich oder meinen Kollegen anzurufen.«

Sie nahm eine Visitenkarte vom Schreibtisch und reichte sie Frau Mikkels. »Hier stehen die Nummern unserer Diensthandys drauf. Wir sind für Sie zu sprechen, falls Ihnen noch etwas einfällt oder etwas geschieht, was ich natürlich keinesfalls hoffe.«

Aus Mirjam Mikkels Augen blickte blanke Enttäuschung, als sie sich zögerlich erhob. »Und ich dachte, weil Sie ihn kennengelernt haben. Na ja, …«

Scharf erhob sich spontan und umarmte die junge Frau. »Machen Sie sich keine allzu großen Sorgen. Man steigert sich allzu leicht in eine fixe Idee, die sich im Nachhinein als voreilig herausstellt. Es wird bestimmt alles gut. Sie werden sehen, heute Abend ist er wieder da. Und sollte mehr hinter seinem Verschwinden stecken, stehen wir an Ihrer Seite und werden Ermittlungen einleiten. Darauf können Sie sich verlassen. Haben Sie Familie, die Sie unterstützen kann?«

Mirjam schüttelte den Kopf. »Leider zu weit weg, die leben in Hannover. Meine Mutter hat Alzheimer. Die kann ich mit meinen Sorgen keinesfalls belasten.«

»Verstehe, das ist schade.«

Burschel stand auf. »Frau Mikkels, wir sind jederzeit für Sie da. Da fällt mir noch etwas ein: Hat Ihr Mann einen Agenten?«

»Oh ja, erwähnte ich das nicht? Er heißt Klaus Heimann. Es ist DER Star-Agent. Er hat sein Büro auf der …« Sie überlegte eine Weile. »Ich glaube, es ist die Ginnheimer Landstraße, kann das sein? Nein, es ist die Ginnheimer Straße. Ich verwechsle sie immer. Jedenfalls ist es schräg gegenüber vom Elisabethen-

Krankenhaus. Die Hausnummer kenne ich nicht. Können Sie aber googeln.«

»Ich werde mich bei ihm erkundigen, ob ihr Mann in letzter Zeit irgendetwas geäußert hat, was ihm komisch vorkam. Ein Agent ist ja beruflich eine recht vertraute Person«, sagte Scharf.

»Ja, mit ihm telefoniert er häufig. Ich kenne ihn nicht persönlich. Auf Wiedersehen, Herr Kommissar.«

»Alles Gute, und bitte machen Sie sich keine allzu großen Sorgen. Er kommt gewiss zurück!«

»Was hältst du von der ganzen Sache, Burschi?«, fragte Scharf ihren Kollegen, als sie wieder an ihre Arbeitsplätze zurückgekehrt waren.

Burschel ging zum Fenster und starrte auf den dichten Berufsverkehr der Adickesallee.

»Hm, ich kann das noch nicht richtig einschätzen. Sie war ziemlich durch den Wind. Hast du die Bluse gesehen?«

»Wo du nur wieder hingestarrt hast. Aber ja, hab's gesehen, war falsch geknöpft.«

»Ja, sie ist eine sehr attraktive Frau. Solche Menschen sind meist recht eitel. Ich glaube, sie hat wegen des Streits ein schlechtes Gewissen und macht sich deswegen Vorwürfe. Vermutlich sucht sie für ihr eigenes Seelenheil nach einer Lösung.« Er drehte sich um. »Sie möchte, dass wir ihn so schnell wie möglich zu ihr zurückbringen, oder? Nur weil er ein paar ungewöhnliche Worte benutzt, gleich auf ein Verbrechen zu schließen? Menschenskinder, der Kerl befindet sich vermutlich in einem komplizierten Denkprozess, und hat sich deshalb zurückgezogen. Ist es da so ein großer Unterschied …« Er malte Anführungsstriche in die

Luft. »… ob man ›hab dich lieb‹ oder ›ich liebe dich‹ äußert? Die junge Frau hat zu viele Krimis gelesen. Außerdem ist verständlich, dass sie ihm nach seiner damaligen Affäre nicht recht über den Weg traut, obwohl sie das nicht zugibt. Aber wegen einer solchen Sache gleich zur Polizei zu gehen? Da wäre doch der Eheberater die bessere Adresse gewesen«, sagte Burschel.

»Ja, sie ist eine attraktive Frau und er hat sie in der kurzen Ehe bereits betrogen. Da wäre ich auch skeptisch. Muss ein ziemliches Arschloch sein, wenn er das tut. Dann stellt er auch auf stur, nur weil sie ein Baby haben möchte?«

»Dem würde ich keine Träne nachweinen, wenn ich ihn loshätte.« Burschel verzog das Gesicht.

»Ach, der macht seine Lesungen und taucht wieder ab. Der hat momentan keinen Bock auf seine Frau. Sie hat unbequeme Wünsche. Deswegen hat er auch nichts von den Lesungen erwähnt und auch sein Handy zu Hause gelassen, damit sie ihn nicht nerven kann.«

»Also doch 'ne andere?«

Burschel nickte. »Möglich wäre es. Dem steigt vermutlich sein Ruhm zu Kopf.«

»Also, wenn es dich interessieren würde, wie oft ich mit Philip streite und ihn am liebsten auf den Mond schicken würde und wie oft er daraufhin schon wutschnaubend die Wohnung verlassen hat, würdest du dich vermutlich fragen, weshalb wir noch zusammen sind. Dennoch habe ich mir nie Sorgen darüber gemacht, ob er mich verlässt.«

»Natürlich nicht. Dein Philip würde nie im Leben so ein Juwel wie dich wiederfinden. Wenn er nicht ganz von Sinnen ist, weiß er das. Ich habe mir übrigens schon oft überlegt, wie ich den Kerl aus dem Weg räumen könnte.« Burschel streckte Scharf die Zunge raus. »Leider bin ich kein Krimiautor, sonst würde mir vielleicht der perfekte Mordplan einfallen. Ich würde mich danach sofort lässig auf die Liste deiner Verehrer setzen. Natürlich nur, damit du keinen Verdacht schöpfst. Ich arbeite noch am Plot.«

»Burschi, du bist ein Monster. Ich sollte mich versetzen lassen. Mit so was macht man keine Scherze.«

»Scharf, du bist scharf, wenn du so redest, und ich scherze nie.«

Uta lachte. »Ich werde diesem Doktor Bohnstätter mal einen Besuch abstatten. Der kennt sie bestimmt recht gut.«

»Was heißt du, du wirst doch wohl nicht allein dorthin gehen?«

»Ach doch, beim Zahnarzt können wir eine Ausnahme machen.«

»Hänge das hier bloß nicht an die große Glocke, Uta.«

»Keine Sorge. Wie heißt nur dieser Bestseller, den Mikkels schrieb?«, fragte Scharf.

»Stimmt, zur Recherche haben wir beigetragen. Moment, hier steht es«, sagte Burschel und schaute auf den Bildschirm vor sich. »*Der Beginn allen Wahnsinns.* Das Opfer wird entführt und in einer leeren Lagerhalle gefoltert. Doch nicht nur das, der Täter quält ihn auch psychisch und erzählt, dass er sich mit Erfolg an seine Ehefrau rangemacht hat. Hin und wieder bringt der Täter etwas Essbares vorbei und berichtet, was er mit der Ehefrau anstellt. Der Gefolterte dreht durch und fleht den Täter an, ihn endlich zu töten. Er erleidet alsbald einen langen qualvollen Tod.«

Scharf verzog angewidert das Gesicht. »Da konnten einem mit etwas Fantasie gewisse Parallelen in den Sinn kommen.«

»Zumindest erklärt es, warum Mikkels an eine Entführung glaubt.«.

»Ja, ich denke, wir sollten diesen Agenten, Heimann, anrufen.«

Burschel nickte. »Wir sollten ihn kontaktieren. Da bist du natürlich dabei.«

»Werde mir wohl das Buch besorgen. Ob ich es lese, weiß ich aber nicht. Ist nichts für sensible Frauen wie mich.«

Burschel lachte. »Du bist die Hartgesottenste, die ich kenne. Gerade das macht dich so sexy. Solltest du es lesen wollen, kann ich nur sagen, dass Mikkels die Polizeiarbeit klasse inszeniert. Lass es doch zuerst deinen Philip lesen. Der wird mit so was bestimmt fertig.«

Scharf streckte Burschel ebenfalls die Zunge raus. »Kann es sein, dass du meinen Philip nicht ausstehen kannst?«

»Nicht ausstehen sind vielleicht nicht die passenden Worte. Allerdings wollen mir im Moment keine Besseren einfallen.«

*

*Ich stehe nun schon seit einer geschlagenen Stunde vor dem Polizeipräsidium. Das heißt, nicht direkt davor, sondern gegenüber auf der anderen Straßenseite der vierspurigen Adickesallee, vor einem Discounter. Direkt vor dem Präsidium kann ich mich nicht aufhalten. Zu viele Fenster, zu viele Kameras. Aber hier beobachtet mich garantiert kein Mensch. Regelmäßig schaue ich auf die Uhr, als erwarte ich jemanden.*

*Besser, ich tue so, denn in Wahrheit lasse ich den Eingang des Präsidiums nicht aus den Augen. Dort nämlich verschwand Mirjam Mikkels vorhin. Ich habe vor ihrer Wohnung auf sie gewartet, natürlich unbemerkt. Und was sah ich? Die Tussi ging direkt zu den Bullen. Gut, dass ich zur rechten Zeit vor Ort war.*

*Was macht die Schlampe nur so lange da drin? Das Schreiben, das ich Mikkels aufgezwungen habe, ist lupenrein. In einem Interview sprach Mikkels mal über seine Marotte, einfach Hals über Kopf zu verschwinden, wenn er an einem Manuskript arbeitete. Seine Frau habe sich daran gewöhnt. Was habe ich also falsch gemacht? Ich dachte, ich hätte sie mir mit dem Schreiben vorerst vom Hals geschafft. Oder hat eine andere Person Mikkels als vermisst gemeldet? Ein Verleger oder Heimann, der Agent? Ja, das würde einiges erklären, mich beruhigen. Man hat sie daraufhin vorgeladen. Wahrscheinlich entkräftet sie gerade den Verdacht, dass ihm etwas zugestoßen ist, indem sie den Brief vorlegt. Ich bin beinahe wieder beruhigt.*

*Ich habe mir den Brief zigmal durchgelesen. Mikkels Handschrift ist klar und kräftig. Kein Anzeichen von Angst oder Schwäche ist darin zu erkennen. Hat ein bisschen gedauert, bis ich ihn soweit hatte. Musste ihm erst ein paar Mal auf seine verletzten Füße treten und warten, bis der Schmerz nachgelassen hatte. Daraufhin ging es wie von selbst. Ich habe ihm geraten, etwas Herzliches schreiben. Selbst das hat er, ohne zu zögern, getan, der Waschlappen. Und der nennt sich Krimiautor. Ich beobachte ihn genau, ich kann viel von ihm lernen. Nein, ich mache mir keine Sorgen wegen der Mikkels. Ich habe keine Fingerabdrücke hinterlassen, falls die Bullen das prüfen sollten. Ich habe mir nicht die geringste Fahrlässigkeit vorzuwerfen. Prophylaktisch werde ich ihr einen Denkzettel verpassen. Sollte die Mikkels allerdings zum*

*Problem werden, habe ich einen Plan B im Kopf. Jetzt, wo der Alte weg ist, bin ich am Zug. Ich will Spaß.*

*Ich lache und rotze auf die Straße.*

*»Ich werde dein Schatten sein, heiße Braut, und ich mag deine Augen. Besonders wenn sie angstgeweitet sind, stelle ich mir deinen Blick sexy vor.«*

*

Traurig und enttäuscht verließ Mirjam das Polizeipräsidium. Den Gang hätte sie sich sparen können. Die Beamten hatten sie nicht ernst genommen. Sie hielten sie vermutlich für hysterisch.

Möglicherweise hatte sie sich getäuscht, hatte etwas Falsches in das Schreiben hineininterpretiert, und Mike war so in sein Buch vertieft, dass er Worte benutzte, die sie noch nie aus seinem Mund gehört hatte. Sie sollte sich glücklich schätzen, eine Nachricht von ihm bekommen zu haben. Fehler entstanden, wenn man mit niemandem reden konnte.

Sie hätte nicht mit Mike streiten dürfen, dann wäre sie jetzt nicht so verdammt unsicher. Sie ging zur Bushaltestelle der Linie 32. Mit dem Bus würde sie bis zur Miquelallee fahren und von dort zu Fuß nach Hause gehen. Darüber hinaus spürte sie erst jetzt, wie hungrig sie war. Sie hatte heute nichts gegessen, würde also vorher schnell in den großen REWE-Markt gehen und etwas gegen die gähnende Leere in ihrem Kühlschrank tun. Vielleicht sollte sie zum Essen ein Gläschen Wein trinken, um ihre Nerven zu beruhigen. Langsam brach sich bessere Stimmung Bahn. Sie musste aufhören, ihren Alltag für einen Krimi zu halten. Das Böse gab es nur in Büchern, in denen von Mike jedenfalls. Immer wieder dachte sie an sein neuestes Werk: *Der Beginn allen Wahnsinns*. Das Buch hatte sie schockiert. Manchmal war ihr Mike seitdem geradezu unheimlich gewesen und so bildete sie sich ein, dass es Parallelen zu seinem Verschwinden gab. In ein paar Tagen würden sie darüber lachen, sie und Mike. Und eine andere Frau? Nein, das konnte sie sich nicht vorstellen. Mike war kein Feigling. Wenn er sich ernsthaft verliebt hätte, warum sollte er dann mit ihr Katz und Maus spielen? Er würde ihr reinen Wein einschenken, davon war sie fest überzeugt.

Sie bemerkte den Mann nicht, der hinter ihr in den Bus stieg und ein Stück Papier in ihre Umhängetasche schob.

*

Mirjam lag seit Stunden auf dem Sofa und starrte durch die große Glasscheibe des Fensters in den wolkenlosen Sternenhimmel. Ihre Augen brannten vom Weinen. Sie hatte nicht die geringste Ahnung, wie spät es war. Es war ihr auch völlig egal. Sie hatte nicht die Kraft, sich zu bewegen, und würde diesen Zustand, wenn es sein musste, eine Ewigkeit lang fortsetzen. Andernfalls würde sie vermutlich an einem geplatzten Aneurysma sterben. Einen bohrenden Kopfschmerz wie diesen kannte sie nicht. Vorsichtig schloss sie die Augen, nur um den pochenden Teufel in ihrem Kopf nicht noch wütender zu machen.

Sie versuchte, nicht zu denken, doch die Gedanken kehrten brachial nach kurzer Zeit zurück. Sie hatte an der Kasse im REWE-Markt gestanden und nach dem Portemonnaie in ihrer Handtasche gesucht, als ihr der Zettel aufgefallen war. An eine Einkaufsliste konnte sie sich zwar nicht erinnern, doch in letzter Zeit war sie fahrig und vergesslich gewesen. Statt zu bezahlen, schaute sie zunächst darauf, möglich dass sie nochmal zu einem Regal zurückmusste. Der Schrei, den sie ausstieß, nachdem sie den Zettel gelesen hatte, hallte noch immer in ihrem Kopf nach. Sie hatte den Einkaufswagen stehen lassen und war aus dem Laden gestürzt.

Die unfreundlichen Worte der Kassiererin waren an ihr abgeprallt wie an einer Betonwand.

An der Seite des Bockenheimer Depots befand sich eine Metalltreppe, die zum Seiteneingang für Mitarbeiter der Städtischen Bühnen führte, und auf deren unterste Stufe ließ sich Mirjam nun fallen. Mit zittrigen Fingern faltete sie den zusammengeknäulten Zettel erneut auseinander und las:

*»Du gehst zur Polizei? Das ist ein großer Fehler, Mirjam. Solltest du noch ein einziges Mal Kontakt mit der Polizei aufnehmen, wirst du deinen Mann nie wiedersehen. Er wird für dein Misstrauen büßen. Ich beobachte dich! Nie wieder Polizei! Ich hoffe, du hast verstanden!«*

Sie hatte sich daraufhin erbrochen und Weinkrämpfe erschütterten sie, bis eine Frau auf sie zueilte, um ihr zu helfen.

»Lassen Sie mich in Ruhe«, stieß Mirjam hervor. »Gehen Sie weg!«

Jemand rief: »Was ist denn mit der Tussi los, is' die 'n Junkie?«

Wie sie in ihre Wohnung gekommen war, wusste sie nicht. Auch nicht, ob ihr jemand gefolgt war, der nun wusste, wo sie wohnte.

»Du gehst zur Polizei?« Das bedeutete, dass sie verfolgt wurde. Ganz eindeutig. Jemand war ihr bis zum Präsidium gefolgt. Sie war mit dem Bus gefahren, ohne dass ihr etwas Ungewöhnliches aufgefallen war. Auch nicht auf dem Rückweg. Und im Supermarkt? Nein, denn dort hatte sie gedankenverloren an den Regalen gestanden. Jemand, der dicht an ihr vorbeilief, hatte leicht die Möglichkeit ihr diesen Zettel zuzustecken.

Ihr Schädel würde jeden Moment platzen. Mühsam erhob sie sich und ging ins Bad, um sich Schmerzmittel zu holen.

Als sie Stunden später erwachte, war sie für kurze Zeit erleichtert. Kein Kopfschmerz mehr. Mit der Hand tastete sie nach Mike. Jäh kam die Erinnerung zurück. Nichts war zum Positiven verändert.

Sie musste etwas unternehmen, konnte nicht länger tatenlos hier rumliegen. Sie hatte recht behalten. Ihr Mann war entführt worden, doch weshalb?

Sie dachte an die Visitenkarte, die ihr die Kommissarin in die Hand gedrückt hatte. ›Sie können uns jederzeit erreichen, wenn sich etwas ändert‹, waren das nicht ihre Worte? Was wäre, wenn sie die Frau von ihrem Handy aus anrufen würde? Ihr alles erzählen, die Polizisten wussten, was sie taten. Würde das dieser Kerl überhaupt mitbekommen? Vorerst vermutlich nicht. Aber immerhin hatte er sie im Visier, wusste, dass sie zur Polizei gegangen war. Er würde ernst machen, wenn es sein musste, das wusste sie.

Wie lange beobachtete er sie bereits? Seit Mikes Verschwinden? Was, wenn er ihr bis zu ihrer Wohnung gefolgt war und sich im Haus befand, womöglich vor ihrer Tür?

Sie schauderte; lauschte erschrocken auf ungewöhnliche Geräusche. In der Küche sprang die Kühlung des Kühlschranks an, irgendwo knackte etwas. Alltägliche Geräusche. Vorsichtig erhob sie sich von der Couch.

Auf Zehenspitzen schlich sie durch den großen Wohnraum. Sie konnte nicht sagen, ob der Lift in ihrem Stockwerk gehalten hatte, jedenfalls nicht, seitdem sie wach war. In der Diele blickte sie durch die offene Tür des unbeleuchteten Schlafzimmers. Unheimliche Schatten huschten über die Wand gegenüber dem Fenster. Der Autoverkehr projizierte flimmerndes Licht an die Zimmerwand.

Sie besaßen keine Vorhänge, da ihre Wohnung nicht einsehbar war. Das bereute sie jetzt. Was, wenn der Mann sich hier in der Wohnung befand? Sie schlich zur offenstehenden Schlafzimmertür. Blitzschnell griff sie zum Lichtschalter und betätigte ihn. Das Zimmer erstrahlte in hellem Licht. In dem Raum war absolut nichts Ungewöhnliches zu sehen, doch sie sollte vorsorglich einen Blick in den begehbaren Kleiderschrank werfen. Beherzt schlich sie zur Schiebetür und holte tief Luft. Sie sollte lieber die Wohnungstür aufreißen und von hier verschwinden. Aber vielleicht wartete ihr Feind bereits vor der Tür.

Mit Schwung schob sie die Schiebetür des Kleiderschranks bis zum Anschlag zur Seite und schaltete die Innenbeleuchtung ein.

Nichts, zum Glück.

Erleichtert löschte Mirjam das Licht und schob die Tür zu. Die nächste Aufgabe war die schwerste. Sie wollte durch die kleine Kamera, die an der Tür angebracht war, das Treppenhaus einsehen. Die kleine, runde Kamera bot den Vorteil, jeden Winkel der Etage räumlich zu erfassen. Doch im Dunkel erkannte Mirjam so gut wie nichts. Sekundenlang verharrte sie vor der Kamera, traute sich kaum, zu atmen. Da die Fenster des Treppenhauses zum Innenhof ausgerichtet waren und dieser unbeleuchtet war, konnte sie, auch als sich ihre Augen an die Dunkelheit gewöhnten, nichts erkennen. Aber sie hätte schwören können, dass sie jemandes Gegenwart in ihrer Nähe spürte. Das war natürlich Einbildung. Aber sie hasste das Gefühl, das ihr beinah den Atem nahm.

# 6

*Sonntag, 15. Juli, Zoltan Német*

Das Handy schrillte nun schon zum zweiten Mal. Zoltan konnte es nicht länger ignorieren, obwohl er gern noch ein wenig länger geschlafen hätte. Ein Blick auf die Uhr, gerade mal neun. Dazu war heute Sonntag. Eine Unverschämtheit. Wer auch immer sich erdreistete, ihn so früh zu wecken, würde etwas zu hören bekommen.

Wutentbrannt nahm er das Handygespräch an: »Német?«

»Gott sei Dank erreich ich dich, Klaus hier.«

»Welcher Klaus?«

»Heimann.«

»Sag mal, was soll das? Hat Hollywood die Filmrechte für mein Buch verlangt oder warum rufst du um diese Uhrzeit an? Darf ich dich daran erinnern, dass Sonntag ist? Wenn ich ehrlich bin, habe ich mich schon bei unserem letzten Treffen ziemlich über dich geärgert, Heimann. Treib es nicht auf die Spitze. Diese Doppel-Lesung war wohl das Hirnrissigste, was dir je eingefallen ist. Was wolltest du bezwecken, hä? Ich weiß, was ich kann, da kann auch kein Mikkels dazwischenfunken. Und wenn du glaubst, du müsstest ihn bevorzugen, dann suche ich mir ruck zuck einen anderen Agenten. So einfach ist das.«

»Hey, komm mal runter. Ist ja gut. Was ist dir denn für ein Brummer in die Suppe gehüpft?«

»Ach, hör auf mit deinen billigen Scherzen. Ich habe mich neulich von dir wie eine Zweitbesetzung behandeln lassen. Das passiert mir kein zweites Mal, dann bin ich weg, verstehst du?« Zoltan fühlte sich schon viel besser, nachdem er sich endlich Luft gemacht hatte.

»Vielleicht lässt du mich jetzt wenigstens zu Wort kommen?«

»Ganz kurz!«

»Wenn es nicht so eilig wäre, hätte ich heute keinesfalls gestört. Aber ich habe zwei spontane Lesungsangebote. Heute in der Brotfabrik und morgen in der Stadtbibliothek. Wie sieht's aus? Du hast doch den *Mondscheinmann* noch nicht so oft gelesen. Gibt eine ziemlich gute Gage.«

»Klär mich auf, wieso so spontan?«, fragte Német.

»Waren eigentlich Mikkels Lesungen. Der ist aber aus unerfindlichen Gründen nicht erreichbar. Seine Frau weiß auch nicht, wo er ist.«

»Was soll das heißen?«

»Ich kann ihn auf dem Handy nicht erreichen, besser gesagt, seine Frau ging an sein Handy. Er hat es nämlich zu Hause gelassen. Mirjam hat keine Ahnung, wo er ist, und glaub mir, ich habe da echte Sorge in ihrer Stimme gehört.«

»Sorge? Was soll das heißen?«

»Was weiß ich, Eheprobleme vielleicht. Die Lesungen lässt er platzen, wenn du mich fragst. Das wäre natürlich ein Ding. Dann ist er raus, das kannst du mir glauben.«

»Ach was, und für alle Fälle verpflichtest du mich zum zweiten Mal als Zweitbesetzung? Heimann, was ist eigentlich mit dir los? Herrgott, verschon mich. Der taucht schon rechtzeitig auf. Glaubst du, ich komm zu der Lesung, um dann auf Mikkels zu stoßen? Willst du mich dann nach Hause schicken, oder was? Drehst du jetzt endgültig durch?«

»Schade, ich dachte immer, ich könnte mich auf dich verlassen, aber hier tritt wohl der unsichere Ungar hervor.«

»Moment mal, was soll das heißen?«

»Ganz einfach, du denkst, weil du kein Deutscher bist, seist du benachteiligt. Du schämst dich deiner ungarischen Abstammung. Habe ich den Nagel auf den Kopf getroffen? Mike würdest du vermutlich am liebsten für immer von der Bildfläche verschwinden lassen. Ich bin doch nicht blöd. Er stinkt dir. Ja, ich gebe zu, ich habe dich mit ihm ein bisschen provoziert. Aber wer denkt denn, dass ein Profi wie du sich dermaßen aus den Latschen kippen lässt. Ruf sie an, die Mikkels. Bilde dir dein eigenes Urteil. Mike wird nicht zu den Lesungen kommen, und dann ist er eh gestorben. Das wäre doch perfekt für dich. Gib mir in den nächsten zwei Stunden Bescheid, ob du einspringen willst, andernfalls werde ich mich nicht mehr um deine Lesungen kümmern, darauf kannst du dich verlassen.«

Das Gespräch war beendet.

*

Zoltan durchwühlte seine Schreibtischschubladen, bis er endlich auf Mikkels' Visitenkarte stieß. Zum Glück hatte er vergessen, sie wegzuwerfen. Er wurde das Gefühl nicht los, dass er Mikkels Frau anrufen sollte. Er wusste selbst nicht recht warum. Es war jetzt beinah elf. Auf einen Versuch kam es aber an. Er wählte die Festnetznummer.

Mirjam Mikkels meldete sich beinah sofort: »Hallo?«

»Német hier. Ich weiß nicht, ob Sie sich an mich erinnern. Ich habe Sie und Ihren Mann kürzlich bei unserer Lesung im Literaturhaus kennengelernt.«

»Ja«, antwortete sie. »Ich erinnere mich.«

»Frau Mikkels, unser Agent rief mich an, weil Ihr Mann heute und morgen lesen soll. Er hat mich gefragt, ob ich die Termine übernehmen kann, weil Ihr Mann nicht erreichbar ist. Da wollte ich Sie fragen, ob er mittlerweile zu sprechen ist?«

»Nein, und ich könnte mir vorstellen, dass Sie das wissen.«

»Wie bitte? Wie meinen Sie das?«

»So, wie ich es sagte. Was haben Sie mit ihm gemacht, Herr Német?«

»Was ich mit ihm gemacht habe? Was ist denn das für eine merkwürdige Frage?«

»Ich finde sie mehr als berechtigt. Sie mögen ihn nicht, er hat Ihnen den Rang abgelaufen. Glauben Sie, ich habe keine Augen im Kopf?« Sie begann zu weinen. »Haben Sie ihn diesen Brief schreiben lassen?«

»Frau Mikkels, was reden Sie da? Welchen Brief?«

»Dass ich mir keine Sorgen zu machen brauche und so weiter.«

»Ich verstehe kein Wort«, antwortete Német.

»Vielleicht haben Sie ihn entführt!«

»Ich kann kaum glauben, was Sie mir da unterstellen!«

»Sie haben mich verfolgt und mir diesen Drohbrief in die Handtasche geschoben, damit ich nicht nochmal zur Polizei gehen soll.«

»Wann soll ich Sie verfolgt haben?«

»Gestern.«

»Das sind haltlose Unterstellungen. Passen Sie auf, dass ich Sie nicht wegen Rufmordes anzeige. Ich habe gestern den ganzen Tag an meinem Schreibtisch gesessen und melde mich nur, weil ich mit Ihrem Mann wegen der Lesungen sprechen will. Ich habe nämlich keine Lust, mich vorzubereiten, wenn er doch plötzlich auftaucht. Und Sie unterstellen mir eine Entführung?«

»Tun Sie nicht so, Sie haben mich doch davor gewarnt, nochmal zur Polizei zu gehen. Ich werde es kein zweites Mal tun, aber bitte, lassen Sie meinen Mann frei.« Sie weinte bitterlich.

»Ich nehme zu Ihren Gunsten an, dass Ihre Nerven verrücktspielen, andernfalls müsste ich Sie als vollkommen irre bezeichnen. Das ist Verleumdung, was Sie da machen. Bitte beruhigen Sie sich. Ich habe weder Ihrem Mann etwas zuleide getan noch werde ich Ihnen Schaden zufügen.«

Er beendete das Gespräch, nahm seinen Kaffeebecher vom Tisch und warf ihn gegen die Wand. Ich hoffe, du krepierst elendig, Mike, dachte er.

# 7

*Montag, 16.Juli, Doktor Bohnstätter*

Uta Scharf saß entspannt wie nie im Wartezimmer eines Zahnarztes. Zahnärzte betreffend, war sie phobisch. Aber diese Sitzung würde zum Glück nicht weh tun. Was für ein wohltuendes, beinah heilsames Erlebnis.

»Sie werden ein wenig Geduld haben müssen«, wurde ihr am Empfang mitgeteilt. »Doktor Bohnstätter ist noch in der Mittagspause und danach ziemlich eng getaktet.«

»Kein Problem«, hatte Scharf geantwortet, die ihrerseits für dieses Gespräch ihre Mittagspause opferte. Nun ja, sie wollte eh etwas abnehmen. Sie zückte ihr Handy und rief ihren Kollegen Burschel an: »Wird wohl ein Weilchen dauern, bis ich zurück bin. Bohnstätter ist nicht im Haus. Mach dir also keine Sorgen.«

»Doch«, antwortete Burschel. »Ohne dich fehlt mir mein rechtes Standbein.«

Der Lautsprecher ertönte. »Frau Scharf bitte in Behandlungsraum Drei.«

»Hast du das gehört? Ich soll in den Behandlungsraum? Das gibt es doch nicht.«

»Wenn du schon da bist, kannst du ja mal reinschauen lassen. Viel Spaß.«

»Sehr witzig.« Scharf stellte das Handy auf stumm und stand auf. Sie würde sich hier von niemandem auf den Zahn fühlen lassen. Sie verließ das Wartezimmer und stand unschlüssig in der Diele.

Hinten rechts öffnete sich eine Tür. »Kommen Sie bitte, Frau Scharf?«, eine Helferin winkte einladend.

»Ja, klar.«

Scharf betrat den Behandlungsraum.

»Nehmen Sie Platz«, die Helferin deutete mit dem Lätzchen auf den Behandlungsstuhl.

Der Kommissarin wurde mulmig. »Das ist ein Missverständnis. Ich bin Polizistin und habe nur ein paar Fragen an Ihren Chef.« Dass Sie von der Kripo war, erwähnte sie absichtlich nicht.

Die Helferin hob entschuldigend die Hand. »Verzeihen Sie, wusste ich nicht. Dann nehmen Sie am besten dort auf dem Stuhl Platz. Ich komme gleich wieder, rufe meinen Chef.«

Erleichtert setzte sich Scharf.

Doktor Bohnstätter war attraktiv, mittleren Alters mit stattlicher Größe, graumeliertem Haar und blauen Augen. Er gab Scharf die Hand, bevor er sich auf seinen Drehstuhl setzte. »Was kann ich für Sie tun?«

»Mein Name ist Uta Scharf, ich bin von der Kriminalpolizei. Ich brauche ein paar Informationen, ihre Mitarbeiterin Mirjam Mikkels betreffend.«

Er machte ein besorgtes Gesicht. »Die Kripo? Meine Güte, ist ihr etwas zugestoßen?«

»Es ist reine Routinearbeit, keine Befragung. Sonst wäre ich mit meinem Kollegen hergekommen. Frau Mikkels hat momentan möglicherweise ein Problem.«

»Mirjam, ich meine Frau Mikkels ist bis zum 23. Juli krankgeschrieben. Sie hatte einen Schwächeanfall. Leider befürchte ich, sie könnte schwanger sein.«

»Das würde ihre Schwäche erklären. Sie würden Frau Mikkels als aufrichtig und zuverlässig beschreiben, nehme ich an?«

Er zog die Augenbrauen zusammen. »Aber ja doch. Sie ist kompetent, sehr angenehm, immer höflich und kollegial. Allerdings ...«

»Ja?«

»Sagen Sie, hat sie etwas angestellt?«

»Wirklich nicht. Ich kann Ihnen leider momentan keine Auskünfte geben. Aber es ist nichts Schlimmes.«

»Hm, in letzter Zeit wirkte sie manchmal abwesend, ja fast ein wenig fahrig. Vermutlich hängt das mit dem Ruhm ihres Mannes zusammen, wenn ich das mal so behaupten darf. Er ist ja ein bekannter Schriftsteller.«

»Bedeutet?«, fragte Scharf.

»Herr Mikkels ist Patient bei uns und ich unterliege der Schweigepflicht.«

»Herr Doktor Bohnstätter, wenn ich das nicht vertraulich behandle, bekomme ich die größten Probleme.«

»Okay, Frau Mikkels ist mir ans Herz gewachsen. Sie liebt ihren Mann abgöttisch, aber er ist nicht immer nett zu ihr. Zumindest kam mir das in letzter Zeit so vor. Sie sah oft traurig oder teilnahmslos aus. Dabei ist sie eine tolle, lebensfrohe Erscheinung. Sie wirkte förmlich in sich zusammengefallen.« Er hob beide Arme. »Beinahe müsste ich sagen: gealtert. Ihre strahlenden Augen. Als hätte jemand darin das Licht ausgelöscht. Deswegen konnte ich die Krankmeldung verstehen.«

»Eine diskrete Frage. Könnten Sie sich vorstellen, dass ein anderer Mann in Frau Mikkels Leben eine Rolle spielt?«

»Niemals, also das ist undenkbar. Dabei wäre es vermutlich das Beste für sie. Aber, ehrlich. Sie ist immun gegen begehrliche Blicke. Ähm, würde ich meinen.«

Okay, du bist hinter ihr her. Scharf schaute verstohlen auf Bohnstätters Finger, die keine Ringe trugen. Das musste nichts heißen, aber er könnte unverheiratet sein.

Aber auch eine Ehe schützt nicht vor einer Affäre, wie man an Mike Mikkels sah.

»Hat sie psychische Probleme, die sie behandeln lässt?«

»Nicht, dass ich wüsste«, antwortete Bohnstätter. »Wobei ich nicht alles über sie weiß.«

»Könnten Sie sich vorstellen, dass Mike Mikkels Feinde hat?«

Bohnstätter räusperte sich. »Das ist aber jetzt wirklich eine merkwürdige Frage. Muss ich mir konkrete Sorgen um Frau Mikkels machen?«

Scharf schüttelte den Kopf.

»Hm, wie schon gesagt, er ist mein Patient, obwohl er schon lange nicht mehr bei mir war. Aber unter uns und im Vertrauen?«

Scharf nickte.

»Ich kenne etliche Leute in der Gegend, die ihn als arrogant bezeichnen würden. Ich spreche nur von Menschen, die ihn persönlich kennen.«

»Kennen Sie seine Bücher?«

»Ich habe reingelesen. Ich interessiere mich eher für wissenschaftliche Abhandlungen, weniger für Belletristik.«

»Dann waren Sie vermutlich nicht rein zufällig mal bei einer von Mike Mikkels' Lesungen, Doktor Bohnstätter?«

»Doch, das war ich tatsächlich, ist noch gar nicht lange her. Ich habe es Mirjam zuliebe getan. Sie sollte nicht denken, dass ich ignorant bin. Ich schätze Menschen, die Karriere machen, und bei einer Lesung kann ich wenigstens ein wenig mitreden.«

»Wann war die Lesung?«

»Das kann ich Ihnen genau sagen, das war am 30. Juni im Literaturhaus. Einen Tag früher hat meine Mutter Geburtstag. Will Buck und Mike Mikkels lasen gemeinsam. Da hatte ich wenigstens was zum Vergleichen und Mirjam war auch dabei. Sie sah übrigens umwerfend aus. Mikkels kann gut lesen, das muss ich ihm schon lassen. Also deutlich besser als Will Buck. Bei ihm war das mehr so ein einschläfernder Singsang, wenn ich das als Laie richtig beurteile.«

»Waren Sie ein weiteres Mal bei einer Lesung? Beispielsweise am 11. Juli in der Alten Oper?«

Bohnstätter war verdutzt. »Wieso fragen Sie das? Nein, wieso sollte ich? Ich erwähnte doch schon, dass ich das nur für Mirjam tat, dieses eine Mal und in der Alten Oper war sie nicht mal dabei.«

»Ah, woher wissen Sie das?«

»Sie erwähnte es, hat wohl mit ihrem Mann gestritten. Ich sehe ihr immer gleich an, wenn sie in Sorge ist. Da sprach ich sie an.«

»Wissen Sie, worüber die beiden gestritten haben?«

»So gut ist unser Verhältnis nicht. Sie wollte mir nichts verraten. Mirjam ist einfach zu gut für Mike. Sie ist verletzlich und braucht jemanden an ihrer Seite, der mit ihr durch dick und dünn geht.«

*

Als Scharf wieder auf der Leipziger Straße stand, war es kurz nach zwei. Sie zückte ihr Handy und rief ihren Kollegen an: »Burschi, ich lebe noch, mitsamt allen Zähnen.«

»Nicht dein Ernst. Ich hätte dich da ganz anders rangenommen. Hast du was rausbekommen?«

»Ich komme erstmal ins Präsidium.«

Mit einer Portion Eis bewaffnet, betrat Scharf eine Viertelstunde später das Büro. »Für dich, Burschi. Zitroneneis. Ist doch deine Lieblingssorte?« Scharf reichte ihrem Kollegen die Eistüte.

»Danke, du bist richtig fürsorglich. Wo haste das denn aufgetrieben?«

»Leipziger Straße, direkt am Parkplatz. War reiner Zufall.«

»Ich dachte schon, du willst mich gütlich stimmen, weil du so lange weg warst. Setz dich hin und erzähl, bevor ich mich nach einer neuen Partnerin umsehe«, sagte Burschel und begann, sein Eis zu essen. »Schmeckt übrigens.«

»Also, Bohnstätter ist hin und weg von Mirjam Mikkels«, berichtete Scharf. »Der kann ihren Mann nicht leiden, hat aber sein Buch gelesen, wenigstens quer. Stell dir vor, er war sogar bei einer Lesung, also dieser Doppellesung. Er hat es für sie getan, sagt er. Na ja, er sprach von Schweigepflicht und Mikkels sei auch sein Patient. Jedenfalls ist er der Meinung, dass Mirjam Mikkels ganz schön unter ihrem Mann leidet. Sie ist übrigens bis zum 23. krankgeschrieben. Also eine Woche lang. Na ja, sie ist eine zuverlässige und freundliche Mitarbeiterin, wohl sein bestes Pferd im Stall. Er würde sie mit Kusshand nehmen, wenn sie frei wäre, ganz sicher. Ich fragte ihn, ob er am 11. Juli auch bei Mikkels Lesung war.«

»Und?«

»Er war nicht dort.«
»Es gibt ein nächstes Mal?«
»Schon möglich.«

*

Mike hatte Schüttelfrost und Fieber. Die Wunden an seinen Füßen waren entzündet und rochen bereits nach fauligem Fleisch, vermutlich Wundbrand. Zum Glück hatte ihm der Kerl die Fesseln abgenommen. Jetzt, wo er ohnehin nicht mehr in der Lage war, fortzulaufen. Er hatte etwas Trinkwasser bekommen, davon zweigte er ein wenig ab, um sich damit die Wunden notdürftig auszuwaschen. Die Zehen waren so stark angefressen, dass er die Knochen sehen konnte. Die Schmerzen waren kaum zu ertragen und Mike wusste nicht, ob er hier schon einmal geschlafen hatte oder einfach nur regelmäßig bewusstlos wurde.

Mit dem Klopapier, das neben dem Fäkalieneimer lag, umwickelte er die Füße, so gut es ging. Wenn der Typ Essen brachte, was seiner Meinung nach höchstens alle zwei Tage geschah, warf Mike das meiste den Ratten vor. Sie ließen ihn dann eine Zeitlang in Ruhe. Sie wurden immer gieriger, spürten seine zunehmende Schwäche. Vermutlich witterten sie seinen nahenden Tod.

Bis vor kurzem hatte er geglaubt, er könne den Täter überlisten. Er wollte sich hinter der Tür positionieren und dem Täter beim Eintreten den Schädel einschlagen. Doch mittlerweile hatte er aufgegeben. Er war zu schwach geworden. Nur ein Wunder würde ihn noch retten und das hatte einen Namen. »Mirjam, wo bist du bloß?«, flüsterte er. »Hast du meine Botschaft nicht verstanden? Ich bereue zutiefst, dass ich unausstehlich war. Du warst immer so lieb zu mir. Bitte, lass mich jetzt nicht im Stich. Ich mache alles wieder gut. Alles! Wenn du mich nur rausholst. Lies mein Buch. Ich bin in einem ähnlichen Raum gefangen wie das Opfer meines letzten Krimis. Such nach einem leeren Fabrikgebäude oder etwas Ähnlichem.«

# 8

*Dienstag, 17. Juli, Karl Lemberg*

Lemberg schlenderte über die Leipziger Straße. Seit einiger Zeit seine bevorzugte Flaniermeile. Er mochte die Gegend und war auf der Suche nach einer Wohnung im Zentrum von Bockenheim. Hier lebten Menschen aller Gesellschaftsschichten. Studenten, Migranten, Obdachlose, Wohlhabende wie auch Sozialhilfeempfänger. Hier kam er auf seine Kosten. Er liebte es, Menschen zu beobachten, sich auszumalen, wie sie lebten und wovon. Sein Kopf wollte in letzter Zeit nicht recht zur Ruhe kommen, er suchte Zerstreuung. Der nächste Job stand gegen Mittag an. Ein Foto-Shooting auf dem Römerberg mit dem Oberbürgermeister, mehr war heute beruflich für Lemberg nicht zu erledigen. Deshalb befand er sich nun auf Motivsuche für seine analoge Hasselblad-Kamera. Vielleicht würde er sich heute Abend mal wieder in seine Dunkelkammer begeben. In Gedanken vertieft, hätte er um ein Haar eine junge Frau, die gerade aus einer Apotheke trat, über den Haufen gerannt. »Oh verzeihen Sie bitte.«

»Kein Problem«, sagte die Frau und eilte davon.

Er stutzte. War das nicht? Ja, tatsächlich, das war Mirjam Mikkels, die Frau des Autors. Was für ein Zufall. Gestern Morgen hatte er eine Schlagzeile über Mikkels' angebliches Abtauchen in der Zeitung gelesen.

Instinktiv drehte er um und folgte der Frau. Vielleicht ließ sich heimlich ein brauchbares Foto schießen.

Nur für seinen persönlichen Gebrauch sozusagen. Sie war so unglaublich hübsch.

Sie hatte es eilig, passierte das Lokal Doktor Flotte, das Karl noch allzu gut aus seiner Jugend kannte. Mehrere Blackouts hatte er der Kneipe zu verdanken.

Gerade verschwand die Mikkels aus seinem Sichtfeld. Er beschleunigte seine Schritte. Da, gerade überquerte sie die Straßenbahnschienen an der Bockenheimer Warte, steuerte den REWE-Markt an und ging hinein. Traf sich gut, Karl wollte ohnehin noch einkaufen. Er brauchte nicht lange nach ihr zu suchen und erwischte sie an der Gemüse-Theke. Gleich hinter dem Eingang.

»Hallo, Frau Mikkels«, sagte Karl, »das ist heute schon das zweite Mal, dass wir uns begegnen, was für ein Zufall.«

Die Mikkels wirkte verstört. »Was wollen Sie von mir? Ich kenne Sie nicht.« Sie zog ihren Einkaufswagen zu sich, als wolle sie ihn, wenn nötig zur Abwehr einsetzen.

»Oh, entschuldigen Sie, wenn ich Sie erschreckt habe. Als Sie vor ein paar Minuten aus der Apotheke kamen, hätte ich Sie vor ein paar Minuten beinah angerempelt. Mein Name ist Karl Lemberg. Ich bin Fotograf bei der Frankfurter Zeitung und hatte die Ehre, für die Presse einer Lesung ihres Mannes beizuwohnen. Vielleicht erinnern Sie sich an mich? An diesem Tag habe ich mir die Mühe gemacht, nur die Fotos auszuwählen, auf denen Sie, Frau Mikkels, besonders gut zur Geltung kamen. Wobei Sie natürlich ohnehin fotogen sind, wenn ich das als Profi äußern darf.« Er schmunzelte. »Frankfurt ist ein Dorf. Schön, dass ich ein paar Worte mit Ihnen wechseln durfte. Sie sind eine wirklich besondere Frau. So ein Motiv bekommt ein Fotograf nicht oft vor die Kamera. Ihr Mann muss sehr stolz auf Sie sein.«

Mirjams Gesichtsmuskeln lockerten sich allmählich. »Danke, aber sagen Sie, sind Sie mir hierher gefolgt?«

»Aber nein, reiner Zufall. Auch Männer müssen hin und wieder einkaufen gehen.«

Sie nickte erleichtert. »Klar, meine Nerven sind in letzter Zeit etwas überreizt. Verzeihen Sie, hat nichts mit Ihnen zu tun.«

»Ich will Ihnen nicht zu nahetreten, aber falls Sie etwas auf dem Herzen haben ...« Er zog eine Visitenkarte aus der Jackentasche und reichte sie ihr. »Man hört ja so einiges. Ich habe recht gute Kontakte zur Presse. Also nur, wenn Sie, na ja, nichts für ungut. Bitte entschuldigen Sie.«

Sie war verwirrt. »Was meinen Sie mit: ›Man hört so einiges‹?«

»Wie soll ich sagen. Promis sind gläsern. Haben Sie gestern den Artikel in der Frankfurter Zeitung nicht gesehen? Da steht drin, dass Will Buck zwei Lesungen übernommen hat, da Ihr Mann nicht aufzufinden ist?«

»Wie bitte? Was steht da? Ich habe die Zeitung noch da, aber ich habe den Artikel nicht gelesen.«

»Dann schauen Sie rein. Steht im Lokalteil. Sollten Sie Eheprobleme haben – Gott behüte, Klatschpresse halt –, weiß das jetzt halb Frankfurt. Entschuldigen Sie meine Offenheit. Reine Sympathie, wollte Sie nicht beleidigen. Jedenfalls alles Gute.« Er nickte und entfernte sich.

»Moment, warum wollen Sie mir helfen?«, rief sie hinter ihm her.

Er drehte sich um. »Sie wirken so verletzlich.«

# 9

*In Mikkels' Gefängnis*

*Während Mikkels langsam zu Grunde geht, werde ich immer stärker. Ich liege im Bett und kann nicht schlafen. Das stört mich aber nicht, denn alles, was ich tue, erfüllt seinen Sinn.*

*Ich muss an meine Mutter denken. Sie hat mich zu einem starken Mann gemacht, obwohl sie mir als Kind oft wehgetan hat. Ich schäme mich dafür, dass ich sie hasste.*

*»Junge, ich muss dich bestrafen, du bist ein Lügner.« Wie oft hat sie mich mit dem Besenstil verdroschen. Ich war übersät von blauen Flecken, die ich versuchte, zu verbergen.*

*Im Kindergarten entschuldigte sich meine Mutter für meine Blessuren. »Er ist so ungeschickt, fällt über seine eigenen Füße. Aber ich kann ja nicht ständig bei ihm stehen.«*

*Heute muss ich lachen, wenn ich daran denke.*

*Mit etwa fünf Jahren erfand ich mein Alter Ego. Meinen Freund Tommy. Er begleitet mich bis heute. Ich rufe ihn und er ist da.*

*»Das war nicht ich, das war Tommy«, rechtfertigte ich mich. Manchmal musste sie so sehr darüber lachen, dass sie vergaß, mich zu verdreschen. Manchmal wurde es aber auch schlimmer. Ich wusste nie genau mit ihren Launen umzugehen. Heute bin ich ihr dankbar. Obwohl ich keinen Kontakt mehr zu ihr habe, hat sie mich zu einem starken Mann gemacht. Sie ist mit einem ziemlich miesen Kerl irgendwo in den Vogelsberg gezogen. Ich konnte ihn vom ersten Moment an nicht leiden. Er war ständig besoffen, aber sie kam nicht*

*von ihm los. War ihm hörig und hat sich nie mehr gemeldet. Keine Ahnung, ob sie noch lebt. Vielleicht hat sie aber auch das bekommen, was sie verdient, und er hat sie totgeschlagen. Mir egal.*

*Heute am frühen Abend war ich bei Mikkels und habe behauptet, dass ich Mirjam kenne. Es hat seine Wirkung nicht verfehlt. Er hat in seinem Roman auch über dieses Thema geschrieben. Also über den Ehebruch.*

*Ich glaube, dass Mikkels an einer Blutvergiftung sterben wird. Zu essen bekommt er nur so viel, dass er noch ein bisschen durchhält. Ich habe den Eindruck, dass er die Ratten füttert. Er magert rasend schnell ab. Bald gebe ich ihm den Gnadenstoß. Er muss nur noch durchhalten, bis ich alles auf dem Papier habe. Soll jemals einer meinen, ich könnte nicht authentisch schreiben. Ich werde etwas erschaffen, was es nie zuvor gegeben hat. Genau dafür brauche ich Mikkels. Er fragte mich heute, wieso gerade er. Na warum wohl, weil er eine fesselnde Geschichte schrieb, eine ganz ähnliche Story. Was man schreibt, muss man auch mal durchleben, finde ich. Und ich bin der Zuschauer, der in sich aufsaugt, wie der Autor selbst Höllenqualen durchleidet.*

*Wenn Mirjam wüsste, dass ihr Mann nur wenige Kilometer entfernt von ihr wie ein Tier gefangengehalten wird. Nachdem ich ihr im Bus den Zettel in die Tasche geschoben habe, verfolgte ich sie bis zu ihrer Wohnung. Bin bei ihr geblieben. Natürlich nicht direkt. Soweit sind wir noch nicht, aber immerhin war nur ihre Wohnungstür zwischen uns. Ich habe die halbe Nacht davorgesessen und auf sie aufgepasst. Den Aufzug habe ich nicht benutzt. Zu groß war die Gefahr, dass sie mich hörte. Es tat gut, ihr nahe zu sein. Ich entdeckte ein Bedürfnis, dass ich zuvor nicht kannte. Nur bei Mirjam empfinde ich es, denn die meisten Frauen kann ich nicht ausstehen. Aber sie werde ich vielleicht eines Tages glücklich machen. Die Narren um sie rum stören mich nicht. Sollte ihr einer von denen zu nahetreten, wird er es bereuen.*

*

Mirjam dachte die halbe Nacht über das Telefonat nach, das sie vor drei Tagen mit Német geführt hatte. Sie war in ihrer ohnmächtigen Wut zu weit gegangen und hatte ihn beschuldigt, ihrem Mann etwas angetan zu haben. Aber warum sonst hatte sie dieser Mann angerufen? Doch nur um herauszufinden, was die Polizei wusste. In der Zeitung stand, dass er die Lesung in der Brotfabrik durchgeführt hatte. Er sei förmlich über sich selbst hinausgewachsen, und die Lesung in der Stadtbibliothek sollte ebenfalls stattfinden. Er war sich also restlos sicher, dass Mike nicht erscheinen würde.

Sie sollte mit Uta Scharf darüber reden. Lieber mit ihr als mit diesem Arndt Burschel. Die Scharf war eine Frau, die würde sie verstehen. Eigentlich fand Mirjam sie sympathisch. Andererseits musste sie immerzu an den Zettel denken.

Das war keine leere Drohung.

Das beschrieb Mike auch in seinem Buch. Ihr Mann würde nicht wollen, dass sie die Polizei benachrichtigte.

Es musste jedoch eine Lösung geben. Sollte sie versuchen, auf eigene Faust zu ermitteln? Sie dachte an Lembergs Visitenkarte. Oder sollte sie ihren Chef einweihen? Nein, er mochte ihren Mann nicht und wäre keine gute Stütze.

Als das Handy klingelte, wurde sie aus ihren Gedanken gerissen.

»Hallo?«

»Scharf hier, hallo, Frau Mikkels. Hat sich Ihr Mann gemeldet? Hallo, Frau Mikkels, hören Sie mich? Ich bin die Polizistin von neulich.«

»Natürlich. Entschuldigen Sie. Einen Moment bitte, ich habe was auf dem Herd.«

Sie legte das Handy ab und atmete mehrmals tief durch, dabei richtete sie ein Stoßgebet gen Himmel. »Ich hoffe, dass ich das Richtige tue«, betete sie stumm. Sie nahm das Handy wieder auf und hielt es sich ans Ohr. »So, alles erledigt. Was fragten Sie gerade? Ach ja, er hat sich gemeldet, braucht wohl noch Zeit. Aber alles gut. Ich habe überhitzt reagiert, als ich entschied, zu Ihnen zu kommen. Entschuldigen Sie bitte, dass ich Ihre Zeit unnötig in Anspruch genommen habe. Sie brauchen nicht mehr nachzufragen.«

»Ich dachte, er hätte sein Handy zu Hause gelassen?«

»Er rief vom Festnetz an.«

»Haben Sie sich die Nummer gemerkt?«

»Nein, die war unterdrückt.«

»Hm okay. Ein bisschen haben uns die versäumten Lesungstermine natürlich stutzig gemacht. So was vergisst ein Autor doch nicht.«

Mirjam versuchte, witzig zu klingen. »Da kennen Sie meinen Mann schlecht. Ach, wie sollten Sie auch. Ich habe mir auch gleich Sorgen gemacht. So ein Unsinn aber auch. Na ja, mein Mann schreibt Krimis, da denke ich immer gleich ans Schlimmste. Ist das nicht komisch? Ich sprach mit ihm über die Lesungen und er fiel tatsächlich aus allen Wolken. Er war so in seine Arbeit vertieft, dass er …« Sie räusperte sich. »… die Termine glatt vergessen hat. Aber, ähm, er wollte sich wohl bei Heimann persönlich entschuldigen. Ich kann nur hoffen, dass er das auch getan hat.«

»Ist bei Ihnen wirklich alles in Ordnung? Sie wirken so nervös.«

»Nein, wie gesagt, ich koche gerade und da bin ich in Sorge, dass mir das Essen verbrennt.«

»Gut, wenn alles okay ist, bleibt mir nichts anderes übrig, als Ihnen zu glauben. Sie haben unsere Visitenkarte, nicht? Nur, falls doch Unvorhergesehenes passieren sollte. Ich weiß, ich wiederhole mich, aber Sie sollten das wirklich im Hinterkopf behalten.«

»Was soll denn passieren? Er ist eben Autor und braucht seine Ruhe. Ich glaube ihm jetzt. Das alles nur wegen dieser Worte, die er benutzte. Wirklich idiotisch, dass ich mir gleich etwas eingebildet habe. Ich bitte Sie, verraten Sie ihm niemals, dass ich zur Polizei gegangen bin.«

»Wie könnte ich es ihm verraten, ich weiß doch nicht, wo er steckt. Hat er es Ihnen gesagt?«

»Ich, ja klar, also mehr oder weniger. Nicht genau, er will seine Ruhe, verstehen Sie? Aber natürlich bin ich mir ziemlich sicher.«

»Ich nehme an, er hat sich ein Zimmer in einer Pension genommen?«

»Genauso ist es.«

»Na dann, gehen Sie lieber wieder zu Ihrem Kochtopf. Guten Appetit, auf Wiederhören.«

»Tschüss!«

*

»Da ist was oberfaul, glaubst du nicht?«, fragte Scharf, nach Beendigung des Gesprächs und schaute ihren Kollegen an. Burschel hatte mitgehört und nickte. »Sie ist ziemlich durch den Wind. Wenn er wirklich anrief, dann gewiss von der Pension aus. Wieso sollte die ihre Nummer unterdrücken. Hast du das schon mal gehört?«

»Nein, das habe ich nicht. Glaubst du, sie wird erpresst?«

»Schon möglich. Oder sie hat wirklich nur zu viele Krimis gelesen. Weißt du eigentlich, dass ich mittlerweile Mikkels' neuestes Werk gelesen habe?«

»Aha, was hältst du davon?«

»Ein brutaler Krimi über Neid, Hass und Entführung. Nichts für schwache Nerven.«

»Ja? Lass uns mit seinem Agenten sprechen. Wie heißt der nochmal?«

Burschel öffnete ein Fenster auf seinem Laptop. »Klaus Heimann. Adresse haben wir auch.«

# 10

*Freitag, 21. Juli, Klaus Heimann*

Uta Scharf und Arndt Burschel saßen im Literaturbüro. Scharf konnte kaum verhindern, den auffällig bunt und extravagant angezogenen Agenten von oben bis unten zu mustern. Burschel kannte seine Kollegin und amüsierte sich heimlich über ihre Blicke.

»Wir wollen Sie nicht lange aufhalten, Herr Heimann, nur ein paar Fragen.« Er stupste Scharf unauffällig mit dem Fuß unter dem Tisch an.

Sie zuckte zusammen. »Ja, ganz rasch.«

»Ich habe immer noch keine Ahnung, warum die Polizei mit mir reden will. Ich habe meine Steuern immer bezahlt. Was ist so schwerwiegend, dass man es nicht am Telefon besprechen kann?«, fragte Heimann. »Bin ich straffällig geworden, ohne davon zu wissen? Sie sind von der Kripo oder stecken Sie noch in der Ausbildung? Ich kann Ihnen leider keinen Praktikumsplatz anbieten.«

»Herr Heimann, wenn Sie uns nur ein paar Fragen beantworten, wir sind gleich wieder weg.«

Heimann seufzte und legte die Hände flach auf seinen Bauch. »Ich habe noch nicht gefrühstückt. Fassen Sie sich kurz.«

Scharf sah Burschel schräg von der Seite an. »Möchtest du oder darf ich?«

»Ladys First.«

»Herr Heimann, es geht um Mike Mikkels, einen Ihrer Autoren.«

»Ich weiß, wer Mikkels ist.«

»Frau Mikkels hat kürzlich die Sorge geäußert, dass ihr Mann unfreiwillig verschwunden sein könnte. Er ist nach seiner letzten Lesung am 11. Juli in der Alten Oper nicht nach Hause gekommen. Er hat sich zwar bei ihr gemeldet, zurück ist er aber immer noch nicht.«

»Ich habe auch versucht, den Idioten zu erreichen, weil er zwei Lesungen geschmissen hat. Zum Glück hat ihn Will Buck ersetzt. Mikkels hat mich ganz schön in die Scheiße geritten. Der kriegt von mir was zu hören, das macht man nicht mit mir!«

»Laut Frau Mikkels, wollte er sich dafür bei Ihnen entschuldigen, hat er sich also doch nicht gemeldet?«, fragte Scharf.

»Hier hat niemand angerufen. Schriftsteller sind manchmal die größten Narzissten und ticken anders als andere Leute.«

»Er ist mit seinem letzten Buch richtig berühmt geworden. Könnten Sie sich vorstellen, dass ihm jemand etwas anhaben will?«

»Das verstehe ich nicht, wie meinen Sie das?«

»Dass jemand von seinem Verschwinden profitieren könnte?«

Heimann winkte ab. »So 'n Quatsch. Sie meinen nicht etwa, er ist entführt worden?« Er lachte. »Selbst wenn der Mann im Moment gehypt wird, dauert es noch, bis er genug Geld verdient. Da lohnt sich seine Entführung kaum. Als Autor wird man nicht allzu leicht wohlhabend. Die meisten nagen am Hungertuch. Die Mikkels ist 'ne ziemlich hysterische Person, die psychische Probleme hat und nicht allein bleiben kann. Sie begleitet ihn zu jeder Lesung, wobei ich nicht ganz sicher bin, ob sie es bloß tut, um im Rampenlicht zu stehen.« Er kratzte sich nachdenklich am Kinn.

»Herr Mikkels hat sich bestimmt wegen seines neuen Manuskripts zurückgezogen«, antwortete Burschel.

»Also ich kann bestätigen, dass er das manchmal tut. Ihm ist dann alles zu viel um sich herum und er steht unter Erfolgsdruck. Er will natürlich wieder ein qualitativ hochwertiges Buch schreiben. Allerdings sollte er zu seinem Agenten den Kontakt nicht abbrechen. Hat er noch nie gemacht. Wenn er sich nicht meldet, kann er sich das Manuskript sonst wo hinschieben. Ich werde ihn nicht mehr vertreten.«

»Ist er normalerweise ein verlässlicher Mensch?«, fragte Scharf.

Heimann schlug die Beine übereinander. »Ja, er hat immer alles mit mir besprochen. Ich bin ziemlich enttäuscht. Bisher war er ehrgeizig und hat auf den Punkt gearbeitet. Das Manuskript kam meist schon vor dem Abgabezeitpunkt beim Lektor an, das weiß ich vom Verlag. Aber da kann Ihnen sein Lektor sicher nähere Auskunft geben.«

»Können Sie uns den Namen seines Verlegers nennen?«

Heimann nickte. »Das ist kein Geheimnis. Er heißt Hermann Bruhns. Verleger des Frankfurter Verlags.«

Burschel notierte.

»Und wie heißt sein Lektor?«

»Armin Schadt, er ist Cheflektor und schreibt selbst. Wenngleich erfolglos. Es gibt viele, die glauben, sie seien Schriftsteller. Dabei sind die wenigsten von Ihnen überhaupt Autoren, verstehen Sie den Unterschied?«

Burschel nickte. »Ich bilde es mir zumindest ein.«

»Als Agent gewinne ich den Eindruck, dass jeder zweite ein Buch schreibt. Sehr beliebt bei den Schreiberlingen sind übrigens Autobiographien.« Er schlug mit der flachen Hand auf die Schreibtischplatte. »Da schreibt nun also Lieschen Müller eine Autobiographie über ihr nichtssagendes Leben. Noch dazu findet sie vor lauter Selbstverliebtheit kein Ende und schreibt ein Dreihundert-Seiten-Epos. Natürlich ist Lieschen Müller überzeugt, dass ihr Buch ein Bestseller wird. Letzten Endes landet sie nach all den Absagen bei einem Druckkostenzuschussverlag, bei dem sie ihr eigenes Werk finanziert. Sie kauft so circa dreihundert Bücher und baut mit denen die Stellwände in ihrer Bude, was weiß ich. Aber eines steht fest: Verkaufen wird sie keines ihrer Bücher. Sie drängt sie aber vermutlich ihrer Verwandtschaft auf. Sollten Sie Lieschen Müller fragen, dann ist sie von dem Zeitpunkt, an dem sie ihr erstes Wort geschrieben hat, eine große Schriftstellerin. Da fassen Sie sich ans Hirn. Obwohl ich bezweifle, dass unser Lieschen Müller überhaupt eins hat. So geht es natürlich nicht nur Lieschen, sondern auch den vielen Schreiberlingen, die völlig belanglose Texte ohne roten Faden schreiben. Gilt übrigens für alle Genres.«

Er schüttelte den Kopf. »Das musste raus, sorry. Nur damit Sie sehen, dass ein Beruf, wie ich ihn habe, wirklich anstrengend ist. Ich suche quasi stets goldene Zeilen im grauen Buchstabensalat und meine Zeit ist mehr als kostbar.« Heimann sah auf seine Uhr. »Beantwortet das nun all Ihre Fragen? Okay, ich schreibe Ihnen Schadts Nummer auf. Übrigens ein verrückter Typ, aber als Lektor taugt er was. Er findet sämtliche Widersprüche und Fehler im Text.« Heimann riss einen Zettel vom Block und schrieb die Nummer darauf.

»Danke, was Sie über miserable Autoren sagten, behalten wir natürlich für uns.« Scharf lachte.

»Mir egal, ist kein Geheimnis.« Er reichte der Kommissarin den Zettel. »Da erreichen Sie ihn eigentlich immer.«

*

»Der hat es aber nötig, was? Meine Augen tun mir immer noch weh, bei der Farbenpracht seiner Garderobe.« Scharf begann zu lachen, kaum dass sie im Auto saßen.

»Du hast den angegafft wie ein Kind, ich muss schon bitten, Frau Kommissarin. Das war unprofessionell. Lass ihm seinen Geschmack. Allerdings passt sein Äußeres gar nicht zu dem altertümlich eingerichteten Büro.«

»Aber jetzt zur Sache und zurück zu Mikkels. Er hat immer auf den Punkt gearbeitet. Er war zuverlässig und dann taucht er einfach ab? Macht das in deinen Augen Sinn?«

»Überhaupt nicht. Das ist ein guter Anhaltspunkt, um erst recht skeptisch zu werden.«

»Könnte die Mikkels etwas mit dem Verschwinden ihres Mannes zu tun haben und will sie sich mit ihrer Aussage reinwaschen?«

»Gibt nichts, was es nicht gibt!«

»Ich denke mal laut. Vielleicht hat sie einen Liebhaber und will ihren Mann loswerden. Vielleicht setzt sie der Liebhaber sogar unter Druck. Oder es ist ein Racheakt! Er hat sie in der kurzen Ehe schließlich betrogen.«

»Ich will deinen Freund ja auch gern loswerden. Obwohl ich nichts dagegen hätte, wenn du ihm Hörner aufsetzen würdest. Aber natürlich nur mit mir!«

Scharf kniff Burschel in den Oberarm.

»Ich stehe dir auch bei, falls ich dich dafür verschwinden lassen muss, versprochen!«

»Du hast gut Lachen, Burschi. Aber mittlerweile weiß ich nicht, ob das überhaupt ein Kriminalfall ist.«

»Die Mikkels hat Angst. Weshalb, werden wir noch herausfinden«, sagte Burschel.

# 11

*Montag, 23. Juli, Hermann Bruhns – Verleger*

Hermann Bruhns war ein nervöser hagerer Mann Mitte 50. Nach seiner Wangenfarbe zu urteilen, litt er unter Bluthochdruck und scheinbar unter chronischem Zeitdruck, wie sein unruhiger Blick vermuten ließ. »Sie sind von der Kripo und interessieren sich für Mike Mikkels?«, fragte er.

»Interessieren ist vielleicht nicht der richtige Ausdruck, Herr Bruhns. Wir möchten sein Verschwinden aufklären«, antwortete Burschel.

»Ich kann Ihnen da wohl kaum weiterhelfen. Dass er offenbar nicht erreichbar ist, habe ich vernommen. Die Lesungen allerdings muss er selbst organisieren, oder sein Agent. Ist übrigens einer der Besten.«

»Der Agent?«, fragte Scharf.

»Ja, er hat ein Händchen dafür, die Spreu vom Weizen zu trennen. Ich arbeite sehr gern mit ihm zusammen. Ansonsten kümmere mich hier rein ums Verlegen der Bücher. Wie die Autoren ihre Bücher bewerben, ist ihre Sache. Mikkels und ich hatten nur einmal auf der Buchmesse miteinander zu tun. Ansonsten kümmert sich im Verlag Armin Schadt, unser Lektor, um Mikkels und natürlich der Programmchef und die Werbeabteilung.« Bruhns sprach so schnell, dass man Steno können müsste, um mitzuschreiben.

Scharf nickte. »Dürfen wir Sie dennoch um Ihre Meinung über Mike Mikkels bitten?«

»Wie meinen Sie das?«

»Ist er ein zuverlässiger Mensch?«

Bruhns grinste beinah belustigt. »Das will ich hoffen. Andernfalls hätte er in meinem Verlag nichts verloren. Mein Verlag ist seriös und setzt auf die Qualität der Autoren.«

Burschel mischte sich ein: »Ein weiterer Erfolgsautor ist ja ebenfalls bei Ihnen unter Vertrag.«

»Wen meinen Sie? Ich habe einige erfolgversprechende Autoren unter Vertrag.«

»Wir meinen Will Buck«, antwortete Scharf. »Wir haben gehört, es gab Spannungen zwischen Will und Mike?«

Bruhns machte ein nachdenkliches Gesicht. »Buck behauptet, das sei ein Gerücht. Aber unsere Autoren brauchen sich nicht zu lieben. Ich interessiere mich mehr für den Erhalt des Verlags und die Verkaufszahlen als um die Befindlichkeiten meiner Autoren. Auch da wäre es sicher klüger, seinen Agenten zu fragen. Wenngleich ich Zoltan, verzeihen Sie, Will Buck, recht gut kenne.«

»Kein Problem, wir kennen seinen richtigen Namen. Können Sie uns etwas zu ihm erzählen?«

Bruhns nickte. »Er war mein erster Bestsellerautor, hat sich mir vor etwa zehn Jahren persönlich auf der Buchmesse vorgestellt. Ich komme gut mit ihm zurecht. Er hat einen besonderen Schreibstil und er hat eine angenehme Art. Ich mag ihn einfach. Mikkels hat ihm ein wenig den Rang abgelaufen. So etwas geht sehr schnell, wenn ein Autor über ein Thema schreibt, dass die Massen bewegt. Deswegen schätze ich aber Német nicht weniger. Er liefert immer wieder gute Texte.«

»Wie würden Sie ihn charakterlich bezeichnen? Ist er psychisch stabil?«

»Ha, das ist eine merkwürdige Frage. Ihm ist vor Jahren die Frau weggelaufen, falls Sie das als instabil bezeichnen sollten.«

»Das war vorläufig alles Herr Bruhns, wir bedanken uns und finden alleine raus.«

Scharf und Burschel verabschiedeten sich.

»Puh, der redet schneller als jeder Wasserfall«, stöhnte Scharf, als sie wieder im Auto saßen. »Gebracht hat es uns nicht viel. Besorgt scheint er auch nicht zu sein.«

»Ist halt ein großer Verlag. Der lebt nicht allein von Mikkels«, antwortete Burschel.

*Montag, 23. Juli, 15 Uhr, Armin Schadt*

Burschel hatte zum wiederholten Mal Schadts Nummer gewählt. »Von wegen, da erreicht man den immer.« Nach sechs fehlgeschlagenen Anrufen meldete sich Schadt. Auch er war nicht gerade erbaut über einen Anruf der Polizei.

»Liegt etwas gegen mich vor?«, fragte er. D*as kam prompt,* dachte Burschel.

»Wir würden Sie, wegen einiger Fragen, einen Ihrer Autoren betreffend, gerne besuchen.«

»Um wen handelt es sich?«

»Mike Mikkels.«

»Woher wissen Sie, dass ich seine Texte lektoriere?«

»Wir haben unter anderem mit seinem Verleger gesprochen.«

»Ich bin ein vielbeschäftigter Mann und Zeit ist Geld«, antwortete Schadt.

»Wir werden uns so kurzfassen, wie nur möglich.«

»Dann kommen Sie meinetwegen morgen Abend um achtzehn Uhr bei mir vorbei. Ich wohne in der Basaltstraße.« Er nannte ihm die genaue Adresse. »Bitte seien Sie pünktlich. Ich habe danach noch zu tun!«

## 12

*Dienstag, 24. Juli, 18 Uhr, Uta Scharf*

Uta Scharf und Arndt Burschel fuhren bereits zum dritten Mal durch die Basaltstraße. An einen Parkplatz war nicht zu denken, wie in vielen Stadtteilen Frankfurts.

»Hätten wir einen Roller genommen, wären wir schneller gewesen«, sagte Burschel.

Scharf lachte. »Die Kripo auf einem Roller. Wäre ein interessantes Bild.«

»Erwähnte ich schon, dass ich die Straße nicht mag? Hier zu wohnen, kostet pro Tag kostbare Zeit, zumindest wenn du ein Auto besitzt. Rechne das mal um auf ein ganzes Leben.«

»Vielleicht bleibt der eine oder andere nicht sein Leben lang hier wohnen oder er schafft sein Auto ab. Frankfurt hat eine gute Infrastruktur. Setz mich schon mal ab und versuch weiter dein Glück. Wir sind nämlich schon fünf Minuten über der Zeit und der Mann hat heute noch etwas anderes vor.«

Burschel nickte. »Ich erinnere mich dunkel. Also gut. Kannst du hier rausspringen? Ich komme hoffentlich gleich nach.«

»Mach ich, wir sind nur etwa fünf Häuser zu weit. Aber den Weg meistere ich spielend.«

»Rückwärtsfahren wäre ein Fehler. Hinter mir ist einer.«

Da hupte es bereits.

»Ist ja schon gut«, rief Scharf, sprang raus und winkte dem Autofahrer zu. »Ich beeile mich.« Sie warf die Beifahrertür zu und ging den Weg zurück. Der Summer wurde umgehend betätigt, nachdem sie auf den Klingelknopf gedrückt hatte. Im Erdgeschoss öffnete sich eine Tür.

»Na endlich. Sie sollen doch pünktlich sein, oder?«

»Herr Schadt? Mein Name ist Uta Scharf von der Kripo.« Sie ging auf den großen, stämmigen Mann zu und hielt den Dienstausweis vor.

Schadt blickte missmutig auf seine Armbanduhr. »Ihre Zeit ist abgelaufen. Es ist bereits 18:13 Uhr.«

»Tut uns leid. Wir hatten ein Parkplatzproblem. Mein Kollege kommt sofort. Sucht nur noch.« Sie hoffte inständig, dass Burschel jeden Moment auftauchte. Der Mann war wirklich seltsam. Er wirkte mit dem schütteren dunklen Haar nicht nur ungepflegt, sondern auch unheimlich. Es hätte Scharf nicht verwundert, wenn er im nächsten Moment ein Messer gezückt hätte. Instinktiv legte sie eine Hand an ihr Waffenholster.

Schadt starrte sie unverhohlen an.

»Darf ich vielleicht reinkommen oder wollen wir hier draußen auf meinen Kollegen warten?«, fragte Scharf, die der Blick des Mannes nervös machte.

»Na dann kommen Sie in Gottes Namen rein.« Er ließ sie eintreten und führte sie in einen spärlich beleuchteten Wohnraum. Auf einem Arbeitstisch stand ein Computer, der den hinteren Teil des Raums in bläuliches Licht tauchte.

»Da«, sagte er und deutete auf einen zerschlissenen Sessel, während er sich auf eine ebenso unansehnliche Couch fallen ließ. Wäre es heller gewesen, hätte Scharf vermutlich eine Staubwolke gesehen, die der Mann beim Hinsetzen aufwirbelte. Sie fragte sich, ob auch Sessel Bettwanzen haben konnten, dann wäre dieses Exemplar wie gemacht dafür. Ob der Mann krankhaft geizig war und sich deshalb keine besseren Möbel leisten konnte? Da klingelte die Türglocke.

»Gehen Sie.«, sagte Schadt, der keine Anstalten machte aufzustehen. »Sie wissen ja noch, wo die Tür ist, nehme ich an.«

Scharf nickte erleichtert, stand auf und ging um sich tastend durch den dunklen Flur, nicht ohne sich an der vorstehenden Garderobe zu stoßen. »Autsch, verdammt.«

Nachdem sie ihren Kollegen hereingelassen hatte, flüsterte sie: »Das ist hier wie im Gruselkabinett.«

»Ne, da ist es heller«, raunte Burschel.

In dem Moment ging im Wohnraum eine Stehlampe an.

»Haben Sie es endlich geschafft, war ja ein Staatsakt«, sagte Schadt.

»Leider konnte ich das Auto nicht huckepack nehmen«, antwortete Burschel und trat auf Schadt zu, während er seinen Dienstausweis zog und ihn vorzeigte. »Burschel, von der Kripo.«

Schadt deutete dem Beamten auf einen in die Jahre gekommenen Holzstuhl, bei dem sich Scharf umgehend fragte, ob er seine Krankenversicherungskarte eingesteckt hatte, falls er sich hier eine Beckenfraktur zuziehen sollte.

Vorsichtig nahm er Platz.

»Was wollen Sie wissen?«, fragte Schadt.

»Sie sind Mike Mikkels Lektor. Das bedeutet, dass Sie mit Mikkels zusammenarbeiten und ihn ein bisschen näher kennen?«

»Von Näherkennen kann nicht die Rede sein. Ich habe seinen Text in eine vernünftige Form gebracht, weiter nichts. Wieso will die Kriminalpolizei wissen, ob ich Mikkels kenne?«

»Weil er seit ein paar Tagen nicht zu finden ist.«

»Aha, und was hat das nun mit mir zu tun?«

Burschel schaltete sich ein. »Wir schauen uns nur ein wenig in seinem Umfeld um, weil wir uns einen Eindruck von ihm verschaffen wollen. Hat er sich während seiner Arbeit öfter zurückgezogen? So ein Lektorat geht doch etliche Male zwischen Autor und Lektor hin und her, soviel ich weiß. Hat er manchmal längere Zeit auf sich warten lassen beim Korrigieren?«

»Quatsch. Er hat das Manuskript immer prompt zurückgeschickt, allerdings mit Kritik an meinen durchaus berechtigten Verbesserungsvorschlägen. Er ist ein arroganter Kerl, der mir unterstellt, einen seiner Texte gestohlen und umgearbeitet zu haben, um ihn für mich selbst zu verwenden. Er hat sogar Anzeige gegen mich erstattet. Das müssen Sie sich mal vorstellen. Er musste sie allerdings zurückziehen. Hat mir nichts beweisen können. Zur Strafe hat er mich bei seinem tollen Agenten schlecht gemacht. Jedenfalls hat Heimann meine Manuskripte alle abgelehnt. Sie seien schlecht, hat er gesagt. Ich mache nie etwas, das schlecht ist. Deshalb brauch ich auch keinen Agenten. Ich schicke jetzt alles direkt zu den Verlagen. Heimann wird sich in den Arsch beißen und Mikkels ist ein Typ, der über Leichen geht. Ich kann dem Entführer nur gratulieren. Der Mann soll verrotten, wenn er das nicht schon ist.«

»Wie kommen Sie darauf, dass er entführt wurde?«, fragte Scharf.

Schadt stutzte einen Augenblick. »Sie sprachen von einem Vermisstenfall. Wieso wird sonst ein Mensch vermisst, wenn er nicht entführt wurde? Glauben Sie etwa, der tut sich etwas an? Der ganz bestimmt nicht.«

»Es gibt deutlich mehr Farben als nur schwarz oder weiß, gerade deshalb eruieren wir. Wann hatten Sie zuletzt mit ihm zu tun?«

»Bei der Fertigstellung seines Buches, das durch mich …« Er tippte sich mit dickem Zeigefinger auf die Brust, »… zum Bestseller geworden ist.«

»Wann genau war das?«

»Etwa vor drei Monaten. Wieso glauben Sie, ich würde mich wegen dem strafbar machen?«

»Okay, das tun wir nicht. Wissen Sie, ob Mikkels Feinde hat?«, fragte Scharf.

»Jede Menge, mancher würde wohl behaupten, es seien Neider. Ist mir auch egal. Er steht im Fokus, da gibt es die verrücktesten Reaktionen.«

»Können Sie uns Namen von Missgünstigen nennen?«, wollte Burschel wissen.

Schadt wiegte den Kopf. »Dem Buck ist er beispielsweise ein Dorn im Auge. Er kann ganz passabel schreiben, aber Mikkels hat ihm den Rang abgelaufen.«

»Würden Sie Buck eine Straftat zutrauen?«

»Krimiautoren kann man allerhand zutrauen. Im Geiste sind sie fast alle Massenmörder.«

»Hm, so habe ich es noch nie betrachtet«, sagte Scharf.

»Gut, dann werden Sie verstehen, dass ich jetzt meinen Verpflichtungen nachgehen muss.« Er blickte auf die Uhr. »Neunzehn Uhr, verdammt spät.«

»Lektorieren Sie um diese Uhrzeit noch?«

»Nein, ich habe noch andere Dinge zu erledigen.«

Scharf und ihr Kollege standen auf.

»Eine Frage noch, kennen Sie Mikkels' Frau?«

»Nein, ich habe nur ein paar Zeitungsfotos gesehen. Sieht aus, als könne sie keinem etwas zuleide tun. Aber manchmal trügt ja der Schein. Weiche Schale, harter Kern.«

»Oh, meinen Sie, dass sie jemandem etwas antun könnte?«

»Ich denke noch ganz andere Sachen.« Er grinste unangenehm.

»Okay, falls wir noch Fragen haben ...«, sagte Burschel.

»Glaube ich nicht, dass ich sie beantworten kann«, unterbrach Schadt. »Sie finden allein raus.«

Draußen klopfte Scharf den Staub von ihrer Hose, bevor sie einige Meter weiter auf dem Beifahrersitz des Dienstwagens Platz nahm und die Autotür ins Schloss zog. »Was für ein Unsympath. Mit dem wollte ich nicht zusammenarbeiten und dann diese ekelhaft dreckige Bude.«

»Da siehst du mal, wie gut du es mit mir getroffen hast. Ich bin sauber, beinah pingelig, unkompliziert, sympathisch, witzig, hilfsbereit und in dich verschossen.«

Scharf grinste. »Und so was von selbstverliebt. Ach Burschi, jetzt mal Spaß beiseite. Schadt tickt doch nicht richtig.«

»Ich glaube vor allem, dass er Mikkels nicht besonders mag, um das vorsichtig zu formulieren.«

»Ja, so beliebt ist Mikkels nicht. Na ja, seine Frau hat scheinbar nicht nur Verehrer, nach dem, was Schadt durch die Blume äußerte.«

»Sie hat vermutlich auch Neider, weil sie so hübsch ist.«

»Hä, der Schadt soll da neidisch sein?«

Burschel lachte. »Ne, aber so einer hat bei ihr keine Chance. Deshalb redet er abfällig.«

»So einer hat bei keiner Frau Chancen.«

# 13

*Das Gefängnis*

Der Kerl mit der Maske brachte Essen. Doch Mike wurde allein bei dem Geruch übel. »Bitte, können Sie mir ein Schmerzmittel geben? Meine Füße, ich halte das nicht mehr aus. Bitte helfen Sie mir. Ich brauche einen Arzt. Oder sagen Sie mir endlich, was ich tun soll, damit Sie aufhören, mich zu quälen. Ich verstehe das einfach nicht.«

»Kannst du dir das nicht vorstellen? Ich stelle die Szenen in deinem Roman nach, um sie besser zu verstehen. Ich will mir alles auf der Zunge zergehen lassen. So machst du es doch auch, wenn du schreibst. Du spielst die Szenen im Geist durch. So gut bin ich noch nicht, verstehst du? Ich muss sie real erleben.«

Mike wollte sich aufstützen, doch er hatte nicht die Kraft dazu. »Sind Sie wahnsinnig? Man schreibt nichts, was man vorher ausprobiert.« Er stöhnte.

»Ich schon. Aber erklär mir, was deine Geschichten so lebendig macht.« Der Kerl legte einen Berg Zettel auf den Boden. »Das habe ich geschrieben. Korrigier das.«

»Oh, das ist Sache eines Lektors, das müssen Sie mit ihm besprechen.«

»Ich will aber, dass du es machst, verstanden? Vielleicht lass ich dich dann gehen. Andererseits«, er grinste breit, »habe ich gerade erst so richtig Spaß an deiner Frau gefunden.«

Mike stöhnte erneut. »Bitte, äußern Sie so etwas nicht. Das würde sie nicht tun. Ich glaube Ihnen nicht. So etwas steht in meinem Buch, Sie erzählen mir das nur.«

»Denk, was du willst.«

»Bitte, geben Sie mir wenigstens ein Schmerzmittel, dann ... versuche ich, Ihnen zu helfen, aber das kann ich nicht mit diesen Schmerzen. Ich bräuchte auch dringend Antibiotika.«

*

*Ich habe ihn da, wo ich ihn haben will. Mikkels hält nicht mehr lange durch. Nur für mein Manuskript brauche ich ihn noch. Danach entsorge ich ihn auf Nimmerwiedersehen. Und dann mach ich mich an seine Alte ran. Sie wird schon noch anbeißen und mit mir glücklich werden. Besonders wenn ich diesen authentischen Thriller geschrieben habe. Ich sehe ja ganz gut aus.*

*Der Gedanke daran, sie vorzuführen, macht mich scharf. Und niemand weiß, wer ich wirklich bin. Ich beobachte sie. Die von der Kripo. Wie sehr sie doch im Dunkeln tappen. Allerdings gefällt mir diese Scharf. Vielleicht nehme ich sie mir auch noch vor. Ich könnte mich totlachen. Das ist mein Jahr. Erfolg und Glück, so stand es in meinem Horoskop.*

*Ich sollte mich nach einem passenden Wohnobjekt umsehen. Für Mirjam und mich. Die Scharf könnte ich mir gut als Geliebte halten. Oder ich kidnappe sie?*

*

Das Schmerzmittel wirkte, wenigstens ein bisschen. Mike hatte sogar eine Kleinigkeit gegessen, nachdem er seine Füße notdürftig gewaschen und versorgt hatte. Er war sich sicher, im Krankenhaus hätten sie längst mit einer Teilamputationen der Zehen begonnen. Doch nun, da er endlich halbwegs klar denken konnte, erwachte sein Kampfgeist. Er war immer ein Kämpfer gewesen. Nicht immer fair, vermutlich ein Egoist, aber ein Kämpfer. Während der Gefangenschaft hatte er oft über sich selbst und sein Leben nachgedacht. Vielleicht verdiente er, was er hier bekam. Er war schon manches Mal ein ziemlich ausgebuffter Hund gewesen. Er wollte schon von Kindheit an etwas Besonderes werden. Ursprünglich ein berühmter Schauspieler. Doch er stammte aus kleinen Verhältnissen und seine Eltern hatten wenig Verständnis dafür aufgebracht, dass er nach dem Abitur auf eine Schauspielschule gehen wollte. Er begann, Geschichten zu schreiben, weshalb sein Vater an seinem Verstand zweifelte. Er konnte sich nicht einmal entsinnen, ob seine Eltern überhaupt jemals ein Buch in die Hand genommen hatten. Seine Mutter höchstens Kochbücher. Das hatte ihr allerdings auch wenig geholfen. Sie war Zeit ihres Lebens eine miserable Köchin gewesen. Bald brauchte ihn sein Vater nach seinem Herzinfarkt in der Bäckerei. Mike war in jener Zeit jahrelang morgens um vier Uhr aufgestanden, um Brötchen zu backen. Vermutlich hatte ihn das diszipliniert. Denn als er mit dem Schreiben begann, hatte er stets einen stringenten Plan eingehalten. Seine besten Arbeitszeiten waren die frühen Morgenstunden gewesen, noch bevor er in die Bäckerei musste.

Seine Protagonisten hatten allesamt eine gewisse Ähnlichkeit mit Personen, die ihm im Leben begegnet waren. Oft rächte er sich in seinen Texten an jenen, die ihm Unrecht zugefügt hatten. Natürlich veränderte er seine Figuren bis zur Unkenntlichkeit. Keine lebende Person hätte ihm je eine Absicht unterstellen können. Als er Mirjam kennengelernte, wurde er weicher. Sie war nicht nur schön, sondern eine Person, die ihm unglaublich guttat. Sie streichelte seine Seele, bewunderte ihn, himmelte ihn geradezu an. Bis zu seiner Gefangenschaft hatte er oft bis tief in die Nacht am Computer gesessen, während Mirjam schlief. Wenn er nicht weiterwusste, setzte er sich an den Bettrand und staunte über ihre schönen, tiefenentspannten Gesichtszüge. Dann wusste er, wofür er das alles tat. Zugegebenermaßen war er kein unattraktiver Mann und er genoss die bewundernden Blicke vieler Frauen. Durch seinen plötzlichen Ruhm hatte sich seine Anziehungskraft spürbar verstärkt. So kam es auch, dass er nach einer der wenigen Lesungen, zu der ihn Mirjam nicht begleitete, eine kurze, aber heftige Affäre eingegangen war. Natürlich war sie aufgeflogen, da Alessa seine Frau per Handy über ihre Beziehung in Kenntnis gesetzt hatte. Sie glaubte, Mike für sich gewinnen zu können. Mirjam war aus allen Wolken gefallen, wollte ihn verlassen. Doch letztendlich verzieh sie ihm, nachdem er ihr hoch und heilig schwor, das nie wieder zu tun. Heute wusste er, er liebte Mirjam. Sie war der einzige Mensch, den er je geliebt hatte. Er bedauerte zutiefst, dass er ihren Babywunsch brüsk abgewiesen hatte und es zu diesem unsäglichen Streit gekommen war.

Er glaubte dem Irren nicht, dass er etwas mit Mirjam angefangen hatte. Aber Mike konnte nicht ausschließen, dass er es versuchen würde. Wenn nicht sogar mit Gewalt.

Er musste hier irgendwie rauskommen, dazu brauchte er Kraft. Kraft, um den kranken Kerl zu überwältigen.

Die einzige Chance dazu war, diesen verdammten Text zu lesen. Vielleicht würde er dann das Vertrauen des Irren gewinnen.

Was wohl Heimann von ihm dachte, weil er nicht zu den Lesungen erschienen war? Er tobte sicherlich.

Der Kerl hatte als er vor ein paar Stunden hier war eine Taschenlampe neben das Lager gelegt. Ein Segen. Die Lampe hielt die Ratten vorerst von ihm fern. Doch jetzt wurde auch das Ausmaß seiner Verletzungen deutlich. Sobald er hier rauskam, wäre er nicht mehr der Mann, der er zuvor gewesen war. Würde Mirjam ihn als Krüppel ertragen?

Schließlich begann Mike, zu lesen. Nach den ersten dreißig Seiten war für ihn das Rätsel seiner Gefangenschaft endgültig gelöst. Der Kerl wollte mit Mikes Hilfe, nein, mit seinen Worten, ein großes Werk schaffen, und dazu war ihm jedes Mittel recht. Wer war dieses Monster? Jemand, der Zuschauer bei einer seiner Lesungen gewesen war?

## 14

*Mittwoch, 25. Juli 2018, 7:30 Uhr*

Mirjams Handy klingelte. Vage Hoffnung. Eine fremde Nummer. Mike? Oder gar der Entführer?

»Hallo?«, fragte sie atemlos.

»Frau Mikkels, hier Scharf, bitte entschuldigen Sie die frühe Störung, aber ich wollte Sie vor der Arbeit erreichen.«

Verdammt, wäre sie nur nicht rangegangen. »Hallo, Frau Kommissarin, kein Problem. Ich habe mich krankschreiben lassen. Ich bin leicht erkältet«, log sie und bemühte sich, ihre Stimme nasal klingen zu lassen.

»Ach, das hat Ihr Chef vermutlich falsch verstanden. Er sagte, Sie hätten einen Schwächeanfall erlitten.«

»Ja, damit fing es auch an. Die Erkältung war aber wohl die Ursache. Sie … Sie waren bei meinem Chef?«

»Ich machte mir Sorgen um Sie, deshalb wollte ich mich bei ihm nach Ihnen erkundigen. Na ja, im Grunde genommen hoffte ich, dass Sie sich ihm anvertraut haben.«

»Ich sagte Ihnen doch bereits, dass Mike sich gemeldet hat. Es geht ihm gut und er kommt nach Hause, sobald er seine Arbeit abgeschlossen hat. Sie brauchen nicht mehr nachzufragen. Wirklich, langsam treiben Sie mich zur Verzweiflung. Warum glauben Sie mir denn nicht?«

»Frau Mikkels, bitte entschuldigen Sie, aber Sie wirkten so besorgt, als Sie bei uns waren, und bei unserem Telefonat klangen Sie sehr, wie soll ich sagen, sehr unsicher, als ob Sie, einer Not gehorchend, gelogen haben. Wir glauben, dass Sie in der Zwickmühle stecken. Auf das Problem stoßen wir in unserem Job öfter.«

»Wie meinen Sie das?«, fragte Mirjam.

»Vielleicht befürchten Sie, dass Sie die Lage Ihres Mannes verschlimmern, wenn Sie sich an die Polizei wenden? Frau Mikkels, wir sind Profis, glauben Sie mir. Erleichtern Sie Ihr Herz. Sie verschlimmern die Lage möglicherweise.«

Mirjam versuchte, unbeschwert zu lachen. »Das ist aber wirklich komisch. Sie glauben, weil ich die Frau eines Schriftstellers bin, denke ich in Klischees? Das ist geradezu grotesk. Nein, Sie täuschen sich. Alles in Ordnung!«

»Frau Mikkels, Klischee würde ich das nicht nennen. Selbst wenn Sie nicht die Frau eines Autors wären, wüssten Sie, dass Entführer die Angehörigen warnen, die Polizei einzuschalten. Das hat wenig mit Klischee zu tun.«

»Wenn Sie mir nicht glauben, will ich Ihnen gern meine Bankauszüge zeigen, da können Sie selbst sehen, dass ich keine größere Summe abgehoben habe, und das weder vor ein paar Tagen, noch in letzter Zeit.«

»Wir haben uns ein wenig im Umfeld Ihres Mannes umgesehen. Wir waren unter anderem bei seinem Lektor.«

»Seinem Lektor? Wieso das? Den kenne ich nicht mal. Mike hatte Probleme mit ihm.«

»Das wissen wir.«

»Dürfen Sie sich da eigentlich einmischen? Ich meine, ich habe Ihnen doch keinen Auftrag erteilt.«

»Wir brauchen auch keinen. Wir sind keine Privatdetektei. Solange wir nur den geringsten Verdacht haben, ermitteln wir, ob mit Ihrem Segen oder ohne. Tut mir leid, dass ich das so ausdrücken muss«, sagte Scharf.

Mirjam stiegen die Tränen in die Augen. »Das glaub ich einfach nicht. Mir fällt nicht mal der Name ein. Waren Sie nur bei ihm?«

»Armin Schadt. Sie kennen ihn nicht, obwohl Ihr Mann gegen ihn Anzeige erstattet hat?«

»Das ist etwa drei Jahre her. Kurz vor meiner Zeit.«

»Ach so. Ja, wir waren auch bei Klaus Heimann und seinem Verleger.«

»Bei seinem Agenten und bei Bruhns?«

»Ja, wir haben uns in seinem Umfeld umgesehen.«

»Warum tun Sie das alles? Heimann ist auch Will Bucks Agent, also ich meine Némets Agent. Der, hält mich doch ohnehin für eine hysterische Ziege. Wenn das mein Mann erfährt. Bitte hören Sie auf, die Pferde scheu zu machen. Kümmern Sie sich lieber um reale Straftaten, oder gibt es die in Frankfurt auf einmal nicht mehr?«

»Frau Mikkels, noch einmal, hat sich Ihr Mann wirklich bei Ihnen gemeldet?«

»Wie lange soll ich Ihnen das noch erklären? Es ist alles in Ordnung. Bitte, ich bekomme Ihretwegen noch einen Nervenzusammenbruch.«

»Sie wissen wirklich nicht, wo wir ihn erreichen können? Sie haben bestimmt eine Nummer? Mit einem Anruf könnten wir jeden Zweifel ausräumen.«

»Ich kann es nur immer wiederholen. Er will seine Ruhe, auch vor mir. Verstehen Sie, er kennt mich. Ich würde spätestens nach zwei Tagen fragen: Wann kommst du endlich und so weiter. Ich muss das einfach akzeptieren. Ich versuche, mich zu bessern, aber ich falle immer wieder in das gleiche Muster. Das müssen Sie mir einfach glauben. Bitte! Wenn er erst zurück ist, verspreche ich ihm, dass ich an mir arbeiten werde, das nehme ich mir fest vor.«

»Frau Mikkels, falls Sie versuchen, Ihren Mann zu schützen, ist das der falsche Weg. Sie könnten sich bei Behinderung der Ermittlung sogar strafbar machen. Auf Wiederhören.«

Mirjam war fix und fertig. Sie hatte sich mit ihren Lügen in eine Katastrophe geritten. Dabei war sie mehrfach drauf und dran gewesen, alles zu beichten. Ihr Herz zu erleichtern. Vielleicht behinderte sie tatsächlich die Ermittlungen und machte alles nur schlimmer. Schließlich recherchierten die beiden ohnehin. Das aber hatte mit ihr nichts zu tun und wenn der Entführer sie beobachtete, wusste er, dass sie seinen Anweisungen gehorchte. Nein, sie durfte nichts aufs Spiel setzen, aber etwas musste sie tun. Tatenlos zuzusehen, brachte sie nicht weiter.

In einem von Mikes Büchern drehte der Täter durch und richtete ein Blutbad an, als er herausfand, dass die Polizei alarmiert wurde. Das war natürlich nur eine Geschichte, aber so etwas konnte geschehen.

Dass die Scharf auch bei ihrem Chef gewesen war, war Mirjam geradezu peinlich. Bohnstätter mochte sie, das wusste sie schon lange. Ob die Scharf glaubte, dass sie ein Verhältnis mit ihrem Chef hatte? Sie schlug die Hände vor das Gesicht. Sie brauchte Hilfe, und zwar so schnell wie möglich.

Karl Lembergs Visitenkarte lag immer noch neben dem Telefon. Sie nahm sie und wählte seine Telefonnummer.

*

*Du bist brav, kleine Mirjam, das gefällt mir. Während dein Mann in den, na nennen wir es, vorletzten Zuckungen liegt, hältst du dich als brave Ehefrau an die Regeln. Dabei wirst du deinem Mann so oder so nicht mehr helfen. Macht aber nichts, ich werde dir zur Seite stehen. Dabei ist er noch immer voll ängstlicher Hoffnung.*

*Dein Mann hat sich mittlerweile an die Arbeit gemacht. Er blüht dabei förmlich auf und glaubt immer noch an ein Wunder. Aber was wäre das für ein Leben, das er jetzt führen müsste. So als Krüppel? Nein, ich bin doch kein Unmensch. Du müsstest ihn im Rollstuhl schieben, das hast du wirklich nicht verdient. Du siehst, ich tue alles nur zu deinem Besten. Seine Ideen werden in meinem Werk weiterleben und vielleicht, aber nur vielleicht erzähle ich dir eines Tages davon. Ich meine von der Überarbeitung. Kommt ganz darauf an, wie kooperativ du sein wirst. Erst mal werde ich dich auf die falsche Fährte schicken. Diese Szene werde ich dann eigenhändig in mein Werk einbringen. Muss ja nicht alles von deinem Mann sein. Da käme ich mir vor wie ein Dieb. Ach Mirjam, wenn du wüsstest, wie wunderbar sich mein Leben gestaltet.*

*Es gibt da einen Steinbruch, den dein Mann in seinem Krimi beschrieben hat. Er schrieb über den roten Naturstein fast lyrisch. In der Nähe von Bad Vilbel umrandet von Streuobstwiesen sollte er liegen. Was soll ich sagen, ich habe den Ort gegoogelt. Es gibt ihn tatsächlich, diesen roten Sandsteinbruch. Es ist ein idyllisches Plätzchen. Ich bin hingefahren.*

*Wäre mal was für ein Schäferstündchen mit dir und ich habe den Eindruck, dass dort in letzter Zeit kein Stein abgetragen wurde. Ich werde seinen Leichnam dort hinbringen. Er hat dort also erst einmal seine Ruhe. Was gäbe es Schöneres, als deinen Mann dort zur letzten Ruhe zu betten? Es ist ein geradezu magischer Ort. Dort werde ich ihn hinbringen. Man kann mit dem Auto beinah ranfahren. Er wird dort eingewickelt in einen Jutesack hinabstürzen und ich werde noch ein paar Brocken von dem roten Sandstein hinabwerfen, zur Dekoration und natürlich, um ihn ein wenig zu verbergen. Ich habe richtig Spaß an diesem spannenden Spielchen. Ich bin neugierig, ob irgendwann jemand dahinterkommt, dass der Bestsellerautor auf sein eigenes Grab hingewiesen hat. Wenn ich erst der große berühmte Autor geworden bin, werde ich dir vielleicht die Geschichte erzählen. Bis dahin ist Gras über die Sache gewachsen. Du wirst mich lieben lernen, Mirjam. Ja, das weiß ich. Du wirst auch mich zu meinen Lesungen begleiten, aber Lemberg wird keine Fotos von uns schießen. Ich traue ihm nicht.*

# 15

*Mittwoch, 25. Juli, Zoltan Német*

Zoltan fühlte sich, als könne er Bäume ausreißen. Natürlich hatte er sich spontan entschieden, die Lesungen für Mikkels zu übernehmen, nachdem er mit dessen Frau gesprochen hatte. Obwohl er sich nach deren Unterstellungen erst einmal sammeln musste. Doch er hatte bereits viel von Mikkels gelernt, besonders lebendig zu lesen, war eines der Resultate. Seine Stimme klang eine Nuance tiefer als normal. Das hatte er eingeübt. Es ließ die Zuschauer den Atem anhalten und er hatte beide Tage mehr als sechzig Bücher signiert.

Heimann war bei der Lesung in der Brotfabrik persönlich aufgetaucht und hatte ihm freundschaftlich auf die Schulter geklopft. »Eigentlich wollte ich nicht kommen, habe das nur gemacht, weil du mir auch einen Gefallen getan hast, indem du das Event übernommen hast. Aber Respekt, du warst erste Sahne. Du hast dich um 180 Grad gedreht. Wie machst du das nur? Ich freue mich schon sehr auf deinen nächsten Krimi. Wenn das mit dir so weitergeht, werde ich dir die besten Locations aussuchen, versprochen.«

Wenn das kein Kompliment war. So hatte Heimann in all den Jahren nie mit ihm gesprochen. Dass Mikkels verschwunden war, war das Beste, was Zoltan hätte passieren können. Keiner der Zuschauer und Zuschauerinnen war besonders enttäuscht gewesen, dass Zoltan anstelle von Mikkels gelesen hatte. Das freute ihn am allermeisten. Denn auf den Plakaten und in der Presse wurde nun mal der Kollege angekündigt. Eine ältere Dame war nach der Lesung sogar auf ihn zugekommen. »Herr Buck, Sie sind der beste Krimiautor, den ich kenne. Ich weiß nicht, ob ich nach dieser spannenden Lesung heute Nacht ein Auge zukriegen werde.«

Zoltan schwebte seitdem in höheren Sphären und schrieb unermüdlich. Die Gedanken flossen nur so aus ihm heraus.

Als es an der Tür läutete, wunderte er sich. Der Postbote? Er stand auf und ging zur Sprechanlage. »Hallo?«

»Scharf und Burschel hier, Kriminalpolizei. Herr Német, dürfen wir Sie kurz sprechen?«

Kriminalpolizei? Zoltan überlegte. Das konnte nur mit Mikkels zusammenhängen. Hatte ihn etwa Mikkels Frau angezeigt? So lange die keinen Durchsuchungsbeschluss hatten, musste er niemanden in die Wohnung lassen. Sollte Mikkels ihn allerdings angezeigt haben, war es da sinnvoll, ein Gespräch abzulehnen?

»Haben Sie einen Durchsuchungsbeschluss?«, fragte er.

»Nein, wir haben nur ein paar Fragen an Sie.«

»Zweiter Stock«, sagte er und drückte auf den Summer.

Er stand bereits an der offenen Wohnungstür, als die Beamten das zweite Stockwerk erreichten.

Die Frau, die sich mit dem Namen Scharf ausgewiesen hatte, machte ihrem Namen alle Ehre, wie er fand.

Burschel wies sich ebenfalls aus.

Német überragte den nicht gerade kleinen Burschel um eine Kopflänge. »Ich bin neugierig, was die Kripo von mir will. Vielleicht ein signiertes Buch?« Er schmunzelte. »Kommen Sie, bitte, und folgen Sie mir hinten rechts in mein Büro. Ich arbeite gerade an einem Manuskript.«

Das Büro war ein heller, freundlicher Raum mit Blick auf den Parlamentsplatz. Ein großer Schreibtisch stand vor dem Fenster. Rechts befand sich eine Couchgarnitur mit zwei modernen schwarzen Ledersofas und einem flachen Glastisch.

»Das ist eine gemütliche Atmosphäre, kann man hier überhaupt Krimis schreiben?«, fragte Scharf, während sie sich neben ihren Kollegen setzte.

»Stimmt, für düstere Szenen stellt man sich üblicherweise eine dementsprechende Umgebung vor. Dafür recherchieren wir ja auch. Wir sehen uns die Gegenden an, in denen die jeweiligen Szenen spielen. Am eigenen Schreibtisch werden sie nur noch umgesetzt. Nehmen Sie bitte Platz. Darf ich Ihnen etwas zu trinken anbieten?«

»Nicht nötig, wir bleiben nicht lange«, antwortete Scharf.

Német setzte sich auf das gegenüberliegende Sofa.

»Sagen Sie, Herr Német«, Burschel klang belustigt, »wie kamen Sie auf einen Durchsuchungsbeschluss?«

»Na hören Sie mal, ich bin Krimiautor. Sie glauben nicht, wie viele Durchsuchungsbeschlüsse meine Kommissare schon beantragt haben. Da wird man wohl mal scherzen dürfen? Aber eines weiß ich definitiv, die Kripo kommt nicht einfach zum Spaß zu Besuch. Was ist geschehen?«

»In diesem Fall Routinearbeit. Sie sind neulich bei zwei Lesungen für Ihren Kollegen Mike Mikkels eingesprungen, stimmt das?«

»Von wem wissen Sie das, von seiner Frau?«

»Von Ihrem Literaturagenten, Klaus Heimann. Außerdem ist das kein Geheimnis, wenn es sogar in der Zeitung steht«, antwortete Burschel.

»Ja, Mike Mikkels hat sich abgeseilt, oder so was. Er ist in der Tat ein Autor, der sich hin und wieder eine andere Umgebung zum Schreiben sucht. Das ist von ihm bekannt. Heimann war nicht gerade begeistert«, entgegnete Német.

»Haben Sie mit Frau Mikkels Kontakt aufgenommen?«, fragte Scharf.

»Sagt Sie das?«

»Nein, ich frage Sie. Ist nicht abwegig, wenn Sie für ihn eingesprungen sind.«

»Hm, ich habe sie in der Tat angerufen und wollte wissen, ob die Lesungen tatsächlich nicht stattfinden. Verstehen Sie, ich bin vielbeschäftigt. Lesungen wollen gut vorbereitet sein. Ich wollte nicht riskieren, unnötig dort zu erscheinen, wenn am Ende doch Mikkels auftaucht.«

»Gab es Spannungen zwischen Ihnen und Mike Mikkels?«

Német legte die Handflächen aufeinander und senkte den Blick. »Ich wüsste nichts von Spannungen. Er ist ein neuer, erfolgreicher Kollege, nicht mehr und nicht weniger.« Er blickte auf. »Meine persönlichen Gefühle ihm gegenüber sind allerdings meine Privatangelegenheit, denken Sie nicht?«

»Natürlich, wir wollen uns nur ein Bild machen.«

»Ich gebe zu, wir haben keinen besonders engen Kontakt, wenn Sie das als Spannung einstufen sollten. Finde ich allerdings etwas überzogen ausgedrückt.«

Burschel nickte. »Gibt es unter Ihnen und Mikkels so etwas wie Konkurrenzdenken? Ich könnte das verstehen.

Sie sind Bestsellerautor und plötzlich kommt so ein junger Kollege und na ja …« Burschel suchte nach Worten.

Scharf half aus: »Der Autor denkt vielleicht, gerade wenn er der Erfahrenere ist, dass er entsprechend respektvoll geehrt werden will?« Sie suchte Némets Blick.

»Was wollen Sie mir damit sagen? Sie wollen wissen, ob ich neidisch bin?« Er lachte. »Das ist geradezu grotesk. Nein, das bin ich nicht. Wirklich nicht. Abgesehen davon glaube ich nicht, dass mir Mikkels das Wasser reichen kann. Er ist jung und er schreibt gut. Neue Besen kehren gut, das ist nun mal so. Aber meistens siegt das Gediegene. Ich bin der Ältere und habe mehr Lebenserfahrung, wie Sie eben selbst bemerkten. Ich habe viel zu erzählen und noch mehr gesehen. Mikkels wollte mir Honig um den Bart schmieren, um es sich mit mir nicht zu verderben.«

»Inwiefern?«

»Er war mir ein wenig zu unterwürfig. Solche Menschen kennt jeder. Ich mag das nicht besonders, muss ich aber auch nicht. Wir wollten ja keine dicke Freundschaft schließen. Der Mann soll seinen Weg gehen, wie ich den meinen.«

Uta nickte. »Halten Sie ihn für einen zuverlässigen Menschen?«

»Das kann ich wirklich nicht sagen. Ich weiß nur, dass er ehrgeizig ist, sonst wäre er nicht so weit gekommen. Wäre er zuverlässig, würde er keine Lesungen schwänzen, das führt nämlich zu nichts.«

»Darf ich Ihnen noch eine Frage zu Ihrer Tätigkeit stellen?«, fragte Scharf.

Német sah auf die Uhr. »Ich habe um 12:30 Uhr einen Termin zum Signieren in einer Buchhandlung. Jetzt ist es halb elf. Ich hoffe, wir schaffen das?«

»Klar, wir sind gleich fertig. Wieso legen sich Autoren eigentlich ein Pseudonym zu?«

Német hatte es sich auf seinem Sofa gemütlich gemacht und schlug die Beine übereinander. »Da gibt es unterschiedliche Gründe. Manchen gefällt der eigene Name nicht, manche tun es aus beruflichen Gründen, wollen inkognito bleiben. Andere bedienen unterschiedliche Genres, oder stellen Sie sich vor, ich wäre Lehrer. Unterrichte tagsüber Schüler und begehe in meinen Krimis die raffiniertesten Morde. Möglicherweise würden manche Eltern ihre Kinder auf eine Schule mit weniger gefährlichen Lehrern geben.« Er lächelte. »Bei mir ist es übrigens tatsächlich der Name. Német ist in Deutschland kein gebräuchlicher Name. Während Will Buck international einsetzbar ist. Zumal meine Bücher auch ins Englische übersetzt werden, und ich habe meine Ruhe vor verrückten Fans. Das kommt noch dazu. Sind Sie mit meiner Aussage zufrieden?«

»Danke, kennen Sie viele Autoren mit Künstlernamen?«

»Oh ja, manche haben sogar mehr als einen. Ich zum Beispiel.«

»Wie ist ihr anderer Name?«

»Das ist noch ein Geheimnis. Erfahren Sie, wenn das entsprechende Buch draußen ist.«

»Schade. Und wieso ein zweites Pseudonym?«

»Weil es sich um den Beginn einer neuen Serie handelt, mit gänzlich neuen Ermittlern. Da tut ein neuer Name gut, einfach um meine Leser nicht durcheinanderzubringen.«

Scharf schaute zu ihrem Kollegen. »Hast du noch Fragen?«

»Nein, obwohl ich zu gern gewusst hätte, wie der andere Name ist. Gut Herr Német, wir verabschieden uns. Vielen Dank, dass Sie sich Zeit für uns genommen haben.«

Német stand auf. »War mir eine Ehre. Kommen Sie, ich bringe Sie zur Tür. Sagen Sie, vermuten Sie, dass Mikkels etwas zugestoßen ist?«

»Es gibt ein paar Ungereimtheiten, deshalb können wir nichts ausschließen. Vielen Dank für Ihr freundliches Entgegenkommen, Herr Német, auf Wiedersehen«, sagte Burschel.

*

»Das Gespräch war von allen Leuten, die wir in dieser Sache befragt haben, das kultivierteste, findest du nicht?«, fragte Burschel seine Kollegin, die neben ihm auf dem Beifahrersitz saß und etwas in ihr Handy tippte.

»Was?«

»Ich sagte, der Mann wirkte recht kultiviert.«

»Sagen wir so, Doktor Bohnstätter ist auch ein sympathischer Mann, sieht aber besser aus als Német. Bei Bohnstätter kann eine Frau schon mal schwach werden und empathisch ist er auch.«

»Wie kommst du denn darauf?«

»Du sprachst von Empathie.«

»Ist er etwa attraktiver als ich?«

Scharf tippte weiter und redete dabei: »Mist, vertippt, was?«

»Ich fragte, ob Bohnstätter einfühlsamer ist als ich?«

»Woher soll ich wissen, ob du einfühlsam bist. Du bist ein knallharter Ermittler.« Sie lachte.

»Witzig, was machst du da eigentlich?«

»Ich google, ob Mikkels unter einem zweiten Namen veröffentlicht. Habe ich vergessen, seine Frau zu fragen.«

»Und?«

»Nein, er scheint alles unter seinem richtigen Namen geschrieben zu haben.«

# 16

*Mittwochabend, 25. Juli, Tom Parker*

Tom Parker war in Eile. Es regnete und die dreißig Seiten mit wichtigen Anmerkungen durften keinesfalls aufweichen. Er wollte sie noch heute Abend in seinen Thriller einbauen. Klaus Heimann hatte er bereits per E-Mail über sein ganz besonderes Manuskript informiert. Aber sein eigentliches Ziel war die Frankfurter Buchmesse. Dort wollte er sein Werk direkt einem geeigneten Verlag vorstellen und dem Publikum präsentieren.

In der Wohnung angekommen, streifte er die Schuhe ab, kickte sie mit den Füßen in die Ecke und legte den Papierstapel vorsichtig, als handele es sich um ein rohes Ei, auf seinen Schreibtisch.

Pfeifend ging er in die Küche, öffnete den Kühlschrank und nahm sich eine Dose Würstchen. Den Inhalt verschlang er mehr, als dass er ihn aß. Mit einer Flasche Bier bewaffnet ließ er sich auf den Schreibtischstuhl fallen, fuhr den Computer hoch und öffnete zunächst sein E-Mail–Fach. Keine Nachricht von Heimann. Egal. In ein paar Tagen würde er ihm eine Leseprobe zukommen lassen, die es in sich hatte.

»Heimann wird mich garantiert nicht ablehnen«, murmelte er.

*

Mirjam wählte Lembergs Nummer in den letzten zwei Stunden mehrfach. Er ging nicht ran. Auf Band sprechen wollte sie nicht. Dabei wäre es deutlich entspannter gewesen, einfach auf Lembergs Rückruf zu warten. Doch in letzter Zeit war sie ein echtes Nervenbündel und traute sich selbst kaum noch über den Weg, geschweige denn ihren Mitmenschen.

Gerade versuchte sie es erneut und wollte schon einhängen, da meldete sich eine männliche Stimme am anderen Ende.

»Hallo?«

»Herr Lemberg?«

»Ja, mit wem spreche ich?«

»Ähm, Mikkels. Wir sprachen kürzlich im REWE-Markt miteinander, erinnern Sie sich? Sie gaben mir Ihre Visitenkarte. Ich bin in einer ausweglosen Situation.« Sie wusste nicht, wie sie fortfahren sollte. Am liebsten hätte sie direkt beendet. Ihr war auf einmal nicht mehr wohl bei dem Anruf. Er war ein wildfremder Mann.

»Frau Mikkels, ja natürlich. Das ist wunderbar, dass Sie anrufen. Ich habe die ganze Zeit das Telefon nicht gehört, ich war in meiner Dunkelkammer. Ich habe mein Hobby wieder aufgefrischt und mache analoge Fotos. Ich stehe nicht so auf digitale Aufnahmen, müssen Sie wissen. Ach, was rede ich da. Das interessiert Sie vermutlich überhaupt nicht. Was kann ich für Sie tun?«

»Also … Ich würde aus bestimmten Gründen lieber persönlich mit Ihnen besprechen. Wenn Sie die Tage für mich Zeit hätten.«

»Lassen Sie mich auf meinen Kalender schauen. Wann ginge es bei Ihnen?«

»Diese Woche praktisch tagsüber immer, nächste muss ich wieder arbeiten. Na ja, strenggenommen dürfte ich wohl nicht ausgehen, aber mein Chef hat Verständnis. Ich hatte einen Nervenzusammenbruch. Er wird mir nicht kündigen, wenn ich einen Kaffee trinken gehe.«

»Heute ist Mittwoch der 25. Wie wäre es morgen Mittag? Ich will sowieso auf den Bockenheimer Markt. Ach nein, da fällt mir ein, ich muss einen Kollegen Ihres Mannes fotografieren. Will Buck, der gibt ein Zeitungsinterview.«

»Das ist interessant. Német gibt ein Interview?«

»Bitte?«

»Ich meine Will Buck.«

»Ach so, sein Klarname, stimmt. Er will sein neuestes Werk vorstellen. Das dauert bestimmt nicht allzu lange, wenn Sie wollen können wir uns am Nachmittag treffen.«

»Gut, kennen Sie den Brühmarkt? Das ist das Eckcafé an der Leipziger Straße. Man kann dort draußen sitzen.«

»Und wann?«

»Gegen sechzehn Uhr?«

»Einverstanden. Wenn etwas dazwischenkommt, melde ich mich.«

»So machen wir es. Vielen Dank, Herr Lemberg. Sie tun mir damit einen großen Gefallen.«

*

*Mike, du funktionierst gut. Ich gebe dir zur Belohnung ein paar Schmerzmittel, damit du konzentriert bleibst. Deine Ideen sind sensationell. Meine Protagonisten sind geradezu hyperaktiv. Ich schätze in zwei Tagen, also am Sonnabend, hast du dir deine Henkersmahlzeit redlich verdient. Natürlich nur eine kleine. Ich muss dich ja irgendwie transportieren können. Habe mir schon einen Jutesack gekauft.*

*So, mein Freund, ich vergleiche jetzt zwischen meinen und deinen Worten.*

*Ich schrieb: »Ricardo saß stumm am Tisch und dachte über das Massaker nach, das er verursacht hatte.« Eigentlich fand ich den Satz bisher sehr gelungen, besonders weil mir das Wort Massaker in dem Zusammenhang gut gefällt. Du aber schreibst: »Ricardo war wie gelähmt, als ihm bewusstwurde, dass er selbst für dieses Massaker verantwortlich war.«*

*Ja, ich gebe zu, das hat was.*

*Ich schrieb: »Die Familie lag tot nebeneinander am Boden, um sie herum entstand ein blutiger See. Da bemerkte er, dass die Mutter die Augen öffnete.«*

*Du schreibst: »In einem Meer von Blut ertrank die Familie, engumschlungen am Boden liegend. Doch plötzlich riss die Mutter ihre Augen auf.«*

*Du hast ja recht, das klingt dramatischer. Natürlich wäre ich beim Überarbeiten von allein daraufgekommen, aber so ist es bequemer. Der Lektor wird Augen machen.*

*Ich werde mir Mühe geben, deine dramatischen Beispiele künftig umzusetzen. Du sagtest mir, ich hätte kein Talent. Vielleicht nicht auf Anhieb so viel wie du, aber ich lerne, mein Lieber, ich lerne. Und solltest du wagen, mich mit einem solchen Spruch ein weiteres Mal zu ärgern, wirst du noch ein paar Tage länger leiden müssen. Strafe muss sein. Ich werde mir dein Leid einprägen. Dein vor Schmerz verzerrtes Gesicht, deinen zuckenden Körper, dein schmerzvolles Stöhnen.*

*Morgen Abend bin ich wieder bei dir.*

# 17

*Donnerstag, 26. Juli, 12 Uhr, Zoltan Német*

Das Glück fühlte sich an seiner Seite wohl. Német war wieder in den Fokus der Presse gerückt. Er war am heutigen Mittag mit einem Reporter vom HR für ein Fernseh-Interview verabredet. Außerdem hatte Heimann drei neue Lesungstermine vereinbart. Zoltan fühlte sich großartig. Es lag wohl daran, dass er neuerdings mit seinen Lesungen punktete. Obendrein wurden seine Texte noch moderner, noch flotter. Heimann sollte in Kürze eine spannende Kostprobe erhalten.

Es war die richtige Entscheidung, den Leuten von der Kripo nichts von Mirjam Mikkels Anschuldigungen zu sagen. Das hätte einen Schatten auf ihn geworfen. Mirjam musste wohl eingesehen haben, dass sie sich danebenbenahm. Sonst wären die beiden über dieses unsägliche Gespräch gewiss im Bilde gewesen.

Zoltan war mit dem Reporter um zwölf Uhr am Gerippten Haus verabredet. Da das Haus in seinem Krimi eine wichtige Rolle spielte, war der Reporter der Meinung gewesen, dass auch das Foto dort geschossen werden sollte. Das Gerippte hat seinen Namen der rautenartigen Fassade zu verdanken, die an ein riesiges Apfelweinglas erinnert.

Zoltan erkannte den Fotografen. Er stand vor dem Eingang, die Kamera lässig am Handgelenk baumelnd.

Ausgerechnet der, er ballte wütend die Fäuste! Am Literaturhaus hatte er sich die Frechheit herausgenommen, nur die beiden Mikkels zu fotografieren und ihn nur auf einem verwackelten Schnappschuss festzuhalten. Zoltan deutete mit dem ausgestreckten Zeigefinger auf ihn.

»Lemberg, wenn ich mich nicht irre, der Mann, der bestimmt, wen man fotografiert und wen nicht. Passen Sie bloß auf, einmal habe ich mich schon über Sie beschwert.«

»Sie können sich an meinen Namen erinnern? Alle Achtung, Herr Buck. Und nein, noch einen Rüffel kann ich mir ersparen.« Lemberg grinste und hob den Daumen.

»Wo haben Sie den Reporter gelassen, haben Sie den etwa auch verärgert?«, fragte Zoltan.

»Da vorne kommt er schon«, sagte Lemberg und deutete mit dem Kopf in die Richtung, aus der ein älterer Mann kam.

»Weber mein Name. Wir machen ein schönes Foto und ich werde in einem kleinen Artikel über das Interview berichten.«

»Kann auch ein Großer werden«, antwortete Zoltan und lachte.

»Da fehlt uns auf die Schnelle der Platz. Mal sehen, was ich tun kann. Wir können aber schon ein paar Probefotos zum Lockerwerden machen.«

»Unterstehen Sie sich. Fotos werden nur während des Interviews gemacht.«

Jemand tippte Zoltan auf die Schulter und sagte: »Dann können wir ja gleich loslegen.«

Zoltan drehte sich um. Neben einem kahlköpfigen Mann, vermutlich dem Reporter stand ein junger Mann mit Mikrofon.

»Theodor Wannscheidt, wir sprachen gestern miteinander. Guten Tag, die Herren. Das ist mein Kollege,

Holger Klein, er ist für die Tonaufnahme verantwortlich. Entschuldigen sie die Verspätung. Wäre es möglich, dass Sie sich direkt vor dem Eingang platzieren, Herr Buck? Ich stelle mich ein wenig versetzt mit dem Rücken zur Kamera hin.«

»Kein Problem.« Zoltan entspannte sich, neugierig auf den Verlauf des Interviews. Klein hielt ihm das Mikrofon vor den Mund und Weber holte den Notizblock hervor, um mitschreiben zu können.

»Herr Buck, ich freue mich, endlich ein paar Fragen an Sie richten zu dürfen.« Lemberg richtete seine Kamera vornehmlich auf Zoltan und fotografierte.

»Der Mondscheinmann ist dieses Jahr erschienen, nicht wahr?«

»Im Januar«, antwortete Zoltan.

»Wenn ich das richtig eruiert habe, wurden bereits 40.000 Exemplare verkauft.«

»Ja, das stimmt und da geht noch mehr.«

»Warum stehen wir hier vor dem Gerippten, Herr Buck? Was hat der Mondscheinmann mit diesem Haus zu tun?«

»Der Mondscheinmann ist ein erfolgreicher Rechtsanwalt mit einer gespaltenen Persönlichkeit. Seine Kanzlei befindet sich im siebten Stock des Hauses. Nach außen hin wirkt er seriös und ist bei seinen Klienten beliebt, doch in Vollmondnächten treibt ihn ein unwiderstehlicher Drang zum Töten. Jetzt habe ich mehr verraten, als ich wollte, aber keine Sorge, das Buch hat noch etliche unvorhersehbare Überraschungen auf Lager.« Zoltan lachte und der Reporter stimmte ein.

»Davon bin ich überzeugt. Würden Sie uns Ihre nächsten Lesungstermine verraten?«

»Natürlich, ich lese an drei Samstagen im August. Zunächst bei Hugendubel. Ort und genaue Uhrzeit werden noch rechtzeitig bekanntgegeben. Auch auf Plakaten in der Innenstadt.«

»Das ist ja großartig. Ihr Publikum wird begeistert sein. Handelt es sich dabei wieder um abgesagte Mikkels Lesungen?«

»Wie kommen Sie darauf?«

»Sie haben vor einiger Zeit zwei Termine Ihres jungen Kollegen übernommen.«

Német nickte. »Die Lesungen sind sensationell gelaufen.«

»Wenn ich mich recht entsinne, ist er mit seinem letzten Buch: *Der Beginn allen Wahnsinns* erfolgreich durchgestartet. Das Buch hat sich bereits 60.000-mal verkauft.«

Zoltan zuckte innerlich. Was sollte das? Jetzt machte dieser Wannscheidt tatsächlich noch Reklame für Mikkels Buch.

»Eine Frage«, fuhr Wannscheidt fort, »Was bewegt einen Autor, der so unglaublich erfolgreich ist, nicht zu seinen Lesungen zu erscheinen? Ist das nicht tödlich für die Karriere? Ich las kürzlich, dass selbst sein Agent keine Ahnung hat, wo sich Mikkels befindet.«

Wollte ihn dieser Wannscheidt etwa vorführen? War das der Grund für dieses Interview? Erst dieser dämliche Lemberg, jetzt ein Reporter, der sich nicht für ihn interessierte und stattdessen etwas über Mikkels wissen wollte?

»Ich werde mich hüten, mich hier öffentlich über die Beweggründe meines so erfolgreichen Kollegen zu äußern. Ich meinerseits würde eine Lesung nur im äußersten Krankheitsfall ausfallen lassen und mich rechtzeitig abmelden. Ich möchte mein Publikum nicht vergrätzen.«

»Sie waren in letzter Zeit sehr erfolgreich, wie ich hörte. Die letzten beiden Lesungen liefen fantastisch. Sie sollen sich geradezu selbst übertroffen haben. Nehmen Sie Schauspielunterricht oder Sprechunterricht?«

Zoltan lachte. »Ich habe keine Ahnung, was die Kollegen tun. Ich konzentriere mich einfach nur auf meine Figuren. Dann geht das wie von selbst.«

»Nur noch eine letzte Frage: Wissen Sie, wie Frau Mikkels zum, ich nenne es mal, disziplinlosen Verhalten ihres Mannes steht?«

Zoltan hätte dem Mann rechts und links ins Gesicht schlagen können, antwortete aber ruhig: »Nur noch eine letzte Antwort: Fragen Sie sie selbst.«

»Danke für das Interview, Herr Buck.«

Wannscheidt steckte seinen Schreibblock weg, Klein das Mikro in eine Umhängetasche.

»Gut Herr Buck, wir gehen dann mal«, sagte Weber. »Ich sehe zu, ob ich einen größeren Artikel zaubern kann.«

»Die Sache mit Mikkels brauchen Sie nicht zu schreiben.«

»Doch«, wandte Wannscheidt ein. »Das interessiert die Leser.«

»Na ja, ich geh dann mal. Schicke die Fotos noch heute Abend in die Redaktion«, sagte Lemberg.

»Danke Karl, ich komm mit«, antwortete Weber und hob die Hand zum Gruß, bevor Zoltan noch einmal das Wort an ihn richten konnte.

Zoltan konnte sich kaum noch beherrschen und blaffte Wannscheidt an: »Was war das für eine Nummer? Sie machen Reklame für Mikkels Buch auf meine Kosten?«

Wannscheidt zuckte die Achseln. »Befehl vom Chef. Die Leute interessieren sich für diese Story. War ich zu reißerisch?«

»Ich fühle mich benutzt!«

»Aber Herr Buck, um Gottes willen! Ich habe großartige Reklame für Sie gemacht.«

Zoltan schüttelte den Kopf und ging ohne ein weiteres Wort davon.

*

Mirjam trank bereits den zweiten Kaffee. Sie saß neben einer Säule, von der aus sie nicht allzu leicht zu sehen war, selbst aber alle Richtungen überschauen konnte. Lemberg war nun schon eine viertel Stunde zu spät. Dabei wollte er sich melden, wenn etwas dazwischenkam. Sollte der Entführer sie hier beobachten, tat sie nichts Falsches. Sie traf sich nicht mit der Polizei, sondern mit einem Mann. Das war nicht verboten. Sollte er ruhig wissen, dass sie auf Bekannte zurückgreifen konnte. Das machte sie hoffentlich weniger angreifbar.

»Frau Mikkels?«

Sie fuhr erschrocken zusammen.

»Oh, verzeihen Sie. Sie starrten so gebannt die Adalbertstraße hinunter. Ich kam von der Bockenheimer Warte. Tut mir leid, dass ich mich etwas verspätet habe, hängt mit meinem Job zusammen. Ich musste noch ein paar Fotos auswerten und sie in die Redaktion schicken, sonst hätte ich es heute Abend tun müssen. Da möchte ich mich aber lieber meinem Hobby widmen.«

»Kein Problem«, sagte sie.

Er deutete auf ihre Kaffeetasse. »Ist hier Selbstbedienung?«

Mirjam nickte.

»Dann entschuldigen Sie mich kurz. Darf ich Ihnen etwas mitbringen?«

»Danke, nett von Ihnen, ist aber schon mein zweiter.«

»Klar.«

Sie sah ihm nach, wie er im Café verschwand und war erleichtert über sein Erscheinen. Er wirkte seriös und souverän.

Lemberg kehrte schnell mit einem Latte Macchiato zurück und setzte sich auf den freien Stuhl neben Mirjam. »Ich gebe zu, ich bin wahnsinnig gespannt, worum es geht. Ich erwähnte ja neulich schon, dass ich gern helfen würde, wenn ich kann.«

»Darf ich Sie zuerst nach dem Interview mit Német fragen?«

»Hm. Ich sollte das vermutlich für mich behalten«. Er sah Mirjam unverwandt an. »Ich kann mich auf Ihre Verschwiegenheit verlassen?« Er lächelte.

»Das können Sie, Herr Lemberg. Ganz sicher können Sie das.«

»Gut, dann erzähl ich es Ihnen, denn es ging dabei auch um Ihren Mann! Wird im HR-Fernsehen gesendet. Da können Sie es ansehen.«

Mirjam, die gerade einen Schluck Kaffee trank, verschluckte sich. »Um meinen Mann?«

»Ich fange von vorne an. Ich habe Ihnen schon mal erzählt, dass ich Sie alle drei im Literaturhaus abgelichtet habe. Nun, dort habe ich mich nicht ganz korrekt verhalten, als ich hauptsächlich Sie und Ihren Mann fotografiert habe. Von Német habe ich nur ein einziges, noch dazu unscharfes Foto gemacht. Wenig professionell. Auch ich mache Fehler.«

Mirjam nickte. »Ich wunderte mich schon, kann mich nämlich an das Foto in der Zeitung erinnern.«

»Ja, das gab jede Menge Ärger, weil sich nämlich Buck, äh Német über mich beschwert hat. Als ich nun gestern erfuhr, dass ich ihn wieder fotografieren soll, habe ich versucht, den Termin einem Kollegen aufzudrücken, aber der verantwortliche Journalist wollte unbedingt mich. Gibt ja zusätzlich auch einen Zeitungsartikel über das Interview. Na gut, was soll`s, dachte ich, der weiß eh nicht mehr, wer ich bin. Aber Pustekuchen, Német hat mich sofort wiedererkannt. War ziemlich schlecht gelaunt, als er mich sah. Kann recht bösartig werden, nicht nur in seinen Krimis.«

»Erzählen Sie weiter.«

»Der Reporter vom HR kam eine Viertelstunde zu spät und dann besserte sich auch gleich Némets Laune. Er spielte den Star, wenn Sie wissen, was ich meine.«

Mirjam lachte. »Kann ich mir vorstellen.«

»Zuerst ging alles gut. Wannscheidt, das ist der Reporter, fragte etwas zur Story seines Buchs und zu seinem Erfolg und Német blühte zusehends auf. Ich habe ein paar sehr brauchbare Fotos geschossen, doch dann ging es um die Lesungen, die er für Ihren Mann übernommen hat, und darum, dass Ihr Mann die besseren Verkaufszahlen hatte. Als Wannscheidt fragte, warum Ihr Mann abgetaucht sei, kämpfte Német regelrecht mit sich.«

»Das hat der Reporter gefragt?« Mirjam war erschüttert.

»Ich muss Ihnen doch nicht sagen, dass Ihr Mann eine Person des öffentlichen Lebens ist. Die Leute hören allzu gern Klatschgeschichten. So ist das nun mal. Hart aber eben wahr.«

Mirjam seufzte. »Reden Sie weiter.«

»Német hat zugegebenermaßen professionell reagiert und sich nicht dazu geäußert. Er war merklich sauer, dass Mikkels, sorry, Ihr Mann, zum Thema interviewt wurde. Aber Német ist schon merkwürdig. Mir drängst sich der Eindruck auf, dass er aufgelebt ist, seitdem er für Ihren Mann eingesprungen ist.«

Mirjam starrte ein paar Sekunden auf ihre Tasse, schließlich äußerte sie: »Das erleichtert mir den Einstieg. Ich habe große Probleme mit Zoltan Német!«

Lemberg machte große Augen. »Das ist interessant!«

»Er rief mich an, da Heimann ihn gebeten hatte, die Lesetermine meines Mannes zu übernehmen. Er wollte mit meinem Mann sprechen, um keine unnötigen Vorbereitungen auf sich zu nehmen.«

Lemberg nickte. »Das ist verständlich.«

Mirjam trank von ihrem Kaffee, bevor sie weitersprach: »Da haben Sie recht, aber bei ihm klang das so heuchlerisch. Als ob er für sich klären wollte, ob ich ihn in der Sache verdächtige.«

»Können Sie mich bitte aufklären? In welcher Sache?«

Mirjams Blick durchbohrte Lemberg. »Versprechen Sie mir hoch und heilig, dass das Gesagte unter uns bleibt, egal was passiert?«

»Mit wem sollte ich um Gottes willen über unser Gespräch reden?«, fragte Lemberg. »Glauben Sie mir, bei mir sind Sie sicher.«

»Auch mit keinem Journalisten oder Reporter, das dürfen Sie keinesfalls, sonst bringen Sie mich in Gefahr.«

»Das hört sich wirklich beunruhigend an, ich verspreche es.«

»Wir sprachen über das Foto im Literaturhaus. Wieso haben Sie Német nur dieses eine Mal fotografiert?«

Lemberg überlegte. »Er machte die ganze Zeit so ein unfreundliches Gesicht. Jedes Mal, wenn ich ihn ansah. Es war merkwürdig, eigentlich ist er kein uninteressanter Typ, aber seine Miene war abweisend und bösartig.«

»Puh, ich bin erleichtert. Sie haben es auch bemerkt. Ich hatte den Eindruck, er könne meinen Mann nicht leiden, und das ist harmlos ausgedrückt. Vermutlich hätte er ihn am liebsten bloßgestellt.«

»Mit was denn?«

»Ja, das ist es, er konnte es nicht … Ich bin der festen Überzeugung, dass mein Mann entführt wurde.«

»Dass er was?«, stieß Lemberg aus.

»Pst, bitte, ich glaube, ich werde seit einiger Zeit beobachtet, wir müssen aufpassen.«

»Sie meinen, hier sitzt jemand, der Sie oder uns beobachtet?«

»Es geht schon eine Weile so.«

»Das wird immer schöner. Wer macht denn so was?«

»Der Entführer.«

Lemberg war für einen Moment sprachlos. »Haben Sie die Polizei informiert?«

Mirjam schaute sich verstohlen um, bevor sie antwortete: »Ja, natürlich. Ich habe zwar einen Brief von meinem Mann bekommen, in dem er schreibt, dass es ihm gutgeht und er sich nur eine Auszeit nimmt, aber an dem Brief ist etwas faul, verstehen Sie?«

»Nein, wie könnte ich.«

»Er hat mich so seltsam angesprochen, wie er es sonst nie tut. Ich glaube, er wollte mir damit etwas mitteilen.«

Lemberg machte ein erstauntes Gesicht. »Er hat Ihnen geschrieben, dass es ihm gutgeht, und nur wegen einiger Worte, die er sonst nicht benutzt, denken Sie an Entführung? Ist das nicht zu weit hergeholt?«

»Schon möglich. Das meinten die von der Kripo auch. Aber das Wichtigste kommt noch. Ich wollte im Supermarkt mein Portemonnaie aus der Handtasche ziehen und fand einen Zettel. Der Entführer muss ihn mir im Bus oder später im Supermarkt zugesteckt haben. Es war schrecklich.«

Tränen blitzten in ihren Augen. Sie zog ein Taschentuch aus der Tasche und putzte sich die Nase. »Ich liebe meinen Mann.« Sie blickte auf. »Sind Sie verheiratet?«

»Nein, leider nicht. Was stand auf dem Zettel, Frau Mikkels?«

»Dass ich beobachtet wurde, als ich bei der Polizei war, und dass ich das nie wieder tun darf, sonst«, sie begann zu flüstern, »muss mein Mann dafür büßen.«

Wieder putzte sie sich die Nase und sah sich ängstlich um.

Lemberg bemerkte das. »Ich habe alles im Blick, niemand, der uns beobachtet. Aber das ist schrecklich, was Sie erzählen.« Beruhigend legte er seine Hand auf ihren Arm. »Wenn ich das nun also richtig verstehe, haben Sie einen konkreten Verdacht? Oder habe ich das falsch interpretiert?«

Mirjam sah Lemberg an und nickte entschieden. »Sie haben das richtig verstanden.«

Lemberg rührte mit dem Löffel in seiner Tasse. »Da brauche ich nicht lange zu raten. Haben Sie die Polizei nochmal kontaktiert?«

»Natürlich nicht, die Kommissarin hat sich aber wieder gemeldet und gefragt, ob es Neuigkeiten gibt. Ich habe gelogen und gesagt, dass sich mein Mann telefonisch gemeldet hat und alles in Ordnung ist. Er komme bald zurück, hat sich nur zum Schreiben zurückgezogen.«

Ihre Hand zitterte, als sie sich eine Haarlocke hinter das Ohr stecken wollte. »Ich weiß nicht, ob das richtig war, aber …«

»Das haben Sie gut gemacht. Ich würde die Polizei rauslassen. Zu gefährlich.«

»Ich muss Ihnen noch etwas sagen. Im Laufe des Telefonats mit Német habe ich ihn gefragt, ob er mir den Zettel in die Manteltasche gesteckt hat.«

»Ach ne, und?«

»Er war natürlich entrüstet, wusste angeblich nichts davon. Aber ich glaube ihm nicht. Er weiß genau Bescheid. Vielleicht ist er ja nicht allein, hat einen Helfer.«

»Hm, warum sollte er ihren Mann entführen, braucht er Geld? Ich dachte, er ist Bestsellerautor?«

Mirjam sah ihn verständnislos an. »Natürlich! Aber begreifen Sie denn nicht? Er will ihn loswerden. Sie sehen doch selbst, dass er jetzt wieder erfolgreich ist.«

»Mag schon sein. Möglicherweise haben Sie recht, aber wir wissen es nicht genau. Gibt es noch eine andere Möglichkeit? Das ist nichts als eine Hypothese.«

»Wir?«, fragte Mirjam.

»Ich werde versuchen, Ihnen zu helfen, wenn Sie das wollen.«

Mirjam hätte Lemberg am liebsten umarmt. »Das wollen Sie wirklich für mich tun?«

»Natürlich. Wenn ich etwas sage, dann meine ich es auch.«

»Sie wissen ja gar nicht, wie dankbar ich Ihnen bin. Ich glaube nämlich, dass ich langsam verrückt werde.«

»Es ist alles gut. Ich hoffe nur, es ist nicht schon zu spät.«

»Oh Gott, warum reden Sie so?«

»Entschuldigen Sie, das ist mir so rausgerutscht. Ganz wichtig ist es, dass Sie die Polizei nicht einschalten. Nicht jetzt! Ich denke, der Mann hat nicht geblufft, als er Sie gewarnt hat.«

»Da bin ich mir sicher.«

»Ist Német eigentlich verheiratet?«

»Mike erzählte mal, dass er sich getrennt hat. Er lebt angeblich allein.«

»Dann hat er wohl viel Zeit, er wird ja nicht den ganzen Tag schreiben und Lesungen hat er auch nicht alle Tage.«

*

*Lemberg ist keine Gefahr für mich. Er ist nicht dumm, hat sich an sie rangemacht, aber ich bin klüger. Zu gegebener Zeit, Mirjam, werde ich ihn ausschalten. Er könnte sehr lästig werden. Zunächst lasse ich ihn dir aber. Mal sehen, was ihr gemeinsam zustande bringt. Ich behalte dich im Auge, auch deine Stunden sind gezählt. Danach übernehme ich Mirjam, versprochen. Zunächst muss ich ihren Mann loswerden. Er hat ausgedient wie ein alter Besen. Mehr Korrekturen kann ich kaum aus ihm rausholen. Ich werde ihn Sonnabend in der Nacht in den Steinbruch werfen. Im Mondscheinmann liegt ebenfalls eine Leiche im Steinbruch.*

*Lemberg, ich gratuliere dir. Ich glaube aber nicht, dass sie sich jemals in einen wie dich verlieben wird, falls du dir das erhoffst.*

# 18

*Freitagmorgen, 27. Juli, Mirjam Mikkels*

Mirjam hatte so gut geschlafen, wie lange nicht mehr. Sie schämte sich beinah dafür. Das erste Mal seit Mikes Verschwinden war ihr eine große Last von den Schultern gefallen. Woher sie die Gewissheit nahm, dass Lemberg der Richtige war, wusste sie nicht. Sie faltete die Hände. »Danke Gott, dass du mir Lemberg geschickt hast. Versprich mir, dass Mike zu mir zurückkehrt, Amen.

Mike bald bist du wieder bei mir«, flüsterte sie. »Halte durch, wo immer du bist. Wir werden dich finden.«

*

Seit er die Schmerzmittel nahm, war er kräftiger. Seine Hilferufe waren jedoch vergebens. Sinnlos. Als er das letzte Mal aufgewacht war, saß eine fette Ratte auf seiner Brust und schnupperte an seinem Mund. Mike hatte sich auf der Stelle übergeben. Danach saß er erschöpft in der Ecke seines Gefängnisses und dachte an Mirjam, versuchte sie in Gedanken herbeizubeschwören.

»Erinnere dich an meinen Krimi, der Kerl hat dieselbe Situation geschaffen. Du musst mich in einem leerstehenden Gebäude suchen«, flüsterte er und wollte nicht wissen, wie viele Baracken es in Frankfurt gab, in denen man bequem einen Menschen unbemerkt gefangenhalten konnte. Nein, die Lage war ausweglos.

Der Kerl brachte ihm auch keine weiteren Manuskriptseiten mehr, die er bearbeiten sollte. Stattdessen war er vor ein paar Stunden mit einem großen Pappkarton erschienen. »Deine Henkersmahlzeit«, hatte er gesagt.

Als der Kerl sich zu ihm beugte, war Mike blitzschnell hochgefahren, um ihm die Maske vom Kopf zu reißen. Im Gegenzug hatte Mike einen kräftigen Schlag mit der Faust ins Gesicht bekommen, der ihm bis jetzt die Sinne nahm. Mike bekam kaum noch Luft durch die Nase. Vermutlich war sie gebrochen. Wenn er doch nur ein Zeichen hinterlassen könnte. Der Kugelschreiber mit dem Stück Papier fiel ihm ein. Er hatte beides blitzschnell unter die Matratze geschoben, als der Irre kam, um sein Manuskript zu holen.

Mike holte das Papier und den Kugelschreiber hervor. Es war nur eine vage Hoffnung. Vielleicht würde die Polizei damit den Mann dingfest machen, obwohl Mike bis dahin vermutlich längst tot war. Die »Henkersmahlzeit« ließ vermuten, dass es bald so weit war. Er würde sterben. Es war merkwürdig, sich dieser Tatsache bewusst zu sein. Auf dem Gipfel seines Erfolgs aus dem Leben gerissen. Zu jung, um fortzugehen, und dennoch ertrug er den Gedanken allmählich.

»Ich müsste als Krüppel weiterleben«, tröstete er sich. Mirjam würde ihn vermutlich über kurz oder lang verlassen, falls er seine Verletzungen überhaupt überlebte. Trotzdem sollte dieses Monster nicht durchkommen.

Es war nicht einfach, auf das Papier zu schreiben, weil der Mann die Taschenlampe wieder fortnahm. Mike hoffte, dass seine Schrift dennoch einigermaßen leserlich war.

»Mein Name ist Mike Mikkels, ich bin Autor. Ich wurde vermutlich vor etwa vierzehn Tagen im Parkhaus der Alten Oper überwältigt, hierher verschleppt und gefangen gehalten. Der Mann, der mir das angetan hat, ist ebenfalls Autor. Er quälte mich, Ratten fraßen mich an, schließlich musste ich sein Manuskript überarbeiten. Ich vermute, dass er mich jetzt tötet, er hat das Manuskript wieder an sich genommen. Die Szenen, die ich am eigenen Leib durchlebte, beschrieb ich im eigenen Roman und die Textstelle, die ich bearbeitete, beschreibe ich jetzt: Sucht nach einem Buch, in dem es um ein Massaker geht. Eine Familie wird von einem Wahnsinnigen hingerichtet und bleibt engumschlungen in einem Blutsee liegen. Wenn ihr das Buch findet, stoßt ihr vermutlich auf meinen Mörder.

Mirjam, lebe wohl und verzeih mir alles, was ich falsch gemacht habe. Ich liebe dich und ich werde immer bei dir sein. Mike.«

Tränen tropften auf das Papier.

»Lebe wohl, Mirjam, finde diesen Mistkerl und räche mich, aber pass auf dich auf, meine Geliebte«, flüsterte er.

Er erwachte noch ein einziges Mal, als ein harter Schlag auf seinen Kopf traf. Um ihn wurde es für immer dunkel.

# 19

*Samstagmorgen, 28. Juli, Mirjam Mikkels*

Mirjam fuhr schweißgebadet hoch. Sie hatte von Mike geträumt. Er hatte um Hilfe gerufen: »Ich sterbe, Mirjam, ich sterbe.« Die Worte hallten in ihrem Kopf nach. Es war so authentisch gewesen. Sie wollte nicht wieder einschlafen, nicht mehr weiterträumen.

Ein Blick auf das Handy. Kurz nach drei Uhr morgens. Die Nacht war noch lang. Mirjam stand auf, holte sich ein Glas Wasser aus der Küche und versuchte, diesen furchtbaren Traum zu loszuwerden. Sie ging zum Fenster, sah in die Nacht hinaus. »Wo bist du, Mike? Hat dich Zoltan Német verschleppt? Ich werde von deinem Entführer beobachtet und darf die Polizei nicht einschalten, verstehst du? Ich darf dich keiner weiteren Gefahr aussetzen. Bitte, gib mir ein Zeichen, dass ich alles richtig mache, bitte Mike. Komm zu mir zurück«, flüsterte sie, bevor sie markerschütternd zu weinen begann.

»Weißt du, was das Schlimme ist? Ich kann dich nicht mehr fühlen. Warum kann ich dich nicht mehr fühlen? In den letzten Tagen war mir, als wärst du mir ganz nah. Und jetzt, nach diesem schrecklichen Traum, spüre ich nichts als Leere. Komm zurück, bitte komm zurück. Ich brauche dich so sehr! Vergiss unseren Streit, ich will doch nur bei dir sein. Wenn du mir nur mitteilen könntest, wo du bist? Ich bete, dass es so etwas wie Telepathie gibt.«

*

*Das war Schwerarbeit. Dabei ging anfänglich alles so leicht. Ein einziger Schlag mit der Flasche gegen deinen Schädel und weg warst du. Ich hätte nie gedacht, dass du so schwer bist, Mike. Dabei habe ich dich in dem Jutesack nur bis zum Auto geschleift. Ich gebe zu, ich hatte gewisse Sorgen, dass ich dich nicht schnell genug ins Auto schaffen könnte und trotz der frühen Stunde mich hier beobachten könnte. Bin ordentlich ins Schwitzen geraten, bis ich dich endlich in den Honda verladen hatte, mein lieber Mann. Dabei wiegst du höchstens noch siebzig Kilo. Na ja, bin mit dir nach Bad Vilbel bis zum Ende des Kanalwegs gefahren. Nur ein paar Meter hinein in den schmalen Weg. Weiter kommt man nicht rein. Dort habe ich dich aus dem Wagen gezerrt und über die Schulter gestemmt, bis ich oben auf der Streuobstwiese war. Du bist wie ein nasser Sack den Abhang runtergerutscht, hast dich mehrfach überschlagen, aber du warst ja schon hin. Konnte dir also egal sein. Ich habe Erde auf dich geworfen, dazu noch Sandsteingeröll. Jetzt habe ich es im Rücken. Ist nicht so wichtig, Hauptsache du bist abgetaucht. Müsste schon mit dem Teufel zugehen, wenn dich jemand da unten findet. Sind mindestens dreißig Meter. Der braune Sack wirkt von oben wie Erde, falls noch ein Zipfel rausschauen sollte. So hat der Mondscheinmann doch viel Gutes gebracht. Nicht nur wegen des Steinbruchs, auch wegen des Vollmondes. Du weißt ja, der Mondscheinmann tötet nur bei Vollmond. Mein neues Manuskript wird genauso gut.*

*Du wirst von nun an niemandem mehr im Weg stehen, Mike. Mach's gut, ich kümmere mich jetzt ein bisschen um deine einsame Frau. Nur, damit sie sich nicht langweilt. Was hältst du von einem lustigen Spielchen? Ich werfe ihr ein paar Brocken hin. Vielleicht fängt sie dann an, zu kombinieren? Wäre das nicht großartig? Es kribbelt mir in den Fingern. Natürlich werde ich es spannend gestalten. Das ha-*

*be ich von dir gelernt und ich lasse es am Ende in meinen Krimi einfließen. Ist das nicht großartig? Tja, das war jetzt aber wirklich meine Idee. Vielleicht nenne ich ihn »The Real Crime Story«?*

*

Seit Tagen ging Schadt das Gespräch mit den Polizisten nicht aus dem Kopf. Er hatte sich im Laufe des Lebens mehrfach am Rande der Legalität befunden. Ein paar betrügerische Kleinigkeiten, ein paar Diebstähle. Doch konnte ihm nie etwas nachgewiesen werden, und jetzt durfte sich das durch diesen dämlichen Mikkels auf keinen Fall ändern. Vor allem ärgerte ihn der Umstand, dass Scharf und Burschel wussten, dass Mikkels ihn seinerzeit angezeigt hatte. War er in den Fokus der Ermittlungen geraten? Natürlich waren Textfragmente von Mikkels in seinem Manuskript gelandet. Aber beweisen konnte das Mikkels' dämlicher Anwalt zum Glück nicht. Es wurde mit dem Wort Klischeebeschreibungen, die sich in vielen Büchern wiederholen, ad acta gelegt. Er würde es niemals offen zugeben, aber er hielt Mikkels für ein Schreibgenie. Was würde er darum geben, seine Fantasie zu haben. Die wenigen Stellen, die er in Mikkels' Text zu beanstanden hatte, waren mehr einer gewissen Korinthenkackerei geschuldet, wie ihm Mikkels zurecht einmal unterstellt hatte. Ein Lektor musste nun einmal Schwachstellen finden. Andernfalls würde man ihm mangelnde Kompetenz unterstellen. Zu gern hätte Schadt gewusst, ob Ermittlungen gegen ihn im Gange waren. Die Kommissare waren skeptisch gewesen, das konnte er nicht von der Hand weisen. Möglicherweise hätte er kooperativer sein sollen, aber er konnte einfach nicht über seinen Schatten springen. Er hasste Menschen, wenigstens die meisten. Schon recht Schnüffler.

Vielleicht sollte er mit Mikkels' Witwe reden, um auf dem Laufenden zu bleiben.

»Wie kommen Sie auf Witwe?«, würde jetzt Scharf fragen. Er schmunzelte. Die war schon bei dem Wort »Entführer« zusammengezuckt und so eine war heute bei der Polizei, noch dazu bei der Kripo. Von ihr sollte man sich noch beschützt fühlen?

Er lachte. »Wie ich auf *Witwe* komme? Mensch Leute, der Kerl ist doch längst hin.«

Er suchte unter seinen Kontakten nach Mikkels' Telefonnummer und fand einen Festnetzeintrag.

## 20

*Sonntagmorgen, 29. Juli*

Der letzte freie Tag. Mirjam konnte sich unmöglich noch einmal krankschreiben lassen, obwohl sie nicht wusste, wie sie die Arbeit überstehen sollte. Lemberg hatte sich auch nicht gemeldet. Ob er es sich anders überlegt hatte? Zum Glück meldeten sich wenigstens Scharf und Burschel nicht. Vermutlich wurden die Ermittlungen eingestellt. War das nicht so, wenn keine Beweise für ein Verbrechen vorlagen?

Mirjam bekam ihr Leben ohne ihren Mann nicht in den Griff.

Sie musste raus. Vielleicht sollte sie beim Bäcker ein paar Brötchen kaufen? Sie fühlte sich ausgelaugt und schwach. Selbst das Duschen war ihr schwergefallen. Sie hatte ewig unter dem Wasserstrahl gestanden, den Regler am Ende ganz runter gestellt. Doch auch die Kälte wollte sie nicht erfrischen. Dabei hatte der Tag sonnig angefangen und bevor es nachher zu heiß wurde, wollte sie alles erledigt haben. Über das Handy war sie überall zu erreichen.

Es tat ihr gut, Menschen zu begegnen und das Gefühl zu gewinnen, nicht allein auf der Welt zu sein. Das Leben ging weiter, egal wie schrecklich es sich anfühlte.

Eine Frau wechselte die Straßenseite und lief auf Mirjam zu, um ihr die Hand zu geben. Sie war eine langjährige Patientin der Zahnarztpraxis. »Hallo, Frau Mikkels, ich habe Sie vermisst. Sie sind schon länger nicht in der Praxis gewesen, dabei sind Sie meine Lieblingshelferin.«

»Guten Tag Frau Weihrauch. Geht es Ihnen gut? Bin morgen wieder zurück. Ich war krank.«

»Ja, es wird so einiges erzählt. Kein Wunder, wenn man einen berühmten Mann hat.« Die kleine grauhaarige Frau legte Mirjam mütterlich eine Hand auf den Arm. »Ist manchmal sicher nicht einfach? Ich bin froh, dass mein Mann nicht bekannt ist. Die kriegen doch alle einen an die Klatsche, nicht? Ich las in der Zeitung, dass es Ihr Mann nicht für nötig hielt, seine Termine einzuhalten. Also ich weiß ja nicht, liebe Frau Mikkels. Es geht mich natürlich nichts an, aber seinem Ruf schadet das bestimmt.«

In diesem Moment bereute Mirjam, ihre Wohnung verlassen zu haben. Weihrauch war ein Klatschweib. Schließlich sagte Mirjam: »Man sollte der Presse nicht alles glauben. Mein Mann hat sehr viel zu tun. Auf Wiedersehen.«

»Hm, hoffentlich nicht so schnell. Doktor Bohnstätter hat mich gerade runderneuert.«

»Umso besser.«

Ohne ein weiteres Wort setzte Mirjam ihren Weg fort, drehte sich aber an der nächsten Ecke um. Wenn sich doch Lemberg endlich melden würde.

Als sie ihren Hauseingang mit der vollen Brötchentüte betrat, fiel ihr ein, dass sie seit Freitag nicht in ihren Briefkasten geschaut. Ein Blick in den Schlitz, der Briefkasten quoll beinah über. Lustlos nahm sie den Stapel Post aus dem Kasten. Sie klemmte die Post unter den Arm und wollte schon abschließen, als ihr ein Zettel auffiel, der auf dem Boden des Briefkastens lag. Auch wenn es sich um einen Computerausdruck handelte, so fühlte sie instinktiv, dass es eine Nachricht des Entführers war. Sie warf die Brötchentüte achtlos in die Ecke, hastete mehrere Stufen gleichzeitig nehmend, in ihre Wohnung.

*

*Atemlos las sie die Zeilen, nachdem die Wohnungstür hinter ihr ins Schloss gefallen war. »Liebste Mirjam, du warst bis jetzt brav. Deshalb hast du eine kleine Belohnung verdient. Ich habe in deine traurigen Augen geblickt, ohne dass du es bemerkt hast. Das hat mir das Herz gebrochen. Ich verstehe zwar nicht, was du an deinem Mike findest, aber Geschmäcker sind verschieden. Da gefällt mir dein neuer Freund besser. Jetzt staunst du, oder? Mir bleibt nichts verborgen, Mirjam. Gar nichts. Deswegen warne ich dich nochmal: Keine Polizei, sonst kann ich deinem Mann nicht mehr helfen. Verstanden? Diesem Lemberg hast du schon alles gesagt. In Gottes Namen. Woher ich weiß, wie der Kerl heißt? Na, aus dem Literaturhaus. Sei doch nicht dumm. Ich werde euch jetzt einen kleinen Hinweis geben. Lest mal aufmerksam Mikes Buch. Manchmal geht es um Originalschauplätze von Verbrechen. Obwohl sie natürlich nicht ganz original sind, aber annähernd. Was macht das arme Opfer nur alles mit, euer Mondscheinmann.«*

Wieder und wieder las Mirjam die Zeilen. Er hielt sich in ihrer Nähe auf. Immer noch. Er hatte sogar Lemberg gesehen. Sie setzte sich auf einen Sessel im Wohnzimmer und starrte ins Leere. Wo mag er gewesen sein? Sie versuchte, sich an das Café zu erinnern. Ein Pärchen am Nebentisch. Ein sehr junges Paar, vermutlich Studenten. Eine ältere Frau zwei Tische weiter und drei oder vier Frauen direkt am Eingang des Cafés. Mehr Gäste waren nicht dort. Aber viele Fußgänger.

Wegen Lemberg war sie abgelenkt gewesen. Ja, dieser Typ hätte überall sein können, ohne von ihr bemerkt zu werden. Sie hatte den Treffpunkt gewählt, da er sich unmittelbar an ihrem Haus befand. Die Möglichkeit, jederzeit weglaufen zu können, hatte sie beruhigt.

Sie musste unbedingt mit Lemberg sprechen. Er wusste sicher Rat. Wieder wählte sie seine Nummer und hinterließ folgende Nachricht: »Hier spricht Mirjam Mikkels. Bitte rufen Sie zurück, es ist sehr eilig.«

*

Als das Telefon in der Diele klingelte, seufzte Mirjam vor Erleichterung. Endlich meldete er sich. Doch wieso rief er nicht auf ihrem Handy an? Vermutlich hatte sie es versehentlich stumm gestellt. Sie nahm den Hörer auf.

»Sind Sie es?«

»Ähm, hallo, hier spricht Schadt, Armin Schadt.«

Sie stutzte. »Armin wer?«

»Schadt, ich bin der Lektor Ihres Mannes.«

»Oh, tut mir leid, ich hatte mit jemand anderem gerechnet.«

»Das dachte ich mir. Kann ich vielleicht Ihren Mann sprechen? Es gibt da einige Ungereimtheiten in seinem Manuskript.«

»In seinem Manuskript? In welchem?«

»Dem Jetzigen natürlich.«

Mirjams Herz begann zu pochen. In seinem Jetzigen? Was sollte das bedeuten? Er schickte diesem Schadt seinen Text? Wie konnte das möglich sein. Wie passte das mit dem letzten Schreiben zusammen?

»Sind Sie noch da?«

»Ja, natürlich.«

»Sein Agent meinte, dass Mikkels nicht erreichbar ist. Er ist deswegen wohl ziemlich sauer auf ihn, besonders weil die Polizei schon bei ihm aufgekreuzt ist. Wenn ich ehrlich bin, sind die auch bei mir gewesen, und ich frage mich, wer Sie zu mir schickte?«

»Glauben Sie etwa ich?«

»Natürlich nicht. Die Beamten sagten nur, Sie hätten sich eine Weile um ihn gesorgt. Deswegen wollte ich hören, ob alles in Ordnung ist. Ich würde gern mit Ihrem Mann persönlich sprechen.« Schadt räusperte sich. »Ich muss da nämlich ein Missverständnis aufklären, falls Sie das nicht bereits wissen. Es gab da ein Problem zwischen Ihrem Mann und mir.«

»Das weiß ich, Herr Schadt. Es ist aber vor meiner Zeit gewesen. Sie haben sich geeinigt. Das war ein harter Schlag für mich, dass Ihr Mann mir so einen hanebüchenen Unsinn unterstellt hat. Nun, die Anzeige wurde abgeschmettert, wie alles, was auf falschen Tatsachen beruht. Zum Glück können wir der Justiz noch trauen.« Wieder lachte er. »Ich habe Ihrem Mann verziehen, was mir nicht gerade leichtfiel. Aber sonst würde ich heute nicht mit ihm zusammenarbeiten und ich bin nun einmal Cheflektor im Verlag. Das mag ihm missfallen, aber er kam an mir nicht vorbei. Eine gewisse Grundskepsis meinerseits ist geblieben. Ich äußere das nur Ihnen gegenüber, Frau Mikkels, und ich meine es keinesfalls abwertend. Sie kennen Ihren Mann vermutlich am besten, und ich bewundere Sie für Ihre Standfestigkeit. Man muss vermutlich des Öfteren zurückstecken, wenn man mit einem Menschen wie ihm verheiratet ist.«

»Einem Menschen wie ihm? Was soll das heißen?«

»Ach herrje, ich wollte Ihnen nicht zu nahetreten. Wir könnten Klartext miteinander sprechen. Wir wissen doch beide, dass Mike manchmal übers Ziel hinausschießt. Da muss man nicht gleich die Polizei hinzuziehen?«

»Die Polizei? Herr Schadt, ich verstehe Sie nicht ganz. Was wollen Sie damit ausdrücken?«

»Ähm, ich habe mich verworren ausgedrückt. Das war nicht meine Absicht. Ich möchte Ihnen nur meine Hilfe anbieten, falls Sie oder Mike in Schwierigkeiten stecken sollten. Also wann auch immer, ich helfe gern. Aber wenn Sie mit ihm Kontakt aufnehmen sollten, richten Sie ihm doch aus, dass er sich mit mir in Verbindung setzen soll. Da sind gewisse Szenen, die in *Der Beginn allen Wahnsinns* besser gelaufen sind, szenisch meine ich.«

»Warum erwähnen Sie dieses Buch?«

»Weil ich es lektoriert habe natürlich. Ich wünsche Ihnen noch einen angenehmen Sonntag und nichts für ungut, Frau Mikkels.«

Mirjam war restlos verwirrt. Was wollte Schadt ihr damit sagen? Der Mann widersprach sich ganz offensichtlich. Ihre Gedanken wurden durch das Klingeln ihres Handys unterbrochen und dieses Mal war es Lemberg, wie sie auf dem Display sah. »Hallo, Herr Lemberg?«

»Hallo, Frau Mikkels. Ich sah gerade erst, dass Sie es mehrfach bei mir versucht haben. Ich hatte leider zu tun. Fototermine und so weiter. Gibt es etwas Neues?«

»Das kann man wohl sagen. Ich habe ein dubioses Schreiben bekommen, vermutlich von dem Entführer, und einen ebenso dubiosen Anruf, letzteren gerade eben.«

»Wollen wir uns treffen?«, fragte Lemberg.

Eine Sekunde überlegte sie, ob sie ihn zu sich nach Hause bitten sollte, aber solange Mike fort war, konnte sie niemanden in der Wohnung ertragen. Eine Dreiviertelstunde später saßen sie im Mezzanotte, Mirjams und Mikes Stamm-Italiener, und aßen Pizza. Mirjam spürte erst jetzt, wie hungrig sie war.

Lemberg wartete, bis sie aufgegessen hatte, dann sagte er: »Erzählen Sie mal, Mirjam. Darf ich Sie beim Vornamen nennen? Ich heiße Karl, aber das wissen Sie.«

»Klar, kein Problem. Ich habe heute Morgen in den Briefkasten geschaut. Keine Ahnung, seit wann der Zettel schon drin war. Das letzte Mal habe ich Donnerstag oder Freitag reingeschaut.« Sie öffnete ihre Handtasche und zog ein Blatt Papier hervor. »Hier.«

Lemberg las langsam, schaute auf, blickte aus dem Fenster und las erneut. »Da hat der Kerl also spitzgekriegt, dass wir uns getroffen haben, und er war offenbar ebenfalls bei der Lesung im Literaturhaus. Woher sollte er auch sonst meinen Namen kennen! Hm, da waren so viele Zuschauer! Herauszufinden, wer von denen der Kerl war? Ich glaube, das können wir vergessen. Das müsste man dann doch der Polizei überlassen.«

Mirjam zog die Brauen zusammen. »Der Polizei? Haben Sie nicht gelesen? Ich will keine Polizei!«

»Ist schon klar, ich verstehe Sie ja und ich war ursprünglich auch dagegen. Ich sage nur, wir kommen nicht an die Namen der Zuschauer heran. Aber vermutlich war der Täter gar nicht unter ihnen. Er präsentiert sich ja förmlich auf dem Servierteller. Denken Sie nicht?«

»Sie meinen wegen der Unterschrift, Mondscheinmann?«

Lemberg nickte. »Mit diesem Brief können Sie getrost zur Polizei gehen. Német hat sich praktisch selbst überführt.«

Mirjam verstand die Welt nicht mehr. »Und wenn er es nicht ist? Dann bringt der Täter meinen Mann um.«

»Ich habe über die ganze Sache nochmal nachgedacht. Die beiden Kommissare haben ohne Ihre Zustimmung Nachforschungen angestellt. Das dürfen sie, wenn sie einen Verdacht haben. Involvieren Sie die Beamten.«

»Ich soll unter Verdacht geraten? Aber wieso?«

»Immerhin haben Sie gelogen. Wenn das rauskommt werden Sie unter Umständen richtigen Ärger wegen Behinderung der Ermittlungen bekommen. Vielleicht wird man Ihnen sogar Beihilfe unterstellen.«

Mirjam war völlig verwirrt. »Warum sagen Sie das alles? Sagten Sie nicht, Sie wollen mir helfen? Und jetzt revidieren Sie so ohne weiteres Ihre Meinung?«

»Beruhigen Sie sich. Ich habe bloß eine Möglichkeit in Erwägung gezogen. Kommen Sie, stoßen Sie erst mal mit mir an.« Er hob sein Glas.

Mirjam reagierte nicht. »Sie wollen mich im Stich lassen, oder?«

»Natürlich nicht. Ich denke nur, dieses Schreiben da …« Er deutete auf den Zettel, der vor ihm auf dem Tisch lag. »Dieser Zettel ist selbsterklärend. Die setzen den Mann fest, garantiert. Dann wird er schon auspacken.«

Mirjam bemerkte im Augenwinkel eine Person, die sich dem Lokal näherte. Sie blickte auf. Ein Mann, der sich, wie ihr schien, suchend umsah. Etwa nach ihr? Instinktiv nahm sie den Zettel an sich und zerriss ihn.

Lemberg traute seinen Augen nicht. »Was tun Sie da? Das ist ein wichtiges Beweisstück!«

Mirjam antwortete nicht, sondern beobachtete den Mann, der jetzt die Tür zum Restaurant öffnete. Erst jetzt bemerkte Mirjam die Frau an seiner Seite. Die beiden redeten mit der Bedienung und entschieden sich für einen Tisch im hinteren Teil des Lokals. Keiner der beiden richtete auch nur einen Blick auf Mirjam und ihren Begleiter.

Lemberg war ebenfalls auf das Paar aufmerksam geworden. »Beruhigen Sie sich, Mirjam, das sind harmlose Gäste. Die wollen nichts von Ihnen und haben auch ein Recht darauf, hier Essen zu gehen. Wenn Sie so weitermachen, bekommen Sie einen Nervenzusammenbruch, Menschenskind.«

»Deswegen habe ich Sie angerufen! Ich komm nicht mehr klar. Ich habe heute außerdem einen merkwürdigen Anruf bekommen.«

»Von wem, wenn ich fragen darf?«

»Von seinem Lektor.«

Lemberg machte ein überraschtes Gesicht. »Von Armin Schadt?«

»Ja, woher kennen Sie ihn?«

»Er ist bei einer Lesung von Buck gewesen. Komischer Typ. Ich wollte ihn mit Buck zusammen fotografieren, das lehnte er übellaunig ab. Wieso rief er Sie an?«

»Wegen des neuesten Manuskripts meines Mannes.«

»Das verstehe ich nicht. Das Buch ist längst raus?«

»Er meinte das, an dem mein Mann gerade schreibt!«

Jetzt war Lemberg wirklich überrascht. »Wieso hat er es? Ich meine, ich versteh jetzt gar nichts mehr.«

»Genau, deshalb habe ich Sie angerufen. Er sagte so etwas wie: Die Szenen in *Beginn allen Wahnsinns* seien besser gelaufen.«

Lemberg schüttelte den Kopf und sah zum Fenster raus. »Also das kapier ich jetzt überhaupt nicht.« Plötzlich schmunzelte er. »Das klingt so, als ob Német und Schadt unter einer Decke stecken? Hätte der Mann das Manuskript, was sollte dann das Schreiben, das Sie leider in winzige Teile zerrissen haben?«

»Denken Sie immer noch, dass ich zur Polizei gehen soll?«

Lemberg kratzte sich nachdenklich am Kinn. »Wenn Sie wollen, erledige ich das für Sie.«

»Was wollen Sie denen denn erzählen?«

»Na, die Wahrheit. Dass Sie in der Zwickmühle stecken und da Sie befürchten, überwacht zu werden, haben Sie mich gebeten, mit der Polizei zu sprechen. Vielleicht ist es sogar dieser Schadt, der Sie beobachtet. Német würden Sie vermutlich erkennen, Schadt aber nicht, oder?«

Sie schüttelte den Kopf. »Nein.«

»Also, was meinen Sie? Sie waschen Ihre Hände in Unschuld. Die Polizei ermittelt garantiert weiter, die kommt eh dahinter, dass Ihr Mann entführt wurde. Haben Sie eine Nummer, unter der ich Scharf und Burschel erreichen kann?«

»Ja schon. Woher kennen Sie die Namen der beiden?«

Lemberg war verdutzt. »Wissen Sie das nicht mehr? Die haben Sie mal erwähnt.«

»Muss mir entfallen sein. Ich bin fahrig geworden.« Mirjam zog ihre Geldbörse aus der Tasche und holte eine Visitenkarte aus dem Seitenfach. »Hier, ich muss die Karte aber behalten.«

»Kein Problem.« Lemberg zog sein Handy hervor und fotografierte die Nummern ab. »Haben Sie wenigstens noch den anderen Zettel, den der Täter in die Tasche gesteckt hat?«

Sie schüttelte den Kopf. »Ich habe ihn weggeworfen. Es war, als vergifte er meine Wohnung.«

## 21

*Montag, 30. Juli, Polizeipräsidium*

Punkt neun Uhr wählte Lemberg Burschels Nummer. Insgeheim glaubte er, Männer seien die konsequenteren Ermittler, deswegen brauchte er Burschel auf seiner Seite. Er erklärte am Telefon, dass er ein Freund von Mirjam Mikkels war und in ihrem Namen ein Gespräch führen wollte, da sie eine Falschaussage gemacht habe. Dann machte er einen Termin für 11:15 Uhr und saß nun pünktlich im Vernehmungsraum des Polizeipräsidiums, wo ihn Burschel empfing.

»Meine Kollegin stößt gleich dazu, ich hoffe, das ist Ihnen recht. Wir ermitteln in dieser Angelegenheit gemeinsam und sind sehr gespannt, was Sie uns zu sagen haben, Herr Lemberg.«

Lemberg nickte. »Also doch?«

»Wie meinen Sie das?«

»Sie ermitteln noch.«

Die Tür ging auf und Uta Scharf trat ein. »Guten Morgen. Ich nehme an, Sie sind Herr Lemberg? Bleiben Sie sitzen.«

Lemberg nickte.

Scharf setzte sich neben ihren Kollegen an den großen Tisch im Vernehmungsraum.

»Können Sie sich bitte ausweisen?«, fragte Burschel.

»Habe ich doch schon am Eingang gemacht.«

»Dann wird es Sie sicher nicht stören, das für uns ein zweites Mal zu machen?«

»Schon gut.« Lemberg zog seine Geldbörse aus der Gesäßtasche, öffnete sie und nahm das Dokument aus dem Seitenfach. »Hier, bitte sehr.«

Burschel verglich den Ausweis mit seiner Computerdatei und gab ihn zurück. »Vielen Dank, Herr Lemberg.«

»Danke.«

»Wieso ist Frau Mikkels nicht mitgekommen, wenn sie angeblich etwas gesagt hat, was nicht der Wahrheit entsprach?«

»Lassen Sie mich bitte von vorn anfangen. Das ist alles recht kompliziert. Ich kenne Frau Mikkels noch nicht allzu lang, müssen Sie wissen.«

»Sagten Sie nicht, Sie seien ein Freund?«

»Eigentlich eher ein Bekannter. Aber momentan der einzige Mensch, dem sie vertraut. Ich bin Pressefotograf und fotografierte das Ehepaar Mikkels und Will Buck vor kurzem bei einer Lesung im Literaturhaus. Na ja, vor ein paar Tagen lief mir Frau Mikkels im Supermarkt unverhofft über den Weg. Mir fiel auf, dass sie sich verändert hatte. Sie wirkte unglaublich verletzlich. Ich dachte an den Zeitungsartikel, den ich neulich las. Da hieß es, Mikkels habe seine Lesungen ausfallen lassen. Jedenfalls fragte ich Frau Mikkels, ob Sie Probleme hat, bei denen man helfen kann?«

»So einfach aus heiterem Himmel?«, fragte Scharf.

Lemberg nickte. »Sie tat mir irgendwie leid. Ich bin immer sehr direkt, gab ihr meine Visitenkarte und verabschiedete mich. Ich habe nicht geglaubt, dass sie sich bei mir melden würde, hat sie aber doch getan und mir ihre zugegebenermaßen skurrile Situation geschildert. Sie macht sich große Sorgen um ihren Mann, weil er noch nicht wieder zurückgekehrt ist. Sie vermutet sogar, dass er entführt wurde.«

»Wann war das? Ich meine, wann hat sie angerufen?«

Lemberg überlegte. »Ich glaube vor fünf Tagen.«

»Und da erzählt sie Ihnen gleich von ihren Sorgen? Erstaunlich. Zumal sie uns etwas ganz anderes erzählte, nämlich dass er sich bei ihr gemeldet hat.« Burschel machte ein nachdenkliches Gesicht.

Lemberg nickte. »Das war die falsche Aussage. Verstehen Sie?«

Burschel stöhnte und verschränkte die Arme vor der Brust. »Warum hat sie das getan?«

»Es war nicht einfach, Frau Mikkels zu überzeugen, die Polizei mit ins Boot zu nehmen. Sie ist geradezu verbohrt. Jetzt hat sie natürlich Angst, dass sie wegen der Falschaussage belangt wird.«

»Warum hat sie dann eine Falschaussage gemacht?«

»Sie wurde verfolgt. Jemand hat ihr sogar einen Zettel in die Handtasche geschoben, nachdem sie bei Ihnen war.«

»Jemand hat ihr einen Zettel in die Tasche geschoben?«, wiederholte Burschel.

Lemberg nickte. »Sie fuhr mit dem Bus nach Hause und bemerkte später den Zettel. Es muss wohl so eine Art Drohbrief gewesen sein. Sie sollte nicht wieder zur Polizei gehen, wenn sie Ihren Mann lebend wiedersehen wollte. Den Wortlaut kenne ich nicht. Aber zumindest den Tenor.«

»Den Zettel haben Sie uns nicht mitgebracht?«, fragte Burschel.

»Nein, ich habe ihn nicht einmal gelesen. Sie hat ihn vernichtet.« Lemberg zuckte mit den Schultern. »Na ja, Frauen halt.«

»Auf den Kommentar können wir verzichten, Herr Lemberg«, sagte Scharf genervt.

Lemberg hob beschwichtigend die Hand. »Gestern zeigte sie mir jedenfalls einen Zettel, den sie in ihrem Briefkasten vorgefunden hat. Den habe ich selbst gelesen. Darauf stand in etwa, dass sie alles richtig gemacht hat. Sie hätte sich damit eine kleine Belohnung verdient und solle Mikkels Buch aufmerksam lesen. Manchmal ginge es um Originalschauplätze. Für mich hört sich das so an, als ob das Buch Schlüsse über seinen Verbleib zulässt. Komisch, oder? Unterzeichnet hat der Kerl mit Mondscheinmann.«

»Mondscheinmann? Kommt mir irgendwie bekannt vor«, sagte Scharf.

Lemberg nickte. »So heißt der neueste Roman von Will Buck.«

»Ach ne, haben Sie den Zettel dabei?«

Lemberg schüttelte den Kopf. »Zu meinem Bedauern leider nicht. Sie hat den Zettel im Lokal zerrissen, weil sie sich beobachtet fühlte. Aber niemand wirkte verdächtig, ich war ja dabei. Ich habe ihr gesagt, dass das schon das zweite wichtige Beweismittel war, das sie vernichtet hat. Es tut mir leid. Ich konnte es leider nicht rechtzeitig verhindern. Ich dachte, ich kläre die Sache trotzdem auf, bevor noch Schlimmeres geschieht. Verstehen Sie? Die Frau dreht durch. Nun ja, ich bin kein Profi, aber wenn Sie mich fragen, steckt Buck da unter Umständen mit drin.«

»Tja, die ganze Sache steht für uns auf tönernen Füßen. Frau Mikkels hat gelogen, wie Sie behaupten. Wenn auch vermutlich, um ihren Mann keiner weiteren Gefahr auszusetzen. Das ist zweifellos ein völliges Fehlverhalten. Letzten Endes hat sie nur Zeit vergeudet und ihrem Mann sogar geschadet. Dazu kommt sie nicht persönlich zu uns. Sie muss natürlich Ihre Aussage bestätigen. Da könnte sonst jeder kommen und einfach irgendetwas über eine andere Person behaupten. Das verstehen Sie sicherlich«, sagte Burschel.

»Das hat sie sich nicht getraut, falls sie abgehört wird. Hören Sie, ich wollte nur helfen.« Er beschrieb eine unwissende Geste mit den Händen. »Sie ist in großer Sorge, deswegen wollte sie nicht persönlich kommen. Mich wird der Mann vermutlich nicht verfolgen, obwohl er auch mich in seinem Schreiben erwähnte. Er kennt sogar meinen Namen. Also muss er auf der Lesung im Literaturhaus gewesen sein, vermuten wir zumindest.«

»Er hat Sie erwähnt?«

»Richtig.«

»Wie kommen Sie darauf, dass es sich um einen Mann handelt?«, fragte Scharf.

»Na ja, er unterzeichnete mit: Mondscheinmann. Deswegen denken wir, dass Buck dahintersteckt.«

Uta schüttelte den Kopf. »Will Buck würde sich doch nicht selbst verraten. Autoren kennen sicher das Gesetz der Täuschung. Zumindest Krimiautoren, oder etwa nicht?«

»Ich habe keine Ahnung, will nur nicht, dass die Frau in noch größere Schwierigkeiten gerät.«

»Herr Lemberg, richten Sie Frau Mikkels aus, dass wir alles erstmal telefonisch besprechen können. Das bekommt niemand mit. Wir sind Profis. Das ist nicht wie im Krimi. Sie soll bitte nicht länger unsere Arbeit behindern und eine eigene Aussage machen«, sagte Scharf.

Burschel nickte.

»Ich werde es ausrichten. Da ist noch eine weitere Sache, wenn ich schon dabei bin. Mirjam bekam einen Anruf vom Lektor ihres Mannes. Er wollte ihren Mann wegen des neuesten Manuskripts sprechen. Er sagte angeblich so etwas wie: In *Der Beginn allen Wahnsinns* seien die Szenen besser gelaufen. Ist das nicht merkwürdig? Der Kerl war sehr komisch.«

»Wie heißt doch gleich der Lektor?«, fragte Burschel.

»Armin Schadt. Den Namen nannte sie mir. Ob der auch mit drinsteckt?«

»Armin Schadt? Das wird sich alles herausstellen. Wir werden uns bei Frau Mikkels melden, sie braucht davor keine Angst zu haben.«

*

Kaum war die Tür hinter Lemberg zugefallen, fragte Scharf: »Was hältst du von der Nummer?«

»Sehr eigentümlich. Aber ich denke, Lemberg verehrt Mirjam Mikkels und hofft auf ihre Anerkennung. Wir gehen der Sache auf jeden Fall nach. Ohne die Aussage der Mikkels läuft nichts und schon gar nicht ohne stichhaltige Beweise. Von wegen der Drohbriefe, meine ich.«

»Schadt hat behauptet, dass er Mikkels' Manuskript hat? Wie kann das sein? Das spräche doch ganz klar dafür, dass Mikkels bei guter Gesundheit ist. Es sei denn, er hat den Text schon längere Zeit vorliegen.«

»Das sind alles Aussagen eines Mannes und womöglich einer verängstigten, labilen Frau. Das führt zu nichts. Wir wissen doch allzu gut, wie schnell Tatsachen verdreht werden. Wir werden zunächst mit

Mirjam Mikkels sprechen. Aber sie arbeitet seit heute wieder, also erreichen wir sie nicht vor heute Abend.«

*

Lemberg verließ das Präsidium und sah auf die Uhr. Gleich dreizehn Uhr.

Er schrieb eine WhatsApp an Mirjam Mikkels: »Habe Burschel und Scharf getroffen. Sie können mich anrufen.«

Keine zwei Minuten später klingelte sein Handy.

»Ich habe Mittagspause. Wie ist es gelaufen?«

»Nicht so gut, wie ich dachte. Sie hätten diesen verdammten Zettel nicht zerreißen sollen. Ich habe zwar wiedergegeben, was der Kerl geschrieben hat, aber ich bin nicht sicher, ob die beiden das überzeugt hat. Zumindest wissen die jetzt, weshalb Sie unehrlich wahren. Sie werden aber vermutlich einen Anruf von denen kriegen.«

»Was?«

»Sie dürfen nicht länger die Ermittlungen behindern. Mirjam, das sind Profis. Die wissen genau, was sie tun. Ich habe ihnen natürlich erklärt, dass wir eine Vermutung haben, wer der Täter sein könnte und dass Schadt vermutlich mit drinsteckt. Die brauchen quasi nur noch zuzuschnappen. Aber ohne Ihre Bestätigung meiner Aussagen geht es nun mal nicht. Sie hatten nur Angst um Ihren Mann. Jetzt sind Sie doch aus der Nummer raus. Sie brauchen sich nicht mehr großartig zu erklären.«

»Okay, wenn Sie meinen. Ohne Sie hätte ich das nicht gepackt. Aber vermutlich haben Sie recht. Danke, obwohl ich mich schrecklich fühle. Wenn er das nun mitkriegt.«

»Wer?«

»Na, der Entführer.«
»Unsinn, ich war doch dort, nicht Sie. Alles gut.«

*

Tom Parker verlor langsam die Geduld. Er griff zum Telefon und wählte Heimanns Nummer erneut, um endlich seine Meinung zu hören.

»Kennen Sie denn gar nichts?«, brüllte Heimann. »Ich habe Ihnen doch gesagt, ich melde mich, wenn ich es gelesen habe. Ich hatte aber noch keine Zeit. Noch dazu erinnere ich mich deutlich an Ihr Manuskript. Das war der letzte Mist.«

»Ich habe es aber überarbeitet! Glauben Sie mir, das haut Sie um!«

»Dann haben Sie Geduld. Ich komme im Moment noch nicht dazu, verstanden? Selbst wenn es mir wider Erwarten gefällt, dauert es Monate, bis Sie eine Zusage von einem Verlag bekommen. Monate. Und ich betone, es muss gut sein.«

»Tun Sie mir einen Gefallen, lesen Sie es, sobald es geht. Ich habe verdammt viel Arbeit reingesteckt. Alles, was ich schrieb, basiert auf Beobachtungen. Also natürlich im weitesten Sinn. Ich bin ja kein Mörder. Aber ich habe begonnen, Menschen zu beobachten. Sie werden sehen, das Ding wird der Hit. Bitte geben Sie Gas, wenn es irgendwie geht. Ich möchte es noch zur Buchmesse rausgeben.«

»Parker, was Sie möchten und was ich für Sie tun kann, ist nicht das Gleiche. Aber da Sie keine Ruhe geben, gebe ich es Schadt. Ist ein Lektor.«

»Schadt?« Tom grinste breit. »Das ist eine sehr gute Idee.«

»Kennen Sie ihn?«

»Ja, ähm nein, beziehungsweise nicht direkt.«

»Also was nun?«, fragte Heimbach.

»Sagen wir so, ich weiß, dass er Buck und Mikkels' Lektor ist.«

»Ach, und woher?«

»Das spricht sich rum.«

»Ich melde mich, falls Schadt Ihr Manuskript für tauglich hält. Bitte verzichten Sie Ihrerseits auf weitere Anrufe und Nachfragen, Parker. Für Absagen fehlt mir die Zeit. Wenn Sie nichts mehr von mir hören, hat sich die Sache erledigt. Auf Wiederhören.«

Parker hätte in die Luft springen können vor Freude. Schadt würde sein Werk schätzen, keine Frage.

*

*Ich lasse mich nicht von so einem wie diesem Heimann unterbuttern. So ein verdammter Vollidiot. Einen Gerechtigkeitssinn habe ich nämlich. Ich könnte nicht damit leben, wenn Mikkels umsonst über den Jordan gegangen wäre. Verdammt nochmal. Das ertrage ich nicht.*

*Heute Nacht habe ich von dir geträumt, Mama. Du hast mich immer geohrfeigt, sobald ich dir erklärte, dass nicht ich etwas angestellt habe, sondern Tommy. Du hast mich hart bestraft. Immer und immer wieder. Aber nun siehst du, dass es Tommy wirklich gibt, nicht wahr? Du sagtest immer, du wirst mich beobachten. Selbst nach deinem Tod. Das hat mir damals große Angst gemacht. Heute würden wir uns besser verstehen. Wir sind uns sehr ähnlich. Ich denke, das wusstest du. Und das hat dich verrückt gemacht. Nun kannst du mir nicht mehr unterstellen, dass Tommy irreal ist. Von Mikkels habe ich übrigens eine ganz besondere Trophäe. Es ist seine Textbearbeitung und oben drauf bekomme ich seine Frau, was sagst du nun? Würdest du mich jetzt endlich loben? Ja Mama, das würdest du. Ich bin ein Genie.*

*

Doktor Bohnstätter bat Mirjam in sein Büro, dort nahm er ihre Hände in seine. »Mirjam, Sie sind immer noch ganz blass. Geht es Ihnen wirklich wieder besser? Glauben Sie, dass Sie arbeiten können?«

Mirjam nickte. »Es tut mir leid, dass meinetwegen die Kripo bei Ihnen war. Ich habe das erst vor kurzem erfahren. Ich mache Ihnen nun auch noch Schwierigkeiten. Das wollte ich nicht.«

»Ach was, die waren nicht Ihretwegen hier, sondern wegen Ihres Mannes. Mirjam, Sie können mit mir über alles sprechen. Ich kenne Sie, ich weiß, Sie sind meine beste und zuverlässigste Kraft. Immer freundlich. Für jeden ein gutes Wort. Ich habe nur die Wahrheit gesagt.«

»Denken die Beamten, dass ich mit dem Verschwinden meines Mannes zu tun habe?«

»Dann ist er also doch verschwunden? Ich habe so etwas fast geahnt. Es tut mir so leid, und nein, wer könnte so etwas von Ihnen denken. Das ist völliger Unsinn. Wegen einer anderen Frau ist er sicher nicht gegangen?«

Mirjam schüttelte den Kopf und flüsterte: »Er ist entführt worden.«

»Das ist nicht Ihr Ernst. Wollen wir uns nach der Sprechstunde zusammensetzen? Ich bin ein guter Zuhörer.«

»Nein, bitte. Im Moment geht das nicht. Die Beamten werden sich mit mir in Verbindung setzen. Ich könnte mir vorstellen, dass sie das noch heute tun. Ich muss gleich nach der Arbeit nach Hause. Bitte, lassen Sie mich meine Arbeit machen, ich mag nicht darüber sprechen.«

»Aber natürlich. Mirjam, ich …«

Mirjam stürzte aus dem Raum und wischte sich mit dem Ärmel ihres Kittels die hervorquellenden Tränen ab.

*

Der Arbeitstag brachte nicht die erhoffte Zerstreuung. Mirjam fühlte sich ausgelaugt und beobachtet. Sowohl von ihrem Chef als auch von ihren Kolleginnen. Bohnstätter versuchte noch zwei weitere Male, mit ihr zu sprechen, aber Mirjam lehnte ab. Vielleicht ein anderes Mal, nicht jetzt. Und sich mit ihm treffen? Nein, womöglich brachte sie ihn damit auch in Gefahr. Lemberg? Ja sicher, er wollte ihr helfen. Aber letzten Endes würde sie wegen ihm mit der Kripo Ärger bekommen. Mein Gott, nie hatte sie sich etwas zu Schulden kommen lassen und nun gab es nichts als Schlamassel.

Sie wollte heute Abend so schnell wie möglich ins Bett, alles vergessen. Nur noch schnell ein Brot essen und ein Glas Milch trinken. Da vibrierte ihr Handy. Dieses Mal erkannte sie die Nummer auf dem Display sofort. Sie gehörte Scharf. Verdammt, das war ja klar. Das Gespräch nicht entgegenzunehmen, war keine Option. Mirjam wusste, dass sie sich wieder melden würde. »Hallo?«

»Uta Scharf von der Kripo, hallo, Frau Mikkels.«

»Guten Abend«, antwortete Mirjam.

»Frau Mikkels, ich gehe davon aus, dass Ihnen Karl Lemberg ein Begriff ist?«

»Er war heute bei Ihnen, das weiß ich natürlich. Es geschah mit meinem Einverständnis. Es tut mir sehr leid, dass ich Ihnen nicht die Wahrheit gesagt habe«, flüsterte Mirjam. »Ich wusste einfach nicht, was ich tun sollte, nachdem ich den Drohbrief bekam.«

»Den Sie leider vernichtet haben, wie uns Herr Lemberg sagte, und nicht nur den einen. Das hätten Sie keinesfalls tun dürfen.«

»Ja, das war töricht von mir.«

»Können Sie uns, mein Kollege hört mit, nochmal genau sagen, was in dem Brief stand?«

»Dass ich beobachtet werde und wenn ich ein zweites Mal zur Polizei gehe, dann wird mein Mann sterben.«

»Das war ein Ausdruck, oder? Nichts Handschriftliches.«

»Nein.«

»Dann sagte Herr Lemberg, dass noch ein weiterer Zettel in Ihrem Briefkasten gelegen hat, den Sie ebenfalls vernichtet haben.«

»Ja, den hat Herr Lemberg selbst gelesen.«

»Frau Mikkels, versprechen Sie mir jetzt bitte hoch und heilig, dass Sie nie wieder Beweismittel vernichten.«

»Ich habe alles falsch gemacht. Ich tue es nicht wieder. Aber als ich neulich bei Ihnen war, da sagten Sie doch selbst, dass Sie nicht an eine Entführung glauben.«

»Mittlerweile haben sich die Dinge geändert. Auch das besprachen wir. Wenn sich irgendetwas Ungewöhnliches ereignet, sollten Sie Verbindung mit uns aufnehmen. Können Sie mir mit Ihren Worten schildern, was auf dem Zettel stand und wann genau Sie ihn entdeckt haben?«

»Vorgestern. Auf dem Zettel stand, dass ich keinesfalls die Polizei einschalten darf. der Entführer wusste sogar von Karl Lemberg. Er kannte ihn aus dem Literaturhaus. Ich glaube, er war unter den Zuschauern. Außerdem schrieb er, dass wir Mikes Buch lesen sollen, manchmal ginge es um Originalschauplätze. Und unterzeichnet hat er mit Mondscheinmann.«

»Das Buch von Will Buck, also von Zoltan Németh heißt *Mondscheinmann.*«

»Ja, das tut es. Ich sagte anfänglich bereits, dass ich Németh nicht recht traue. Karl, also Herr Lemberg, meint, dass er sich mit der Unterschrift selbst belastet hat.«

»Ja, ich weiß«, antwortete Scharf.

»Obwohl ich nicht glaube, dass ein Krimiautor so dumm ist, sich mit einer solchen Unterschrift verdächtig zu machen«, sagte Burschel. »Hallo, Frau Mikkels.«

»Hallo, Herr Kommissar. Auch bei Ihnen möchte ich mich nochmal entschuldigen.«

»Frau Mikkels, machen Sie es wieder gut, indem Sie ab jetzt mit uns kooperieren. Wir versprechen, dass wir sehr vorsichtig vorgehen werden.«

»Ja, Herr Kommissar.«

Scharf sagte: »Weshalb gehen Sie so fest davon aus, dass es sich bei dem Entführer Ihres Mannes um einen Mann handelt? Sind Sie ganz sicher, dass es im Umfeld Ihres Mannes keine Frau gibt, die so etwas tun könnte?«

»Es ist einfach ein Bauchgefühl. Außerdem wüsste ich nicht, welche Frau ihm so etwas antun sollte. Soviel ich weiß hat Mike Verehrerinnen, keine Feindinnen. Hat Ihnen Herr Lemberg auch vom Lektor meines Mannes berichtet?«

»Ja, von dem angeblichen Manuskript, richtig?«

»Das muss eine Lüge sein. Ich kann das wirklich nicht glauben, da stimmt etwas nicht, das meinte Karl auch«, sagte Mirjam.

»Sie müssen uns alles mitteilen, was geschieht. Wir wollen ab jetzt jeden Brief sehen, der an Sie adressiert wird, jeden Verdacht und jede Äußerung, die Ihnen komisch vorkommt. Nur so können wir am richtigen Punkt ansetzen.«

»Ich verspreche es. Ich habe einen großen Fehler gemacht. Es wird nicht mehr vorkommen.«

»Wir bleiben in Verbindung, Frau Mikkels. Auf Wiederhören.«

»Gute Nacht.«

# 22

*Dienstag, 31. Juli*

Mirjam war unausgeschlafen. Lemberg rührte sich nicht. Vermutlich war sie zu weit gegangen. Die Sache mit der Kripo setzte ihm zu. Sie hatte kein Recht darauf, ihn weiter mit ihren Problemen zu behelligen. Außerdem stand jetzt die Kripo an ihrer Seite.

Erschöpft trat sie am Morgen ihren Dienst an. Kaum hatte sie die Praxistür geöffnet, kam Bohnstätter aus seinem Büro. Mit ausgebreiteten Armen lief er auf Mirjam zu. »Guten Morgen, gibt es etwas Neues?«

»Leider nicht.«

»Das tut mir so unendlich leid. Wenn ich nur wüsste, wie ich Ihnen helfen kann. Wollen Sie nochmal eine Woche zu Hause bleiben?«

»Lieber nicht. Zu Hause werde ich verrückt.«

»Kommen Sie kurz in mein Büro.«

Mirjam folgte ihm.

»Schließen Sie bitte die Tür.«

Das tat sie.

»Ich wollte Sie etwas fragen, wenn ich das darf.«

Sie zuckte die Schultern. »Wenn ich die Frage beantworten kann?«

»Werden Sie erpresst, Mirjam? Geht es um Geld? Dann könnte ich aushelfen. Sie sollen wissen, dass Sie sich jederzeit an mich wenden können. Das ist gar kein Thema.«

Mirjam schüttelte entschieden den Kopf. »Nein Doktor, ich komme zurecht, danke, lieb von Ihnen. Und um Geld geht es nicht.«

*Dienstagabend, 31. Juli, Tom Parker*

Tom zog seine Kappe tief ins Gesicht und sah verstohlen in alle Richtungen, bevor er an der Haustür klingelte. Er glaubte schon, es sei niemand zu Hause, da meldete sich endlich eine Stimme in der Sprechanlage: »Hallo?«

»Tom Parker hier. Herr Schadt, darf ich Sie kurz wegen meines Manuskripts sprechen?«

Pause.

»Herr Schadt?«

»Wer sind Sie?«

»Tom Parker, Klaus Heimann sagte mir, Sie hätten mein Maunuskript zur Prüfung.«

»Wie kommen Sie an meine Adresse?«

»Na, aus dem Telefonbuch.«

»Das muss ich ändern«, antwortete Schadt, betätigte aber den Türsummer. Tom stieg ein paar Stufen hinauf, bis sich eine Wohnungstür öffnete.

»Hallo«, sagte Tom.

»Sie?« Schadt sah den Mann entgeistert an. »Wieso nennen Sie sich Tom Parker, wenn Sie herkommen?«

»Hätte ich meinen richtigen Namen genannt, hätten Sie mich vermutlich vor der Tür stehen lassen.«

»Schon möglich.«

»Was wollen Sie von mir?«

»Darf ich vielleicht kurz reinkommen? Dauert nicht lange.«

Schadt führte den Mann ohne ein weiteres Wort in sein Arbeitszimmer. »Da, setzen Sie sich«, sagte er, setzte sich auf seinen Schreibtischstuhl und deutete auf den Stuhl gegenüber.

»Danke.«

Schadt sah Parker unverwandt an. »Tom Parker also«, sagte er, nahm eine Wasserflasche vom Schreibtisch, öffnete den Schraubverschluss, trank einen kräftigen Schluck und stellte die Flasche zurück. »Ich nehme an, ich brauche Ihnen aus meiner Flasche nichts anzubieten.«

»Lieber nicht.« Parker lachte. »Ich mach es kurz. Haben Sie mein Manuskript gelesen? Es hat noch keinen Namen, nur den meines Pseudonyms.«

»Ach, Sie haben das geschrieben?«

Tom nickte. »Es ist genial, nicht? Weil ich an Authentizität nicht gespart habe.«

Schadt sah Tom verständnislos an. Nach einer Weile sagte er: »Ne!«

»Ja, merkt man, oder?«

»Das *Ne* bezog sich auf die Genialität.«

»Wie meinen Sie das?«

»Ich meine, dass es scheiße ist.«

»Es ist was?«

»Es ist nichts als gequirlte Kacke. Manche Sätze sind geradezu genial, darauf folgt eine Aneinanderreihung nicht nachvollziehbarer Szenen, dazu schlecht gewählte Worte und dann wiederum Sätze, die Mike Mikkels nicht besser schreiben könnte. Als hätten es zwei Personen geschrieben.«

»Es ist noch nicht ganz fertig. Ich schreibe es in den nächsten Wochen zu Ende. An den Szenen können wir dann intensiv arbeiten. Glauben Sie mir, ich habe da niemanden schreiben lassen. Aber vom Thema her passt es doch wunderbar in den Verlag. Haben Sie schon mit Heimann drüber gesprochen?«

»Ich habe weder mit Heimann noch mit unserem Verleger über das hier gesprochen und ich werde es gewiss auch nicht tun.« Schadt packte das Manuskript in eine Klarsichtfolie und reichte ihm das schmale Paket.

»Nehmen Sie, die Hülle dürfen Sie behalten, geht aufs Haus. Ich kann mit dem Wirrwarr nichts anfangen. Da kann man auch bei zigfacher Überarbeitung nichts machen und die guten Passagen haben Sie vermutlich aus Mikkels Büchern geklaut. Denken Sie etwa, ich merke das nicht? Wenn nicht ich, wer dann?«

Tom war sprachlos. Er hörte wohl nicht recht. Träumte er? Dieser Mann war im Begriff, sein Lebenswerk zu zerstören. Tom begann, hämisch zu lachen. »Hören Sie auf, solchen Quatsch zu reden. Ich muss Sie doch bitten.«

»Ich habe keine Lust, mich zu wiederholen. Nehmen Sie ihr Zeug und gehen Sie. Ich muss mich hier um die guten Autoren kümmern.«

Tom wurde heiß vor Zorn. Er sprang wütend auf und warf das Manuskript hinter sich auf den Stuhl.

»Verlassen Sie diese Wohnung, Herr … ach ja, Parker. Raus hier!«

»Erst hören Sie mir zu, Sie arrogantes Arschloch. Wissen Sie, wie viel Mühe ich mir mit diesem Text gemacht habe? Ich habe den Text Heimannn vorgestellt, natürlich unter dem Namen Tom Parker. Ich war dort inkognito. Wollte ja nicht, dass er weiß, wer ich wirklich bin. Dafür habe ich mich sogar in Unkosten gestürzt und eine schwarze Perücke angeschafft. Er fand den Text nicht überzeugend. Tja, deshalb kam dann eins zum anderen. Ich brauchte einen genialen Autor, so einen wie Mikkels. Was soll ich sagen, kein Geringerer als er hat diesen Text korrigiert.«

»Das ist nicht Ihr Ernst?«

»Da staunen Sie, was?«

»In der Tat. Also ich habe so meine Probleme mit Mikkels, aber er ist entweder verrückt geworden oder Sie haben ihn gezwungen. Freiwillig würde er so was nicht korrigieren. Niemals. Abgesehen davon ist er kein Korrektor und schon gar kein Lektor.«

Tom spürte am Hämmern in seinem Kopf, wie ihn sein Zweites ich einholte. Seine Stimme klang drohend: »So ganz freiwillig war es auch nicht. Ich habe ihn ein wenig überreden müssen. Das ist im Übrigen erst wenige Tage her.«

Tom stützte sich auf den Schreibtisch und sah Schadt wütend in die Augen.

»Nehmen Sie gefälligst die Finger da weg.«

Tom reagierte nicht.

»Wissen Sie, er hat es gemacht, kurz bevor er verreckt ist.«

»Was reden Sie da, sind Sie eigentlich noch ganz dicht?« Schadts Gesicht nahm eine ungesunde Farbe an.

»Aber neugierig sind Sie schon, was? Das Geheimnis ist, dass ich einen außergewöhnlichen Text wollte. Einen authentischen, wie ich schon sagte, verstehen Sie? Ich erkläre Ihnen das kurz. Ich war Zuschauer bei Mikkels Lesung in der Alten Oper. Als ich am Ende mein Buch signieren lassen wollte, bekam ich ein Gespräch zwischen Mike und seinem Bekannten mit. Er wollte Mike mit dem Auto nach Hause fahren, dann brauche Mike nicht die U-Bahn zu nehmen. Er solle im Parkhaus auf ihn warten, da er noch schnell wohin müsse.«

»Und?«

»Warten Sie ab, gleich werden Sie verstehen. Es war eine ziemlich spontane Aktion. Die Gelegenheit war günstig und einzigartig, da mein Auto rein zufällig auch im Opernparkhaus stand. Das Schicksal wollte, dass ich in derselben Ebene parkte, in die Mikkels ging. Er bemerkte nicht, dass ich ihm folgte. Es war alles ganz einfach. Ich hatte mal Karate und so schlug ich zu, noch ehe er etwas sagen konnte. Er war auf der Stelle bewusstlos. Ich habe ihn dann hinter das Auto geschleift, damit ihn niemand entdeckte. Sein Bekannter kam einige Minuten später und suchte nach ihm. Ich sprang helfend ein.

›Entschuldigen Sie, ich hörte Ihr Gespräch beim Signieren. Mikkels ist schon weg. Ich sah gerade, wie er die Rolltreppe zur U-Bahn genommen hat.‹

Der Mann bedankte sich und fuhr weg. Schließlich war die Luft rein und niemand im Parkhaus zu sehen. Ich befand mich etwas unter Zeitdruck, jeden Moment konnte Mikkels aus seiner Ohnmacht erwachen. Er tat es nicht. Ich hatte wohl in der Eile fester zugeschlagen, als ich wollte.«

Schadt hatte genug gehört. Er sprang auf und riss das Telefon von der Ladestation. »Damit kommen Sie nicht durch!«

»Oh doch, das tue ich!« Tom schnappte Schadts Wasserflasche, holte aus und schlug ihm damit auf seinen Kopf. Schadt brach augenblicklich zusammen und prallte im Fallen mit der Schläfe auf die Schreibtischkante. Blut tropfte auf den Tisch und Schadt fiel wie ein nasser Sack zu Boden. Das Telefon entglitt seiner Hand.

Tom beugte sich über ihn. »Oha, du hast ein hübsches Loch im Kopf. Das war ich aber nicht, das war die Tischkante.«

Tom legte seine Finger auf Schadts Halsschlagader und stellte zufrieden fest, dass der Puls nicht mehr schlug.

»Tja, mit jemandem wie mir verdirbt man es sich besser nicht. Ich hätte dich keinesfalls am Leben lassen können. Du weißt, wer ich bin.«

Er sah sich um, auf dem Schreibtisch entdeckte er ein Päckchen Taschentücher, das er an sich nahm. Er zog eines der Tücher raus, entfaltete es und nahm damit Schadts Telefon in die Hand, um es zurück auf die Station zu stellen. In diesem Moment begann es zu läuten. Tom ließ es vor Schreck fallen und es landete erneut auf dem Boden.

»Hallo, Herr Schadt?«, fragte eine weibliche Stimme.

Verdammt, das Ding musste auf die Annahmetaste gefallen sein.

»Hören Sie mich? Sie haben doch eben das Gespräch angenommen? Hallo? Antworten Sie. Komisch er geht nicht ran. Herr Schadt?«

Tom traute sich kaum, zu atmen, da hörte er ein weiteres Knacken. Die Teilnehmerin schien eingehängt zu haben. Das war gerade nochmal gutgegangen. Mit dem Taschentuch nahm er das Telefon erneut vom Boden auf, der Deckel des Batteriefachs war bei dem Aufprall zerbrochen. Egal, er warf die Plastikteile in den Papierkorb, der neben dem Schreibtisch stand. Dann wischte er sorgfältig den Rand der Tischplatte ab, auf die er sich gestützt hatte. Die Wasserflasche trug er in die Küche. Schadt war ein Chaot gewesen. In der Spüle stapelte sich ungewaschenes Geschirr und auf einem kleinen Tisch befanden sich allerhand Schachteln mit eingetrockneten Essensresten. Er schob das Geschirr beiseite und hielt die Flasche unter den Wasserhahn. Er nahm ein Küchenhandtuch, trocknete die Flasche und ließ sie auf der Arbeitsplatte stehen. In einer Ecke der Arbeitsplatte stand Hochprozentiges. Ihm kam eine spontane Idee. Er nahm eine angebrochene Flasche Rum, ebenfalls mit seinem Papiertaschentuch, ging zurück zum Leichnam und öffnete den Schraubverschluss. Er hockte sich, ohne dabei in die Blutlache zu treten, und drückte den Rand der Flasche an Schadts Lippen. Etwas Rum ließ er in seinen Mund laufen. Dann nahm er die Hand des Toten und drückte die Finger um den Flaschenhals. Nun legte er sie unverschlossen neben den Toten. Die Flüssigkeit ergoss sich über den Boden und vermischte sich mit der Blutlache. Es sah nun so aus, als habe Schadt zu tief ins Glas geguckt.

»Da kann man schon mal hinfallen«, murmelte Tom, nahm sein Manuskript vom Stuhl und wollte die Wohnung bereits verlassen, da fiel sein Blick auf Schadts Computer ... Er hielt inne und überlegte, ob er ihn verschwinden lassen sollte. Nur falls Schadt eine Datei über ihn angelegt hatte. Was jedoch unwahrscheinlich war, denn seinen Text hatte Schadt nun einmal abgelehnt. Sollte sich doch noch eine Datei von ihm auf dem PC befinden, ließ sie kaum Schlüsse auf ihn zu.

»Ich bin durch mein Pseudonym geschützt.« Als er sich sicher war, dass sich in der Wohnung nichts Verdächtiges befand, ging er. Im Treppenhaus verzichtete er darauf, das Licht einzuschalten. So geräuschlos wie möglich schlich er aus dem Haus. Draußen vor der Tür wischte er über Schadts Klingelknopf, da erinnerte er sich, dass das Manuskript noch immer auf dem Stuhl lag.

»Verdammt!« Er hastete zu seinem Auto, das er ein paar Häuser weiter geparkt hatte, und fuhr davon.

*

*Wie konnte ich nur, verdammt nochmal. Wie konnte ich nur dieses Manuskript liegenlassen. Ich schlage mir schon seit Stunden die Nacht um die Ohren. Als aufstrebender Autor sollte ich doch wissen, wie wichtig es ist, keine Spuren zu hinterlassen. Und dann so was. Außerdem habe ich DNA hinterlassen. Auf der Hülle befinden sich meine Fingerabdrücke und ein paar kleine Blutspritzer von Mikkels finden die auch. Das ist nicht so wichtig. Heißt nicht, dass jemand zum Todeszeitpunkt dort gewesen sein muss. Aber nach Fingerabdrücken werden die suchen. Und nach Haaren und Schuppen. Die könnten zu meiner Überführung führen. Zwar bin ich strafrechtlich nicht aktenkundig, es ist dennoch ein verdammt mieses Gefühl, dass die jetzt ein paar Details über mich rausfinden können. Aber mein Pseudonym wird mich schützen. Niemand kennt meine wahre Identität.*

*Das mit Schadt war ungeplant. Hätte ich denn damit rechnen können, dass dieser dämliche Lektor so über mein Manuskript urteilt? Da muss er sich nicht wundern, und dann nimmt er plötzlich das Telefon in die Hand. Was hätte ich machen sollen? Hätte ich zulassen sollen, dass er die Bullen ruft?*

*

In der Basaltstraße sahen Schaulustige am Abend zunächst das Einsatzfahrzeug der Polizei, später den

Wagen des Notarztes. Die Straße war für die Durchfahrt gesperrt. Uta Scharf war nach dem Anruf bei Schadt stutzig geworden. Sie hätte schwören können, dass der Anruf entgegengenommen wurde. Sie hatte ein deutliches Klicken vernommen. Alle weiteren Anrufversuche, die sie unmittelbar darauf getätigt hatte, waren unbeantwortet geblieben, was sie umso mehr verwunderte. Eigentlich wäre für heute Feierabend gewesen, aber etwas stimmte hier nicht. So fuhr sie noch am selben Abend mit ihrem wenig begeisterten Kollegen zu Schadts Wohnung, um nach dem Rechten zu sehen.

»Wenigstens habe ich die Hoffnung, dass es deinem Freund irgendwann reicht, wenn er dich nie zu Gesicht bekommt«, sagte Burschel. »Ich bin da schon ein anderes Kaliber, weiche dir nicht von der Seite, wie du siehst. Ich bitte darum, dass du dir das hinter deine niedlichen Ohren schreibst.«

»Burschi, wie könnte ich deinen aufopferungsvollen Einsatz jemals vergessen.«

Auf mehrfaches Klingeln reagierte Schadt nicht, obwohl, von außen deutlich erkennbar, Licht in der Wohnung brannte. Sie läuteten an der Nachbarwohnung. Die Haustür sprang mit einem Summton auf. Gegenüber wohnte eine ältere Dame, die den beiden erklärte, sie habe Schadt Stunden zuvor nach Hause kommen sehen. Sonst sei ihr nichts aufgefallen.

»Aber der Herr Schadt ist ein Sparfuchs und würde niemals Licht brennen lassen, wenn er nicht zu Hause ist«, sagte sie. »Oje, hoffentlich ist nichts passiert?«

Der im Haus wohnende Hausmeister wurde hinzugerufen und schloss die Wohnung mit einem Zweitschlüssel auf. Nach dem Auffinden des Leichnams riefen die Kriminalbeamten den Notarzt, der kurze Zeit später eintraf und weite lichtstarre Pupillen diagnostizierte sowie eine beginnende Starre am Kiefergelenk. Ein Beweis für den Tod dieses Mannes.

»Am Kiefergelenk beginnt die Totenstarre, wie Sie sicherlich wissen. Ich würde meinen, dass es sich hier um einen Unfalltod handelt, zumindest auf den ersten Blick. Sicher bin ich mir allerdings nicht. Sehen Sie das tiefe Loch, gleich neben der rechten Schläfe? Er ist gestürzt und mit dem Kopf auf die Kante des Schreibtisches aufgeschlagen. Vermutlich unter Alkoholeinfluss. Könnte aber auch eine andere Ursache haben. Er ist nicht lange tot, der Körper ist noch nicht kalt.«

»Können Sie sagen, wie lange?«, fragte Scharf.

»Nach der rektalen Messung beträgt die Körpertemperatur 35 Grad. Wenn wir von einer normalen Körpertemperatur von 37 Grad ausgehen, dann ist die Temperatur um 2 Grad abgesunken. Die Zimmertemperatur hier liegt höchstens bei 20 Grad.«

»Okay«, sagte Burschel. »Die Körpertemperatur sinkt in diesem Fall pro Stunde ungefähr um 0,5 bis 1,5 Grad ab. Das heißt, wir können davon ausgehen, dass Schadt gegen 19 Uhr verstorben ist?«

Der Arzt nickte. »Passt auch zur Kieferstarre, die nach zwei Stunden einsetzt. Wenn ich das T-Shirt am Rücken zur Seite ziehe, sehen Sie die Totenflecken, die sich etwa zwanzig Minuten nach Eintritt des Todes bilden, hier aber schon recht deutlich erkennbar sind.«

Der Arzt stand auf, setzte sich auf einen Stuhl und füllte den Totenschein aus. »Er kommt ins Institut für Rechtsmedizin?«

Burschel nickte. »Definitiv. Wenn Sie sich nicht sicher sind, was die Todesursache betrifft. Scharf, informierst du schnellstmöglich die Staatsanwältin, damit sie einen richterlichen Beschluss für die Leichenöffnung beantragen kann, und rufst Leichenwagen und Erkennungsdienst?«

Scharf nahm ihr Funkgerät und machte sich direkt an die Arbeit, während sich der Notarzt verabschiedete.

»Erkennungsdienst ist auf dem Weg, Leichenwagen auch«, sagte Scharf.

»Sieh mal, auf dem Stuhl liegt ein Manuskript in einer Klarsichthülle.« Scharf trug Einmalhandschuhe und nahm das Manuskript. »Es hat keinen Titel, trägt aber den Namen des Autors: Tom Parker.«

Sie sah sich um. »Auf dem Tisch liegt ein ganzer Stapel von Manuskripten. Wieso ist dieses nicht auch bei den anderen?«

»Vermutlich wollte Schadt daran arbeiten.«

»Legt man es dann nicht auf den Arbeitstisch, anstelle des Stuhls gegenüber dem Schreibtisch?«

»Na ja, schon möglich. Vielleicht hat er es nur kurz abgelegt, wegen eines eingehenden Telefonats beispielsweise.«

»Wir nehmen die Manuskripte alle mit. Vielleicht ist das Neue von Mikkels dabei. So ein Mist, da bin ich vermutlich nur ein paar Minuten zu spät mit meinem Anruf gewesen, um Schadt nach dem Manuskript zu fragen«, sagte Scharf.

»Hm, ob Schadt dir in betrunkenem Zustand, eine Antwort gegeben hätte?«

Uta schüttelte den Kopf. »Das passt alles nicht richtig zusammen.«

Burschel nahm die Flasche, die neben dem Toten lag, und steckte sie in eine Plastiktüte. »Rum. Möchte mal wissen, wie viel er davon intus hatte, dass er so hart gestürzt ist.«

»Werden wir erfahren, wenn er in der Rechtsmedizin ist.«

Burschel betrachtete den Toten. »Vielleicht wollte er ans Telefon gehen, weil du angerufen hast. Aber wieso ist er dafür aufgestanden? Das Telefon steht auf dem Schreibtisch.«

»Vielleicht war er so besoffen, dass er auf seinem Stuhl das Gleichgewicht verloren, als er sich zum Telefon gebeugt hat«, sagte Scharf.

»Dann wäre der Stuhl auch umgefallen oder er wäre mit Schwung zur Seite gerollt. Das Telefon läge vermutlich neben ihm. Außerdem musste er sich nicht zur Seite beugen. Sieh mal, ein normal gewachsener Mann braucht nicht mal den Arm auszustrecken, um abzuheben.« Burschel streckte den Arm aus. »Noch dazu war der Mann nicht gerade klein.«

Scharf nahm das Telefon in die Hand und drehte es. »Es hat eine Macke, scheint hingefallen zu sein.«

Burschel stand auf. »Zeig mal her.«

Scharf drehte es zu ihm.

»Ja, vor dem Batteriefach fehlt die Abdeckung.«

Scharf sah sich auf dem Boden um, dann schaute sie in den Papierkorb, der unter dem Schreibtisch stand. »Was ist das?« Sie fischte zwei Plastikteile aus dem Korb und legte sie auf den Schreibtisch. »Ebenfalls schwarz wie das Telefon.«

Burschel legte die beiden Stücke auf das Batteriefach. »Klasse Uta, die passen.« Er steckte die Teile und das Telefon in eine weitere Plastiktüte. »Heißt aber gar nichts. Kann schon länger kaputt sein und da drin gelegen haben.«

»Wenn er es aber in der Hand hielt und damit zu Boden stürzte, dann muss es jemand anders wieder auf die Station gestellt haben«, sagte Scharf.

»Warten wir auf das Urteil der Rechtsmediziner. Vielleicht haben wir Glück und dein Anruf passt zum Todeszeitpunkt, dann dürfen wir stutzig werden. Weißt du noch, wann das war?«

»19:10 Uhr«, antwortete Uta. »Ich habe auf die Uhr gesehen.«

»Tja, würde sich mit der Aussage des Arztes decken. Ich werde auch bei der Telefongesellschaft nachhaken.«

»Schon merkwürdig. Da erzählen uns erst Mikkels' Sprachrohr, dann die Mikkels selber von Schadts merkwürdigem Anruf und dann stirbt der ganz plötzlich.«

»Sprachrohr? Meinst du Lemberg?«

Scharf nickte. »Nimmst du den Computer?«

»Nehme ich gleich, aber sieh mal das Bücherregal. Hier ist etwas, dass wir ebenfalls mitnehmen sollten.« Burschel zog ein Buch, in einen grauen Umschlag gewickelt, hervor und hielt es Uta vor das Gesicht. Die Silhouette eines Mannes war zu sehen, oben in der linken Ecke, von Nebel verhüllt, ein gelblicher Vollmond. In schwarzen Buchstaben die Überschrift: *Der Mondscheinmann* von Will Buck. »Das werde ich lesen.«

## 23

*31. Juli, 24 Uhr, Institut für Rechtsmedizin*

»Ich habe gehofft, heute Nacht würde es ruhig bleiben«, sagte der Rechtsmedizinstudent, der die Angaben der Kriminalbeamten zu Protokoll nahm.

»Das haben wir auch gehofft«, antwortete Burschel.

»Frau Doktor Walther hat morgen früh ab neun Dienst. Mit ihr können Sie alles detailliert besprechen. Ich werde den Leichnam jetzt in den Kühlraum bringen.«

*Mittwoch, 1. August, 9 Uhr, Institut für Rechtsmedizin*

Die Jugendstilvilla, in der die Frankfurter Rechtsmedizin seit 1930 untergebracht war, lag an der Kennedyallee, Ecke Paul-Ehrlich-Straße. Sie wirkte wie eine Kulisse zu einem echten Kriminalfilm.

Uta Scharf kannte dieses Gebäude vom Dachgeschoss bis in den Keller. Noch vor ihrem Abschluss hatte sie an einer Führung durch die Villa teilgenommen. Heute arbeiteten dort über siebzig Mitarbeiter. Über den Seiteneingang, den ehemaligen Dienstbotengang, gelangte die Kriminalpolizei ins Untergeschoss, in dem sich auch der Obduktionssaal befand. Dem vorgelagert war ein kleiner Raum, in dem sich unter anderem Ärzte und Kriminalpolizei bei einer unklaren Todesursache über den Grund der bevorstehenden

Obduktion austauschten. Die Sachlage wurde mit dem Diktiergerät aufgenommen. Üblicherweise nahmen einer oder beide Kriminalbeamten an der Obduktion teil.

An diesem Morgen saßen Uta Scharf und Arndt Burschel der ersten Obduzentin Doktor Gesine Walther gegenüber und gaben zu Protokoll, wie sie Schadts Leichnam vorgefunden hatten.

»Der Mann lag von uns ausgesehen links neben dem Schreibtisch. Aus einer klaffenden Wunde an der Schläfe war eine Menge Blut geflossen. Er lag mit dem Kopf in einer großen Lache. Er bewegte sich nicht mehr. An der Kante des Schreibtischs befanden sich Blut und Blutspritzer über den Schreibtisch verteilt. Neben dem Kopf des Mannes lag eine leere Rumflasche ohne Verschluss. Der Notarzt, den wir verständigt haben und der den Tod feststellte, vermutete anhand der Köpertemperatur, dass der Mann gegen 19 Uhr seiner Verletzung erlegen ist. Möglicherweise ist der Mann vom Schreibtischstuhl aufgestanden, wegen Trunkenheit gestürzt dabei unglücklich mit dem Schädel auf die Kante des Schreibtischs aufgekommen. Blutspritzer beweisen das. Dennoch ist die Todesursache für uns unklar.«

Die Rechtsmedizinerin nickte. »Wieso glauben Sie, dass der Mann gestanden hat?«

»Wenn Herr Schadt gesessen hätte, wäre der Schreibtischstuhl durch die Wucht sicher in die entgegengesetzte Richtung gerollt oder umgefallen. Er stand aber akkurat vor dem Tisch. Blutspuren an den Griffen habe ich mit bloßem Auge nicht gesehen.«

»Dann lassen Sie uns Herrn Schadt gemeinsam anschauen«, sagte die Rechtsmedizinerin. »Meine zweite Obduzentin steht bereits am Tisch. Die Auswertung der Computertomographie liegt ebenfalls vor.«

Der Anblick einer nackten Leiche auf dem Seziertisch, besonders bei der inneren Leichenschau jagte Uta auch nach all den Jahren Gänsehaut über den Rücken und verursachte ein unangenehmes Ziehen in den Unterarmen. Sie konnte die Rechtsmediziner nur bewundern und wollte sich nicht erst ausmalen, was die Ärzte täglich an grauenvollen Verletzungen zu sehen bekamen. Aber sie würde tapfer die Zähne zusammenbeißen.

Burschel und sie folgten Doktor Walther.

»Eine Blutprobe wird direkt ins Labor gegeben. Dann werden wir sehen, wie hoch der Alkoholspiegel in seinem Blut war«, sagte Doktor Walther und deutete zu ihrer Kollegin. »Das ist meine zweite Obduzentin, Doktor Leiss.«

»Hallo«, sagte die junge Frau, die bereits mit der äußeren Leichenschau begonnen hatte. »Soll ich anfangen?«

Doktor Walther nickte.

»Das Ergebnis des CTs zeigt einen Schädelbruch am rechten Scheitelbein und eine Verletzung an der linken Schläfe. Gestorben ist er jedoch an stumpfer Gewalt, also an dem Schädelbruch.«

»Also doch Mord«, sagte Burschel.

Die junge Ärztin nickte und fuhr fort. »Das T-Shirt und die Jeans des Opfers waren blutdurchtränkt, aber unversehrt. Keine Risse. Auch nicht an der Unterwäsche.«

»Er lag neben seinem Schreibtisch in einer Blutlache«, antwortete Scharf.

Die junge Ärztin fuhr fort. »Wenn man am Gesicht des Mannes riecht, scheint es, als habe er Alkohol zu sich genommen. In beiden Augen sind Einblutungen erkennbar, die auf die Verletzung der Schläfenregion zurückführbar sind, und hier kann man deutlich das Hämatom fühlen, das durch den Schlag auf den Kopf entstanden ist.«

»Rasieren Sie die Haare bitte ab«, sagte Doktor Walther.

Die zweite Obduzentin rasierte den Schädel vorsichtig blank.

Doktor Walther beugte sich über den nun klar erkennbaren blauen Fleck. »Dort befindet sich ein Kopfschwartenhämatom. Sehen Sie das? Gehen Sie ruhig ganz nah ran. So etwas entsteht durch stumpfe Gewalt.«

Burschel beugte sich über den Kopf des Leichnams.

»Eine massive Schwellung«, sagte Burschel.

»Richtig. Sehen Sie den halbkreisförmigen Rand? Doktor Walther nahm eine Kamera zur Hand und fotografierte den Schläfenbreich.

»Was meinen Sie?«, fragte Burschel.

»Sie müssen ganz genau hinsehen.«

»Ich weiß nicht recht, was sollte ich sehen?«

»Darf ich mal?«, fragte Scharf mutig und betrachtete die Verletzung sorgfältig. »Sieht aus, als sei der Rand geriffelt.«

»Ganz genau.« Doktor Walther blickte auf. »Das erinnert mich an den Boden einer Glasflasche.«

»Einer Glasflasche?«

»Ist Ihnen das noch nie aufgefallen? Die Ränder von Glasflaschen sind oft stark geriffelt. Erwähnten Sie nicht, dass eine Rumflasche neben dem Kopf des Toten gelegen hat?«

»Ja, die ist bereits im Labor.«

»Dann sollten wir die Abstände mit denen der Rumflasche vergleichen. Vielleicht haben wir dann schon die Tatwaffe. Möglicherweise ist er nach dem Schlag auf den Kopf zufällig auf die Kante des Schreibtischs gestürzt. Das Loch an der Schläfe, das dabei entstanden ist, ist für die Blutung verantwortlich. Kopfwunden bluten immer stark. Dadurch war das Hämatom weiter oben für den Notarzt zunächst kaum erkennbar.«

Burschel schoss mit seiner Kamera von allen Seiten ebenfalls Fotos von den Verletzungen. »Sind die Einkerbungen an Flaschenböden eigentlich immer gleich?«

Scharf machte ein nachdenkliches Gesicht. »Damit habe ich mich nie beschäftigt. Kann ich mir aber nicht vorstellen. Das wird bei den Herstellern bestimmt individuell gehandhabt.«

»Der Schlag ist von oben nach unten durchgeführt worden, wie man an der Einblutung erkennen kann, und mit der rechten Hand. Nicht mittig, das Opfer hat dem Täter vermutlich ins Gesicht gesehen und versucht, dem Schlag auszuweichen.«

»Sie meinen, der Täter hat ausgeholt und mit Wucht von oben nach unten zugeschlagen?«

»So sieht es aus. Nur eben schräg.«

»Dann muss er recht groß gewesen sein, denn Schadt war nicht gerade klein«, sagte Scharf.

»Er maß exakt 1,81 Meter und wog 110 Kilogramm. Ein übergewichtiger Mann.«

»Da kommt eine Frau als Täterin kaum in Betracht, was denkst du, Burschi?«

Er nickte. »Sie müsste entweder überdurchschnittlich groß und sehr durchtrainiert sein oder sie ist auf einen Stuhl gestiegen, um den Schlag auszuführen. Wäre eine wackelige Angelegenheit gewesen und Schadt hätte gewiss nicht so lange stillgehalten. Nein, wir sollten uns auf einen männlichen Täter konzentrieren.«

»Es gibt eine andere Möglichkeit. Das Opfer hat gesessen und versucht, im Aufspringen zu entkommen, während der Täter stand«, sagte Doktor Walther.

»Ich denke, das würde einiges erklären«, sagte Burschel.

Doktor Walthers Handy klingelte. »Ja?« Sie lauschte aufmerksam. Nach einer Weile beendete sie das Gespräch.

»Das war ein Anruf aus dem Labor. Schadt hat keinen Tropfen Alkohol im Blut. Mund und Zunge wiesen aber Spuren auf«, sagte Doktor Walther.

Burschel nickte und richtete den Blick auf seine Kollegin. »Der Täter wollte uns glauben lassen, dass es sich um einen Unfall aufgrund von übermäßigem Alkoholkonsum handelte. Er hat dabei nicht bedacht, dass Tote keinen Schluckreflex haben. Wäre da nicht die Verletzung an der Schläfe, hätten wir von Anfang an eine Gewalttat vermutet.«

»Würden Sie bestätigen, dass der Tod gegen neunzehn Uhr eintrat?«

»Die Leichenstarre löst sich bereits, zwar nicht wesentlich, hier ist es ja kalt, aber zu Hause hat er vermutlich warm gelegen.«

»In der Wohnung maßen wir 20 Grad«, bestätigte Burschel.

»Bitte geben Sie mir das Messprotokoll der Rectalmessungen!«

»Wir haben keins«, sagte Burschel, »lediglich die Angabe des Notarztes, dass er 35 Grad gemessen hat.«

»Unter dem Vorbehalt, dass er die Messsonde in der vorgeschriebenen Tiefe von zehn bis zwölf Zentimeter eingeführt hat, werde ich die Daten zusammen mit dem heute gemessenen Körpergewicht in das Temperaturnomogramm nach Henßge eintragen.« Walther nahm ein A4–Blatt aus dem Schrank, auf das zahlreiche Halbkreise gedruckt waren, in diese trug sie verschiedene Daten und die Sektionsnummer ein. Dann zog sie zwei Linien und hob ihren Kopf. »Die Berechnungen zusammen mit den Ausprägungen der sichernden Todeszeichen und den Ermittlungsergebnissen würden dazu passen, dass der Mann gestern zwischen 19 und 20 Uhr verstorben ist.«

*

»Ich glaube, du hast recht«, sagte Burschel, als die beiden wieder auf der Straße standen. »Das würde heißen, dass der Mörder sich während deines Anrufes in der Wohnung befand. Denn Schadt war kaum in der Lage, es an seinen Platz zurückzustellen.«

»Vielleicht hat er den Hörer abgenommen?«

»Wer, der Täter? Kaum. Ich könnte mir folgendes Szenario vorstellen. Schadt hat das Telefon an sich genommen, um Hilfe zu rufen, daraufhin hat der Täter spontan zugeschlagen. Das Glück, wenn man es so nennen will, war auf seiner Seite, als Schadt beim Sturz mit dem Kopf die Schreibtischkante traf.

»Das Telefon fiel auf den Boden. Der Täter hat es aufgehoben und es zurückgestellt. Das war unachtsam.«

»Nicht aus seiner Sicht. Er konnte erstens nicht ahnen, dass ausgerechnet du in der Leitung warst, und zweitens«, Burschel hob zwei Finger, »dass du überhaupt etwas gehört hast. Vielleicht ist ihm daraufhin die Idee gekommen, es als Unfall durch Trunkenheit aussehen zu lassen. Er hat vermutlich in der Küche nach etwas Hochprozentigem gesucht, Schadts Lippen mit der Flasche berührt und ihm etwas Alkohol eingeflößt. Er hat die Flasche dann auf den Boden gelegt, damit sie auslaufen konnte. Da die Pfütze sich unter seinem Kopf verteilte, roch Schadt natürlich stark alkoholisiert. Das Telefon hat er zurückgestellt, weil er der Meinung war, dass ein Mann in dem Zustand nicht in der Lage war, zu telefonieren. Wir sollten nicht stutzig werden und keine ungeklärte Todesursache vorfinden. Also von daher gar nicht so dumm.«

Scharf nickte. »Das glaube ich auch. Aber was hältst du davon Burschi, wenn wir jetzt ins Präsidium fahren, ehe wir hier Wurzeln schlagen?«

# 24

*Mittwochmittag, 1. August, Polizeipräsidium*

Uta Scharf war genervt. Schon morgens war es unerträglich warm an diesem ersten August und sie hätte ihren Urlaub nicht erst im September antreten zu müssen.

Sie fächelte sich Luft zu, als sie das Büro betrat. »Ist das eine Hitze draußen. Moin Burschi, was grinst du so? Noch nie eine Frau kurz vorm Hitzschlag gesehen?«

»Ich grinse, weil ich Neuigkeiten habe. Komm, setz dich. Ich habe Eistee, auch eine Dose?«

»Gern.«

Burschel stand auf und holte eine Dose aus der Kühlbox, die er vor ein paar Tagen wegen der Hitze ins Büro gestellt hatte und die er stets mit erfrischenden Getränken füllte, und brachte sie Scharf.

»Hier.«

»Du rettest mich, danke.« Sie öffnete den Verschluss, nahm einen großen Schluck und seufzte. »Hm lecker, dann erzähl mal.«

Burschel setzte sich wieder an seinen Platz. »Wir kennen jetzt das Tatwerkzeug, mit dem Schadt ermordet wurde.«

»Die Rumflasche?«

»Ne, eine Wasserflasche. Die Größe der Einkerbungen und die Rundung passen exakt zu den Einblutungen am Rand des Hämatoms.«

»Eine Wasserflasche? Ich habe dort keine gesehen.«

»Sie stand in der Küche auf der Anrichte. Es befinden sich keinerlei Fingerabdrücke auf ihr, obwohl sie nur noch halbvoll war. Aber am Rand der Flasche befand sich Schadts DNA wie auch im Mineralwasser. Er hat aus der Flasche getrunken.«

»Verstehe. Da er sie angefasst haben muss, um zu trinken, wird der Täter sie gereinigt haben.«

Burschel nickte. »Genau. Ich versuche mal, vorsichtig zu kombinieren. Wenn ich am Schreibtisch arbeite ...«

»Was eher selten vorkommt, meinst du?«

»Ruhig. Dann habe ich ein Getränk neben mir stehen. Irgendwas Erfrischendes.« Er deutete auf seine Eisteedose. »So was zum Beispiel.«

»Wasser geht auch«, sagte Scharf.

»Nun stand diese Flasche, die zuvor seinen Durst gestillt hat, aber nicht auf dem Schreibtisch, sondern auf der Küchenanrichte. Ich glaube, der Mörder hat zuvor mit Schadt im Arbeitszimmer gesessen oder von mir aus gestanden. Vielleicht gab es eine Diskussion, die den Zorn des Täters so sehr gesteigert hat, dass er die Flasche an sich gerissen und damit zugeschlagen hat.«

»Im Sitzen?«, fragte Scharf.

»Wenn du in Rage gerätst und mir etwas über den Schädel ziehen willst, bleibst du sitzen?«

»Nein, ich würde mich klein fühlen. Bin ich aber in Rage und will dich zur Vernunft bringen, mache ich mich groß.«

»Richtig, das hat was mit der Evolution zu tun. Alle Lebewesen machen sich groß, wenn sie beeindrucken wollen, und schöpfen Kraft aus ihrer aufrechten Position. Im Sitzen hättest du niemals die Kraft, mir mit einer Flasche den Schädel einzuschlagen.«

»Außerdem hast du keine Flasche.«

Burschel grinste. »Du bist gut drauf heute, was?«

»Spaß beiseite. Als Schadt am Boden lag, ist der Täter rausgegangen und hat die Flasche gereinigt?«

»Ich denke schon.«

»Und die Rumflasche?«

»Vielleicht war es Zufall, dass er den Rum entdeckt hat. Dort standen einige Flaschen. Vielleicht ist er so spontan, wie er gemordet hat, auf die Idee gekommen, mit dem die Trunkenheit seines Opfers vorzutäuschen.«

Scharf dachte eine Weile nach, während sie von ihrem Eistee trank. »Wow, das klingt wirklich schlüssig. Aber hätte er zuvor auf dem Stuhl gegenüber von Schadt gesessen, also vor dem Schreibtisch?«

»Genau.«

»Dann hätte er auf dem Manuskript gesessen, das wir auf dem Stuhl vorgefunden haben. Er hatte es zuvor vermutlich in der Hand und hat es für den Mord schnell abgelegt?«

»Ich habe über diese Frage lange nachgedacht. Es gibt mehrere Möglichkeiten. Entweder hat er die ganze Zeit gestanden oder es ging sogar um das Manuskript. Auf der Klarsichthülle befanden sich übrigens Blutspritzer und Fingerabdrücke. Besser gesagt, die zweier Personen. Die Blutspritzer stammen eindeutig von Schadt. Das würde die erste These bestätigen. Das Manuskript lag auf dem Stuhl und als Schadt auf die Tischkante prallte, flogen ein paar winzige Tröpfchen, die sich übrigens auch am Stuhlbein finden lassen, auf das Manuskript.«

»Und was ist mit den Fingerabdrücken?«, fragte Scharf.

»Einen Teil der Abdrücke konnten wir Schadt zuordnen, die anderen gehören einer anderen Person. Vielleicht einem Tom Parker.«

»Tom Parker?«, fragte Scharf.

»Der Name, der auf dem Manuskript mit den Blutstropfen steht. Parker ist nämlich der Autor. Jetzt kommt es. Über einen Tom Parker lässt sich nicht das Mindeste rausfinden. Nicht das Geringste. Diese Person ist augenblicklich noch ein Phantom. Es scheint ein falscher Name zu sein. Besser gesagt ...« Er malte Anführungsstriche in die Luft. »Wahrscheinlich ein Künstlername.«

»Hm, ob Tom Parker wohl unser Täter ist?«, fragte Scharf.

»Dann wäre er schön blöd, sein Manuskript liegenzulassen.«

»Weißt du, wer diesen Parker kennen könnte?«

»Der Agent?«

»Ja, der Heimann. Wir sollten sowieso mit ihm sprechen. Er muss erfahren, dass Schadt tot ist.«

»Wenn er es nicht schon weiß.« Scharf machte eine vielsagende Geste.

»Du meinst, er steckt da mit drin?«

*

Uta Scharf hatte von der Sekretärin erfahren, dass Heimann ab fünfzehn Uhr im Büro erwartet wurde. Gegen 15:15 Uhr parkte Burschel den Dienstwagen auf dem Parkplatz des Elisabethen Krankenhauses. Eine andere Parkmöglichkeit fand sich am heutigen Nachmittag weit und breit nicht.

Heimann erwartete sie nicht nur persönlich an der Eingangstür, er war auch wie ausgewechselt. »Haben Sie endlich eine Spur im Fall Mikkels? Ach, kommen Sie doch erst einmal rein. Darf ich Ihnen Kaffee anbieten?«

»Nein danke«, sagte Scharf.

Burschel schüttelte den Kopf. »Für mich auch nicht.«

»Gut, dann kommen Sie bitte in mein Arbeitszimmer. Meierchen, die nächste halbe Stunde keine Anrufe.«

»Geht klar, Chef«, antwortete die Sekretärin.

»Um Ihre Frage zu beantworten, nein, von Mikkels fehlt nach wie vor jede Spur, was uns mehr und mehr beunruhigt.«

»Das glaube ich. Und ich dachte, Mikkels hätte mich im Stich gelassen. Ich war verdammt sauer auf ihn. Das tut mir langsam leid.«

»Herr Heimann, wir müssen Ihnen mitteilen, dass der Lektor Armin Schadt in seiner Wohnung ermordet aufgefunden wurde.«

Heimann wich die Farbe aus dem Gesicht. »Er wurde, was? Das, das gibt es doch nicht. Wieso denn das? Er war ein schwieriger Mensch, aber wieso ermordet?«

»Wir wissen es nicht. Wir wollten mit ihm sprechen, da er Frau Mikkels anrief und von Mike Mikkels neuestem Manuskript sprach. Also von dem, an dem er gerade arbeitet. Er soll es ihm angeblich zugeschickt haben. Wissen Sie, ob er das getan hat?«

Heimann schüttelte irritiert den Kopf. »Das wäre mir neu. Er würde es zuerst mir schicken, nicht dem Schadt. Was soll das bedeuten?«

»Wir wissen es nicht«, sagte Burschel. »Wir haben Schadts Computer beschlagnahmt und auch sämtliche

Manuskripte. Auf einen aktuellen Text von Mikkels sind wir nicht gestoßen.«

»Schadt war ein schwieriger Mensch, der manchmal viel Mist geredet hat. Was weiß ich, wieso er das behauptet hat, vielleicht wollte er sich an die Mikkels ranmachen. Zuzutrauen wäre ihm das.«

»Sie trauen ihm allerhand zu«, entgegnete Scharf.

»Verdächtigen Sie mich etwa? Er wurde am Montag getötet? Da war ich den ganzen Tag bis zum späten Abend hier im Büro. Da können Sie meine Sekretärin fragen. Sie war bis zum Schluss ebenfalls hier.«

»Das ist gut. Wenn Sie das schon ansprechen, wie lange waren Sie beschäftigt?«

»So genau weiß ich das nicht.« Er nahm den Telefonhörer und drückte ein paar Tasten. »Ich habe den Lautsprecher angemacht. Meierchen?«

»Ja?«, meldete sich die Sekretärin. »Weißt du noch, wie lange wir am Montag gearbeitet haben?«

»Oh ja, das weiß ich genau, weil ich zur U-Bahn musste. Es war 22:32 Uhr, als ich hinter Ihnen abgeschlossen habe.«

»Danke.« Er hängte ein. »Hilft Ihnen das weiter?«

Scharf nickte. »Danke.«

»Bedeutet? Verdächtigen Sie mich immer noch?«

Burschel mischte sich ein. »Nein, machen Sie sich keine Gedanken. Sagt Ihnen der Autor Tom Parker irgendwas?«

»Wie kommen Sie auf den? Ja, den kenne ich. Das heißt, von Kennen kann nicht die Rede sein. Er hat mich hier aufgesucht und mit seinem Text penetriert. Ein unbegabter Autor, der mir keine Ruhe ließ. Ich habe keine Lust gehabt, sein Manuskript zu lesen, da schickte ich es direkt zu Schadt zur Überprüfung.«

»Als Datei oder ausgedruckt?«, fragte Burschel.

»Ausgedruckt, weil ich keine Datei hatte.«

»Wann war das?«, wollte Scharf wissen.

»Etwa vor drei oder vier Tagen. Warum?«

»Wir haben es in Schadts Wohnung gefunden. Ich habe versucht, etwas über den Autor herauszufinden, aber vergeblich. Können Sie uns seine Adresse und den richtigen Namen nennen?«, fragte Burschel.

Heimann überlegte, schüttelte dann den Kopf. »Leider nein. Er sagte mir sogar, dass Tom Parker nur sein Künstlername ist. Ich wusste von Vornherein, dass ich keinen Verlag für sein Manuskript finden werde. Seine E-Mail-Adresse läuft auch unter Parker.«

»Können Sie uns den Mann beschreiben?«

»Hm, lassen Sie mich überlegen. Ein Allerweltsgesicht, schlank, schwarze Haare, relativ groß. Er trug eine Kopfbedeckung. Kappe oder so was. Außerdem noch eine Sonnenbrille, was ich merkwürdig fand. Hatte aber eine OP hinter sich, wie er behauptete.«

»Was heißt relativ groß?«, fragte Scharf.

»So etwa 1,80 Meter, würde ich sagen. Bin aber nicht sicher. Soll ich mal meine Sekretärin fragen?«

»Das wäre nett.«

Wieder nahm er den Telefonhörer auf. »Meierchen, kannst du rüberkommen?«

Sekunden später öffnete sich die Tür. Frau Meier schaute herein. »Ja?«

»Hör mal, erinnerst du dich an diesen Tom Parker?«

Frau Meier rückte gedankenverloren ihre Brille zurecht. »Hm, das war der Mann, der unbedingt auf Sie warten wollte, obwohl Sie nicht da waren.« Sie sah die beiden Beamten an. »Stimmt was nicht mit ihm? War ein komischer Kauz.«

»Können Sie ihn uns beschreiben?«

Frau Meier kam näher und stellte sich neben den Schreibtisch ihres Chefs. »Er war groß und schlank, pechschwarze Haare.«

»Augenfarbe?«

»Keine Ahnung, er trug eine dunkle Sonnenbrille.«

»Er sagte etwas von einer Augenoperation«, fügte Meier hinzu.

»Hm, schade. Die Beschreibung ist leider nicht besonders aufschlussreich.«

Die Meier zuckte die Achseln. »Tut mir leid. Vielleicht kommt er beim nächsten Mal ohne die Brille vorbei.«

»Wie groß war er etwa?«, fragte Scharf.

»Vielleicht 1,85 Meter? Ich weiß nicht so genau. Ich saß ja am Schreibtisch.«

»Sie haben auch keine Personalien von ihm aufgenommen?«

»Nein, hätte ich das tun sollen, Chef?« Wieder rückte Frau Meier nervös ihre Brille gerade und sah dabei Heimann an.

»Nein, alles gut«, antwortete Heimann.

»Kam Ihnen die Stimme rein zufällig bekannt vor?«

Frau Meier machte ein ratloses Gesicht. »Nicht, dass ich wüsste.«

Heimann schob die Mundwinkel nach unten. »Ich kenne so viele Stimmen, da bin ich wirklich überfragt.«

»Dann darf ich wieder gehen?«

Scharf lächelte. »Natürlich, vielen Dank, Frau Meier.«

»Ach Chef, Zoltan Német hat schon dreimal angerufen. Er will wissen ...«

»Später, Meierchen.«

Frau Meier nickte und schloss die Tür hinter sich.

»Glauben Sie, dass Tom Parker mit Schadts Tod zu tun hat?«

Burschel schüttelte den Kopf. »Wir glauben momentan gar nichts. Es ist nur so, dass wir ihn gern befragt hätten, weil sein Manuskript zuoberst gelegen hat. Es ist momentan nichts weiter als eine informatorische Befragung.«

Heimann strich sich über das Kinn. »Mann o Mann, ich kann es kaum glauben. Der Schadt ermordet. Denken Sie, das hat etwas mit Mikkels' Verschwinden zu tun? Ist der Mikkels am Ende auch …?«

»Aktuell können wir nichts dazu sagen. Könnten Sie uns freundlicherweise eine Zuschauerliste vom 11. Juli in der Alten Oper überlassen? Wir würden die gerne mal überprüfen.«

»Eine Zuschauerliste? Da muss ich passen. Fragen Sie Doktor Wolter, den Veranstalter, am besten selbst. Allerdings glaube ich nicht, dass Sie da weiterkommen und dass es diese Liste überhaupt gibt. Sind ja auch einige Leute spontan gekommen. Die haben an der Abendkasse bezahlt. Da gab es sicher keine Namen.«

»Wie können wir Doktor Wolter erreichen?«

Heimann stöberte in einem Tischkalender, dann drehte er ihn so, dass die beiden draufschauen konnten. Uta notierte die Nummer. »Danke«, sagte sie.

»Das muss für Frau Mikkels schrecklich sein, nicht zu wissen, was ihrem Mann zugestoßen ist. So eine tolle Frau. Das hat sie nicht verdient.«

»Kennen Sie Frau Mikkels?«

»Vom Telefonieren und ein paar Mal habe ich sie von Weitem gesehen. Das wird sie aber wahrscheinlich nicht bemerkt haben. Mike war ein echter Glückspilz. Ach, was rede ich da. Er ist es. Man kann nur beten, dass ihm nichts zugestoßen ist.« Heimann faltete theatralisch die Hände.

»Weil Ihre Sekretärin gerade Herrn Német erwähnte, der Mann ist wieder gut im Geschäft«, sagte Burschel. »Ich las gerade einen interessanten Artikel über ihn. Die beiden waren sich nicht recht grün, oder?«

»Es ist nicht leicht, ganz oben zu bleiben. Ein Buch, das gerade erst erschienen ist, ist nach einem halben Jahr fast wieder ein altes. Und wenn ein neuer Autor erscheint, der einen besonderen Schreibstil hat, wird er plötzlich gehypt und der vorherige Star gerät wie sein Buch in den Hintergrund. Ist ein hartes Geschäft, das kann ich Ihnen sagen. Német hatte eine kurze Schreibblockade, hat aber die Kurve längst wieder gekriegt. Ich bin heilfroh darüber. Er liefert Texte in altbewährter Qualität.«

»Hoffen wir, dass das so bleibt, auch nachdem Mikkels zurückgekehrt ist«, äußerte Scharf.

»Das wäre wünschenswert. Ich hoffe, er kehrt bald zurück.«

*

Burschel lenkte das Dienstfahrzeug vom Parkplatz des Elisabethenkrankenhauses. »Heute war Heimann wie ausgewechselt und sogar normal angezogen. Seine Sekretärin wirkte allerdings unsicher in seiner Gegenwart. Wahrscheinlich ist er ein Choleriker. Außerdem fand ich seine letzte Frage merkwürdig. Geht der davon aus, dass Mikkels nicht wieder auftaucht?«

Scharf nickte. »Ich fand das auch merkwürdig. Dennoch, mein Instinkt sagt, Parker steckt in dem Mordfall mit drin. Das Manuskript auf dem Stuhl, das mit der Sonnenbrille beim Gespräch und sein Pseudonym.«

»Gut«, wandte Burschel ein, »aber das lag an Heimann. Er hat da nicht nachgehakt, also nicht nach dem Klarnamen gefragt. So heißt das, oder?«

»Ja, das ist wirklich ärgerlich.«

Der Verkehr staute sich auf der Miquelallee.

»Warum musste das Polizeipräsidium ausgerechnet in diese verkehrsreiche Gegend gebaut werden«, blaffte Burschel.

»Darf ich einen Gedankengang spinnen?« fragte Scharf.

»Natürlich, spinn ruhig.«

»Als Parker die Abfuhr von Heimann bekam, da wollte er sich möglicherweise direkt an Schadt wenden. Sicher war er von seinem Manuskript überzeugt.«

Burschel nickte. »Sonst gibt man seinen Text wohl kaum aus der Hand.«

»Und Schadt hat ihm dann zusätzlich den Wind aus den Segeln genommen. Wäre doch denkbar?«

Burschel konzentrierte sich auf den Verkehr, nickte aber.

»Wenn dem so wäre, hätte er im Affekt gehandelt.«

»Das wäre möglich.« Burschel fuhr auf den Parkplatz des Präsidiums und ergatterte gerade noch den letzten Parkplatz.

Uta Scharf stieg aus und kam um das Auto rum. »Wieso hat er dann sein Manuskript liegenlassen? Und hat er vielleicht auch Mike Mikkels entführt? Aber weshalb?«

»Nun beiß dich nicht an dieser Idee fest. Lass uns nach oben gehen. Ich muss dir was erzählen.«

Im Büro fuhr Scharf ihren Laptop hoch und Burschel steuerte die Kühlbox an. »Noch einen Eistee?«

»Nein, bin zu neugierig. Was willst du mir sagen?«

Burschel ließ sich Zeit, öffnete in aller Ruhe seine Dose und ließ sich grinsend auf seinem Bürostuhl nieder.

»Nun sag schon.«

»Ich habe nichts Ungewöhnliches auf Schadts Computer gefunden. Keine Drohmails, Anschuldigungen oder sonst irgendetwas Brauchbares. Leider auch nichts über Parker.«

»Aha, das wolltest du mir erzählen?«

»Ne, nicht nur. Nur unter anderem.«

Scharf stöhnte. »Lass dir nicht jeden Wurm einzeln aus der Nase ziehen.«

»Ach Scharf, ich genieße ganz einfach deine Aufmerksamkeit«, sagte Burschel und lachte. »Ich könnte dich glatt auf der Stelle knutschen.«

»Manchmal unterschätzt du den Ernst der Lage.«

»Und du beißt dich an einer fixen Idee fest. Was ich eigentlich sagen wollte. Du weißt ja, dass ich Mikkels' Buch gelesen habe?«

»Und?«

»Hör zu: In Mikkels Krimi geht es um einen Bauunternehmer, der bis zu seinem Tod in einem leerstehenden Gebäude gefoltert und gequält wird. Der Mörder ist ein Bad Vilbeler Bauer, dem ein Unternehmen – das spätere Opfer – Streuobstwiesen abgekauft hat. Er hat dann Grundbuchunterlagen gefälscht und es als Bauland deklariert, um darauf ein Wohnklotz zu bauen. Der Bauer tötet schlussendlich aus Rache den Unternehmer und wirft ihn in einer Vollmondnacht in einen Steinbruch, ganz in der Nähe seines ehemaligen Grundstücks. Mikkels beschreibt den Sandstein–Steinbruch in seinem Krimi genau. Er grenzt an die Innenstadt von Bad Vilbel. Ich war neugierig und habe mir die Mühe gemacht, zu googeln. Nicht alles in Büchern ist Fiktion. Viele Orte gibt es tatsächlich, und was soll ich dir sagen?« Burschel tippte auf seine Tastatur und drehte dann seinen Bildschirm so, dass Uta draufschauen konnte. »Siehst du das hier?«

Scharf beugte sich nach vorne. »Sieht nach einem Steinbruch aus, den gibt es wirklich?«

Burschel nickte. »Sieht ziemlich verwildert aus. Da kann man schonmal jemanden verschwinden lassen, was denkst du?«

»Du meinst?«

»Die Gegend ist einen Besuch wert. Mike Mikkels ist unauffindbar. Lass uns den Sandsteinbruch inspizieren. Ich habe da so ein komisches Gefühl. Vielleicht gönnt jemand dem Erfolgsautor seinen Erfolg einfach nicht.«

*Mittwoch, 1. August, Praxis Bohnstätter*

»Ich mache mir Sorgen um Sie. Gibt es Neuigkeiten?«, fragte Doktor Bohnstätter, nachdem Mirjam die Praxis betreten hatte. Er schien ernsthaft besorgt, um sie zu sein. In gewisser Weise empfand Mirjam das als tröstlich.

»Nein, leider nicht. Wenn ich ehrlich bin, mir geht es nicht besonders gut. Dürfte ich vielleicht meinen Urlaub vorziehen und ihn schon für die nächste Woche einreichen? Ich brauche noch eine Weile, um zu mir zu kommen. Tut mir sehr leid, Herr Doktor.«

»Aber natürlich, ich habe volles Verständnis. Das heißt, es gibt immer noch nicht die geringste Spur von Ihrem Mann?«

Mirjam senkte den Kopf und flüsterte: »Ich glaube, es ist etwas Schreckliches geschehen.«

»Ach, wenn Sie wüssten, wie leid mir das tut. Wie gern ich Ihnen helfen würde. Bitte lassen Sie das doch zu. Wir sollten reden, das würde Ihnen vielleicht guttun. Sollen wir nicht gemeinsam essen gehen« Er nahm ihre beiden Hände und suchte ihren Blick.

»Ja, vielleicht täte es mir gut. Ich kann es nicht sagen.«

»Heute Abend?«

Mirjam schüttelte den Kopf. »Nach der Arbeit bin ich im Moment wie erschlagen.«

»Gut, aber ich werde nicht aufgeben. Ich mag Sie, sehr sogar.«

*

Lembergs WhatsApp erleicherte Mirjam. Endlich, dachte sie. Sie waren für den frühen Abend in einem Café direkt an der Bockenheimer Warte verabredet. In das Café unterhalb ihrer Wohnung traute sie sich vorläufig nicht. Zu unübersichtlich. Während man hier auf einer kleinen Terrasse recht verborgen saß und sein Umfeld im Blick hatte. Dieses Mal war Lemberg vor ihr da. Er saß hinter einer großen Pflanze und Mirjam hätte ihn beinah übersehen.

Sie trat an seinen Tisch. »Hallo, Karl, das ist ein toller Platz, hier kann man uns kaum beobachten. Bitte, bleiben Sie sitzen. Entschuldigen Sie die Verspätung, komme gerade erst aus der Praxis. Ich bin froh, dass Sie sich Zeit für mich genommen haben. Dachte schon, es ist Ihnen alles zu viel geworden, nachdem Sie auch noch bei der Polizei an meiner Stelle ausgesagt haben.

Gott, ich war so feige.« Mirjam ließ sich erschöpft auf den freien Platz neben Lemberg sinken.

»Nein, das ist völlig verständlich in ihrer Situation, und ich hatte einfach nur viel zu tun. Das war alles. Gibt es Neuigkeiten?«

Mirjam schüttelte traurig den Kopf. »Leider nicht.« Sie klemmte sich eine widerspenstige Locke hinter das Ohr.

»Sie könnten mir von Ihrer Haarpracht etwas abgeben, Mirjam«, ulkte Lemberg. »Ich werde auf dem Hinterkopf langsam ganz kahl.«

Mirjam lächelte bekümmert. »Ich glaube nicht, dass Ihnen meine hellen Locken stehen würden.«

Lemberg lächelte. »Wieso, ich bin auch blond. Nun gut, dunkelblond. Aber Sie haben recht. Locken würden mir wohl nicht stehen. So jetzt sagen Sie mir bitte mal, was Sie trinken wollen? Ich gehe rein und bestelle, dann geht es schneller.«

»Oh, das ist nett, ich nehme einen Cappuccino.«

Lemberg stand auf. »Bin gleich wieder da.«

Mirjams Handy klingelte, was sie noch immer erschaudern ließ. »Hallo?«

»Hallo, Frau Mikkels, Scharf hier.«

»Oh, Frau Scharf.«

»Wie geht es Ihnen? Ich nehme an, Ihr Mann hat sich nicht gemeldet? Sie versprachen, uns zu informieren?«

»Ja, das versprach ich.« Sie senkte ihre Stimme. »Aber ich sitze hier in einem Café, Frau Scharf. Ich habe Angst, dass jemand mithören könnte. Von meinem Mann habe ich aber nichts gehört.«

»Auch keinen neuen Drohbrief bekommen?«

»Nein, auch nicht. Das hätte ich Ihnen mitgeteilt.«

»Frau Mikkels, da Sie sich mit uns nicht unbedingt treffen mögen, muss ich Ihnen telefonisch mitteilen, dass der Lektor Ihres Mannes verstorben ist.«

»Herr Schadt?«

»Richtig.«

Mirjam war bestürzt. »Ach du liebe Zeit, er war doch nicht alt.«

»Er ist keines natürlichen Todes gestorben. Wir haben ihn ermordet in seiner Wohnung aufgefunden.«

»Was?« Mirjam war fassungslos. »Das gibt es nicht. Aber, wieso das? Ich meine, das ist ja entsetzlich. Wissen Sie, wer das war?«

»Nein, das wissen wir nicht.«

»Sie glauben doch nicht, dass mein Mann etwas damit zu tun hat?«

»Das glauben wir nicht. Aber es wäre möglich, dass der Mörder etwas mit der Entführung Ihres Mannes zu tun hat.«

Lemberg kam zurück. Mirjam signalisierte, dass sie telefonierte. Er setzte sich wieder.

»Frau Mikkels, sagt Ihnen der Name Tom Parker etwas? Vielleicht hat Ihr Mann den Namen zufällig mal erwähnt.«

Mirjam machte ein nachdenkliches Gesicht. »Tom Parker? Nie gehört.«

»Schade, aber wir ermitteln in alle Richtungen weiter und hoffen, Ihren Mann bald zu finden.«

»Ich habe kein gutes Gefühl, aber danke.«

»Wir melden uns schnellstmöglich. Sie sich bitte auch, wenn irgendetwas Ungewöhnliches geschieht, und sei es nur eine Kleinigkeit. Auf Wiederhören.«

»Ja, Frau Scharf«, antwortete Mirjam tonlos und beendete das Gespräch auf ihrem Smartphone.

Betrübt sah sie Karl ins Gesicht.

»Was ist los, Sie sind ganz blass?«

»Das war Frau Scharf von der Kripo. Armin Schadt ist ermordet worden.«

»Was?« Lemberg riss die Augen auf. »Das gibt es nicht! Wieso ermordet?« Er legte eine Hand auf Mirjams Arm und schüttelte erschüttert den Kopf.

Mirjam war dankbar über Lembergs emotionale Reaktion. Er war empathisch. Das war wohltuend.

»Aber woher wissen die Beamten, dass es Mord war? Ist ja völlig verrückt. Sie erzählten mir gerade vor ein paar Tagen noch von seinem Anruf. Da war er noch quicklebendig.«

Mirjam nickte. »Es tut mir leid, Karl. Jetzt strapaziere ich nicht nur ihre Freizeit, sondern auch noch Ihre Nerven. Sie sollten sich meinetwegen nicht aufregen. Herr Schadt, ich kenne ihn kaum. Es ist nur, dass ich Angst um meinen Mann habe. Der Fall könnte in einem Zusammenhang mit meinem Mann stehen.«

Lemberg fächelte sich mit einer Serviette Luft zu. »Es ist die Hitze, die macht mir zu schaffen, Ihnen nicht?«

»Doch.«

»Was sagen die Beamten, wer es war und wie hat man ihn umgebracht?«

»Keine Ahnung. Sie fragten mich, ob ich einen Tom Parker kenne oder ob mein Mann ihn mal erwähnt hat.«

»Ja, das vernahm ich gerade, als ich kam. Wer soll das sein? Etwa der Täter?«

Die Bedienung brachte den Cappuccino. »Danke«, sagte Mirjam und wandte sich Lemberg zu. »Ich habe keine Ahnung. Habe diesen Namen nie gehört.«

Karl schüttelte ungläubig den Kopf. »Die Polizei soll Sie in Ruhe lassen, verdammt. Muss doch nicht sein, dass Sie sich noch mehr aufregen. Ich war selten so froh, dass ich mir heute für Sie frei genommen habe. Das können Sie nicht alleine wegstecken.«

»Danke«, entgegnete Mirjam und blinzelte gegen ihre Tränen an.

*

Karl Lemberg war Mirjam zweifellos eine große Hilfe, was wohl würde sie ohne ihn tun. Aber vor einer halben Stunde hatten sie sich verabschiedet und nun stiegen die Sorgen umso mächtiger in ihr auf. Wer hatte Schadt auf dem Gewissen? Ausgerechnet den Lektor ihres Mannes hatte es getroffen. Was sprach dagegen, dass der Mörder vorher ihren Mann verschleppt hatte? Und wenn das so war, wieso sollte Mike dann noch leben? Der Schmerz in ihrem Herzen war so gewaltig, dass sie glaubte, nicht allein sein zu können. Aber Lemberg noch einmal anzurufen, traute sie sich nicht. Er hatte sich vorhin ja selbst sichtlich aufgeregt. Nein, sie musste ihn zur Ruhe kommen lassen. Seit Mikes Verschwinden hatte sie all ihre Kontakte schleifen lassen. Hatte auf Nachrichten aus dem Freundeskreis nicht reagiert. Konnte von dieser Seite nun keine Hilfe erwarten.

Sie musste an den Mann denken, der ihr diese schrecklichen Drohbriefe zukommen ließ. Es gab nur eine Lösung. Entschlossen nahm sie ihr Smartphone und tippte die Nummer ihres Chefs ein.

## 25

*Donnerstag, 2. August, Bad Vilbel*

Scharf und Burschel waren gleich am frühen Morgen aufgebrochen. Der Anruf bei Doktor Wolther, die Besucherliste betreffend, hatte zu nichts geführt.

»Ich habe mir gedacht, dass es keine Besucherliste von einer zurückliegenden Veranstaltung mehr gibt. Sind ja alle Plätze bezahlt gewesen« sagte Scharf und gähnte. »Wäre auch zu schön gewesen, wenn wir mal einen Schritt weitergekommen wären.«

»Vielleicht bringt uns unser Ausflug der Sache etwas näher«, sagte Burschel, der sich mit dem Auto durch den dichten Verkehr quälte.

Die Navigation hatte sie über die Frankfurter Straße in Bad Vilbel bis zum Alten Rathaus geführt. Vom Polizeipräsidium aus hatten sie bis hierher bereits eine Dreiviertelstunde gebraucht.

»Jetzt rechts abbiegen«, sagte die weibliche Computerstimme des Navis.

»Hier? Geht der Weg noch weiter?«, fragte Scharf. »Sieht aus wie eine Sackgasse.«

»Schauen wir mal.«

»Bitte geradeaus fahren«, meldete sich das Navi.

»Aha, hier. Es geht bergauf.« Burschel fuhr sehr langsam. Die Einbahnstraße war eng und die Autos parkten dicht hintereinander. Ein Kind, das zwischen den Fahrzeugen hindurchhuschte, hätte man leicht übersehen können.

»Nach einhundert Metern haben Sie das Ziel erreicht. Das Ziel befindet sich auf der linken Seite.«

»Die Straße ist aber schon zu Ende. Du hast recht. Den Rest des Weges laufen wir. Ich parke direkt an dem Schotterweg dort drüben«, sagte Burschel, fuhr noch ein paar Meter auf der holprigen Strecke, bevor er den Wagen abbremste und die Handbremse anzog. »Ich will keinen geplatzten Reifen riskieren. So, dann wollen wir mal. Komm du scharfes Luder«, sagte er zu seiner Kollegin und kniff sie behutsam in den Oberarm.

»Gut, aber mach vorher den Motor aus, ja?«

Burschel drehte den Zündschlüssel. »Es ist deine Anwesenheit, die mich verwirrt.« Er grinste.

»Konzentrier dich. Bist du sicher, dass wir hier richtig sind? Da vorne auf der rechten Seite stehen Häuser.« Scharf deutete auf eine Hausreihe nahe dem Schotterweg. »Wo soll sich hier ein Steinbruch befinden?«

»Also von der Route her sollte links neben diesem Weg unbebautes Land Hügel aufwärts liegen. Passt doch, scheinen Streuobstwiesen zu sein. Irgendwo davor befindet sich der Steinbruch, wenn ich mich nicht irre.«

Der schmale Weg war dicht bewachsen und Scharf konnte kaum ausmachen, was sich dahinter befand.

»Aber du hast recht«, sagte Scharf. »Sieh mal, hier geht es ziemlich steil bergauf. Die Wiese ist nicht gemäht und Obstbäume gibt es hier reichlich.« Scharf deutete mit der Hand auf die Steigung.

»Stimmt. Komm, schlag dich durch die Büsche.«

»Hier gibt es bestimmt Zecken und das Gras reicht mir bis zur Hüfte«, jammerte Scharf.

»Wir haben doch lange Hosen an. Von mir aus gehe ich vor. Ich will ja nicht, dass du vom Ungeziefer aufgefressen wirst.« Er lachte. »Komm, ich trampele einen Pfad ins Gras. Bleib einfach in meiner Spur.«

Burschel stapfte mit großen Schritten durch das hohe Gras. Etwa zwanzig Meter höher befand sich eine terrassenförmige Plattform. Sie lag augenscheinlich am höchsten Punkt der Wiese.

Scharf legte eine Handkante über die Augen und sah sich um. »Tolle Aussicht, wirklich, aber ich sehe hier weit und breit keinen Steinbruch.«

Burschel orientierte sich ebenfalls. »Sieh mal, dort ist ein höherer Zaun. Da scheint ein Nachbargrundstück zu liegen, während ich hier links nur Bäume sehe und keinen Zaun. Wenn ich das auf der Karte richtig interpretiert habe, dann müsste vorne am großen Baum Ende des Grundstücks sein und der Steinbruch beginnen.« Er deutete in die entsprechende Richtung. »Komm mit.«

»Sei vorsichtig, nicht, dass du abstürzt.« Scharf folgte Burschel, der sich nicht getäuscht hatte. Der alte Baum stand unmittelbar vor dem Abgrund.

»Das steht ja ein Speierling«, bemerkte Scharf. »Wusste gar nicht, dass es in dieser Gegend solche Bäume gibt. Sind sehr selten.«

»Nun schau mal nach unten. Das geht verdammt steil bergab.«

Scharf war nicht ganz schwindelfrei und klammerte sich an Burschels Arm.

»Ich genieße deinen festen Griff«, sagte Burschel, der nach wie vor seinen Blick auf den Steinbruch heftete.

»Was erwartest du zu sehen? Einen auf dem Präsentierteller liegenden Leichnam? Ich sehe nichts als roten Stein und Geröll.«

Die Sonne schien direkt in die Grube, die mindestens zwanzig Meter tief war, wie Scharf schätzte.

Burschel taxierte das Gefälle. »Ich will mal versuchen, ob ich mich von unten durch das Gebüsch schlagen kann. Komm, hier sind wir falsch.«

»Nicht dein Ernst, Burschi. Du glaubst immer noch, dass wir dort unten auf was Brauchbares stoßen?«

»Wahrscheinlich finden wir nichts. Aber ich will mich davon überzeugen. Sonst haben wir halt einen netten Ausflug gemacht. Geh einfach hinter mir her. Wenn du stürzt, fang ich dich auf.«

Flüche ausstoßend, stapfte Scharf den Pfad bergab. Zurück auf dem Schotterweg sagte er: »Pass mal auf, du musst mir helfen, das Gestrüpp beiseitezuziehen. Ich denke, da vorne sollte ich eine Möglichkeit haben, hereinzuklettern. Sag mal, riechst du das auch?«

Scharf nickte und verzog das Gesicht. »Ein verendetes Tier? Oder denkst du …? Okay, ich komme mit.«

Mit den Füßen zertrat Burschel das dichteste Gestrüpp, dann nahm er die Hände zu Hilfe.

»Hier Uta, kannst du das Gestrüpp halten, bis ich durch bin?«

Scharf griff zu und schrie auf. »Verdammte Dornen, Mensch Burschel, das ist wirklich nicht dein Ernst!«

»Sorry.« Er quälte sich mühsam durch das Dickicht.

»Nicht loslassen, ich komme sonst nicht weiter.«

»Bleib du draußen, ich ruf dich, wenn ich dich brauche. Hier wimmelt es nur so von Schmeißfliegen, ist das widerlich. Aber hier vorne liegt tatsächlich ein verendetes Kaninchen.«

»Na prima, dann haben wir ja die Ursache für den Gestank.«

»Bin gleich zurück, sehe mich nur schnell um. Autsch, verdammter Mist.«

»Was ist? Burschi?«

»Bin umgeknickt, weiter nichts.«

Scharf hockte sich ins Gras am Rand des schmalen Weges. Sie nahm ihr Smartphone und suchte nach ungelesenen Nachrichten oder entgangenen Anrufen, um sich abzulenken. Nichts dergleichen. Burschi ließ sich Zeit. Das erstaunte sie nicht. Wenn er sich in eine fixe Idee verrannte, ließ er nicht locker. Sie musste an Mirjam Mikkels denken. Die arme Frau. Wie würde sie, Scharf, sich wohl fühlen, wenn Philip plötzlich abgetaucht wäre? Seltsamerweise stellte sich bei dem Gedanken kein mulmiges Gefühl ein. Sie mochte es vor sich selbst kaum zugeben und schon gar nicht vor Burschel, aber Philip und sie entfremdeten sich immer mehr. In letzter Zeit, wenn sie müde von der Arbeit nach Hause kam, saß Philip meistens noch an seinem Rechner oder schon wieder. Selten interessierte er sich dafür, wie ihr Tag verlaufen war. Sein Abendessen hatte er bereits zu sich genommen, so dass Scharf sich höchstens noch ein Butterbrot strich, um dann ins Bett zu gehen, wo sie in Sekundenschnelle in einen komatösen Schlaf verfiel.

*

Burschel verjagte, mit beiden Armen wedelnd, die lästigen Fliegen, die aus allen Richtungen aufstoben. Je weiter er sich auf dem steinigen Boden nach hinten durch das Dickicht kämpfte, was nur mühsam vonstattenging, desto stärker wurde der infernalische Gestank. Dies war kein normaler Aasgeruch. Dies war der Geruch des Todes, menschlichen Todes. Burschel musste gegen das Würgen ankämpfen. Ein kleiner steiniger Hügel erweckte seine Aufmerksamkeit. Ein winziger dreieckiger Stofffetzen lugte daraus hervor. Burschel trat mit dem Fuß gegen den Schotter. Alle Schmeißfliegen Bad Vilbels schienen sich hier versammelt zu haben und stoben auf. Burschel hielt sich wegen des beißenden Geruchs die Nase zu, während er weitere Brocken zur Seite trat. Da entdeckte er einen fleischigen Klumpen, der aus rauem Stoff hervorlugte.

Er ging in die Knie und betrachtete den Klumpen genauer. »Mein Gott, das ist ein Fuß«, murmelte er. »Uta, hörst du mich?«, rief er. »Uta?«

»Burschi, was ist?«

»Ruf einen Rettungsdienst. Sag, wir haben es hier mit einer Leiche zu tun.«

»Okay, mach ich, dann komm ich zu dir rüber.«

»Nein, warte, bis der Rettungsdienst da ist. Der findet das sonst hier nicht. Ich komme solange allein klar.«

Minuten später hörte Burschel das Martinshorn.

»Demir«, stellte sich der etwa Mitte dreißigjährige Arzt vor, der auf ihr Winken herbeieilte.

Scharf hatte inzwischen ein Loch in das Gestrüpp getreten, hielt die restlichen Äste beiseite, so dass der Arzt mit seiner Tasche leichter einsteigen konnte.

»Hier hinten«, rief Burschel und hob die Arme. Demir stolperte voran. Scharf überholte ihn.

»Dort steht Arndt Burschel, mein Kollege.« Sie hielt inne. »Oh mein Gott«, stöhnte sie, als sie den nackten Fuß entdeckte, den man nur auf den zweiten Blick als solchen erkennen konnte. Eine Weile starrte sie entsetzt auf den fleischigen Klumpen. »Sieht aus, als seien da Vögel drüber hergefallen.«

»Demir«, sagte der Arzt zu Burschel. »Darf ich mal sehen?«

Burschel trat beiseite. »Ja. Er steckt in einem Jutesack. Hätte der Fuß nicht rausgeguckt, ich hätte ihn kaum entdeckt. Der Sack war fast völlig mit Schotter bedeckt.«

Demir streifte Gummihandschuhe über und bedeckte die Hälfte seines Gesichts mit einem Mund-Nasenschutz, nahm eine Schere aus seinem Koffer und zerschnitt den Sack der Länge nach.

Ein männlicher Körper mit deutlichen Anzeichen der Verwesung kam zum Vorschein. Das Gesicht war von Maden bedeckt, der Schädel aber noch nicht blank gefressen.

»Wäre der Sack verknotet gewesen, hätten es die Biester schwerer gehabt«, sagte Demir und wischte die Maden mit den Händen vom Kopf des Toten. Hervor kam ein blutverkrustetes Gesicht, das etliche Schwellungen und Verletzungen aufwies, dazu kam die bereits sichtbare Verwesung.

»Das stinkt hier hundserbärmlich. Den Geruch werde ich nie wieder los«, sagte Scharf, die sich immer wieder abwenden musste, um sich nicht zu übergeben.

»Ja, Leichengeruch ist speziell. Selbst mit den schärfsten Desinfektionsmitteln lässt er sich nicht ganz vertreiben. Davon können die Rechtsmediziner ein Lied singen.« Der Arzt untersuchte den Schädel des Leichnams. »Sturzverletzungen, nehme ich an.« Demir sah an der Steilwand hinauf. »Sicher dreißig Meter hoch.«

»Merkwürdig, dass der Mann nichts als Boxer-Shorts und T-Shirt trägt. So ist man normalerweise nicht unterwegs. Demir beugte sich über das Gesicht des Leichnams. »Die Augen sind komplett eingefallen. Ausblutungen an Ohren und Nase. Diverse Verletzungen am ganzen Körper, vermutlich mehrere Frakturen.«

Burschel gab Scharf die mitgebrachte Kamera. »Machst du die Fotos?«

Scharf nickte und machte sich an die Arbeit.

Demir nahm ein langes Thermometer aus seiner Instrumentenkoffer. »So, jetzt kommt der größte Spaß. Ich muss die Temperatur im After messen und kämpfe mich mit dem Thermometer an den Maden vorbei.« Helfen Sie bitte und heben Sie ein Bein an.«

Burschel stemmte das Bein des Toten in die Höhe.

Das zu sehen war zu viel für Scharf. Sie konnte gerade noch die Kamera ablegen, bevor sie sich ins Gebüsch erbrach.

Demir sah zu ihr hinüber. »Geht's?«

Mit dem Taschentuch wischte sich Scharf den Mund ab, stopfte es in ihre Hosentasche, nickte und nahm die Kamera mit beiden Händen auf. »Bin okay.«

»Nein«, sagte Demir zu Burschel, der immer noch das Bein hielt. »Das reicht nicht. Ich muss die Shorts aufschneiden. Sie können kurz ablegen.«

Burschel ließ das Bein zu Boden gleiten und verschnaufte.

Demir legte das Thermometer in den mitgebrachten Koffer und nahm die Schere erneut heraus. »Ist gar nicht so einfach, der Stoff hat sich durch die Verwesung regelrecht mit dem Körper verbacken. Zumindest im Analbereich. Natürlich auch durch die Ausscheidungen.«

Schließlich gelang es ihm, den Analbereich freizulegen. Er griff erneut nach dem Thermometer. »Heben Sie das Bein bitte nochmal an.«

Burschel stöhnte. »Gut, dass er tot ist. Ich möchte so ein langes Ding nicht in den Hintern geschoben bekommen. Mann, ist das Bein schwer.«

Der Arzt schnickte eine Made beiseite und führte das Glasthermometer in den After.

»Tja, das Ding muss zehn bis zwölf Zentimeter rein, sonst lässt sich die exakte Temperatur nicht messen.« Nachdem er es rausgezogen und auf die Skala geblickt hatte, nickte er. »24,5 Grad Celsius. Die Körpertemperatur hat sich der Außentemperatur angepasst.« Er begutachtete den Kopf des Leichnams. »Das sieht mir nach mindestens einer Schädelfraktur aus.«

Er deutete auf die erkennbaren Blutergüsse. »Da gibt es noch viel mehr, lässt sich aber wegen des vielen geronnenen Blutes kaum erkennen. Ich müsste den Toten erst waschen, was sich hier als äußerst schwierig erweisen würde. Das sollen die Kollegen in der Rechtsmedizin machen. Ich schätze aber, der liegt schon eine Woche hier. Ich werde jetzt den Totenschein ausstellen. Wann genau haben Sie den Leichnam gefunden?«

»10:17 Uhr«, antwortete Burschel.

Der Arzt füllte den Zettel aus. »Ich habe draufgeschrieben: ungeklärte Todesursache.« Er reichte Burschel den Totenschein.

»Danke, es ist ersichtlich, dass es sich hier um ein Tötungsdelikt handelt. Ein Mensch wird sich kaum freiwillig einen Sack überstülpen und in die Tiefe springen.«

»Hm, das könnte man noch gelten lassen, wenn ihm dann das Springen leichter gefallen wäre. Obwohl er ganz einfach die Augen hätte schließen können. Nein, sich selbst einen Sack überzustülpen? Kann ich mir auch nicht vorstellen«, antwortete Demir.

»Außerdem konnte er nach dem Sturz wohl kaum einen Berg Geröll über sich verteilen. Ja, dieser Mann hat sich nicht freiwillig in die Tiefe gestürzt«, sagte Scharf, gab Burschel die Kamera zurück, trat ein Stück zur Seite und fächelte sich Luft zu. »Hab verdammt wacklige Knie.«

Demir erhob sich. »Tja, dann ist meine Arbeit getan.« Er packte seine Instrumente wieder in den Koffer und schloss ihn. »Ich darf mich verabschieden. Gute Besserung, Frau Scharf. Ich habe auch schon Schöneres gesehen. Viel Erfolg bei der Aufklärung des Falls.«

»Danke, auf Wiedersehen.«

»Lieber nicht«, sagte der Arzt und machte sich auf den steinigen Rückweg.

»Ich rufe jetzt den Erkennungsdienst und den Leichenwagen, Burschi«, sagte Scharf. »Glaubst du, es ist Mikkels?«

»Schon möglich«, antwortete Burschel.

Obwohl der Steinbruch versteckt lag, waren Anwohner der gegenüberliegenden bewohnten Seite des Hanges auf den Polizeiwagen und den Einsatzwagen des Notarztes aufmerksam geworden.

Nachdem der Erkennungsdienst und der Leichenwagen eintrafen, versperrten Absperrbänder den Einsatzort vor der stetig zunehmenden Zahl Schaulustiger.

# 26

*Freitag, 5. August, Mirjam Mikkels*

Als Mirjam auf das Display ihres läutenden Handys blickte, erkannte sie die Nummer der Kommissarin Scharf. Ihr lief ein eiskalter Schauer über den Rücken. Morgens um 8 Uhr? Das konnte nichts Gutes heißen.

»Hallo?«

»Hallo, Frau Mikkels, entschuldigen Sie die frühe Störung. Wir würden uns gern mit Ihnen persönlich unterhalten.«

»Das geht nicht, ich muss zur Arbeit. Außerdem sagte ich doch, das ist unmöglich. Der Mann würde Mike töten, wenn er das mitbekommt. Sagen Sie, was Sie zu sagen haben. Aber bitte am Telefon.«

»Frau Mikkels, ich tue das nicht gern, aber Sie lassen mir keine Wahl.« Scharf machte eine Pause.

»Ist etwas passiert?« Mirjam Mikkels Stimme zitterte.

»Frau Mikkels, wir sind uns ziemlich sicher, dass wir die Leiche Ihres Mannes gefunden haben.«

Mirjam riss entsetzt die Augen auf. »Nein! Wieso? Er …«

»Er ist ermordet worden.«

Mirjam schrie verzweifelt auf und verfiel in herzerbärmliches Schluchzen.

»Frau Mikkels, ich komme vorbei, ja? Hallo?«

*

Scharf starrte Burschel an. »Sie hat einfach eingehängt.«

Burschel seufzte. »Nichts für ungut, das ist ja auch bitter, was du ihr da eben am Telefon gesagt hast. Wir sollten sofort zu ihr fahren. Die Frau in dem Zustand alleine zu lassen, kann gefährlich sein, wir kennen sie und ihren psychischen Zustand nicht.«

Eine Viertelstunde später betätigte Uta Scharf die Klingel an der Haustür zu Mikkels Wohnung. Es dauerte eine halbe Ewigkeit, in der Scharf sich die größten Vorwürfe machte, bevor das Knarzen der Sprechanlage verriet, dass jemand den Hörer abnahm.

»Hallo?«, meldete sich eine verweinte Stimme.

»Scharf und Burschel, dürfen wir hochkommen?«

Der Summer ertönte und die Haustür sprang auf.

Als Mirjam Mikkels mit verquollenen Augen die Tür öffnete, wirkte sie so hilflos, dass Scharf sie automatisch in die Arme schloss.

»Kommen Sie, setzen Sie sich. Dort hinein?«, fragte sie, legte einen Arm um die Frau und steuerte die offene Wohnzimmertür an.

Mirjam nickte. Scharf führte sie zur Couch und setzte sich neben die in sich zusammenfallende Frau. Burschel nahm den Sessel. Scharf war besser im Trösten.

»Wo ...? Wie haben Sie ihn gefunden?«

»Er ist in einen Steinbruch gestürzt«, sagte Burschel, während Scharf die Hand der jungen Frau hielt.

»Nachdem Sie, beziehungsweise Herr Lemberg uns von den Briefen und deren Inhalt erzählten, in denen der Täter Originalschauplätzen erwähnte, nahm ich mir das Buch Ihres Mannes vor. Ein sehr wichtiger Schauplatz ist ein Steinbruch in Bad Vilbel, nicht?«

Mirjam Mikkels nickte müde.

»Ich habe natürlich auch den *Mondscheinmann* von Will Buck gelesen. Mit diesem Namen hat der Täter unterzeichnet.«

Wieder nickte Mirjam. »Deswegen sagte ich ja, dass ich Német nicht über den Weg traue.«

»Wir werden das klären, Frau Mikkels. Ich kam jedenfalls auf die Idee, dass der Täter aus beiden Büchern sein eigenes authentisches Verbrechen zimmern wollte. Warum er das tat, weiß ich noch nicht. Nun war erst vor kurzem Vollmond. Das passte, falls uns unsere These nicht in die Irre führte. Ich suchte also nach Steinbrüchen bei Bad Vilbel und stieß offenbar auf einen Originalschauplatz. Genau wie ihn Ihr Mann beschrieb. Ein roter Sandsteinbruch.«

»Das, das wusste ich nicht«, sagte Mirjam und schniefte.

»Wir, meine Kollegin und ich, sind gestern zu dem Steinbruch gefahren und haben die Leiche Ihres Mannes gefunden. Wir nehmen es wenigstens an.«

»Was heißt das?« Mirjam blickte Burschel hoffnungsvoll ins Gesicht. »Es ist nicht sicher?«

»Können Sie uns seine Zahnbürste für einen DNA-Abgleich mitgeben?«

»Ich würde ihn gerne selbst noch einmal sehen«, sagte Mirjam. »Ich muss mich doch verabschieden.

Scharf schüttelte den Kopf. »Das können wir bei dem jetzigen Ermittlungstand nicht zulassen. Glauben Sie mir, es ist auch besser so. Wir haben nur seine Hülle vorgefunden. Es wäre ein verstörender Anblick.«

»Mein Gott!« Mirjam schlug die Hände vors Gesicht. »Ich wusste es. Hätte ich doch verhindert, dass Lemberg mit Ihnen spricht. Mein Mann wäre nicht gestorben, wenn Sie mich in Ruhe gelassen hätten.«

»Das stimmt nicht, Frau Mikkels. Wir haben uns zurückgehalten. Unserer Einschätzung nach lag die Leiche mindestens acht Tage in dem Steinbruch. Lemberg kam aber vor sechs Tagen zu uns. Nein, mit Lembergs Erscheinen hat das nichts zu tun«, sagte Burschel und ergänzte, »um ganz genau einschätzen zu können, was Ihrem Mann passiert ist und wann er starb, wird er laut richterlichem Beschluss obduziert. Das ist so üblich, bei nicht geklärter Todesursache.«

»Muss das wirklich sein? Schneiden die ihn dann überall auf und entnehmen die Organe?«

Scharf sprach sanft auf Mirjam ein: »Er ist es nicht mehr, Frau Mikkels. Es ist, wie ich bereits sagte, bloß noch seine Hülle, und glauben Sie mir, er würde wollen, dass wir seinen Mörder finden.«

»Ich weiß«, flüsterte Mirjam.

»Nur, damit wir auf Nummer sichergehen, noch eine Bitte«, sagte Burschel. »Anhand des Gebisses kann der Gerichtsmediziner die Identität einer verstorbenen Person ebenfalls ableiten. Hat Ihr Mann Auffälligkeiten, Kronen, Stiftzähne?«

Mirjam brauchte nicht lange zu überlegen. »Der Einser rechts hat eine Porzellankrone.«

»Der Einser?«

Mirjam tippte mit ihrem Zeigefinger auf ihren rechten Schneidezahn. »Der hier, hat Doktor Bohnstätter gemacht.« Wehmütig sagte sie: »Ich war dabei. Er hat außerdem einen größeren Leberfleck auf der rechten Schulter.« Sie tippte mit dem Zeigefinger auf ihre Schulter. »Genau an dieser Stelle.«

Burschel machte sich Notizen.

»Tattoos oder Ähnliches?«

Mirjam schüttelte den Kopf.

»Trug Ihr Mann einen Ehering?«, fragte Scharf.

»Er behauptete, er behindere ihn beim Schreiben.« Sie machte eine nachdenkliche Pause. »Was ich jetzt sage, kommt Ihnen bestimmt seltsam vor. Aber bis vor etwa einer Woche konnte ich spüren, dass mein Mann am Leben war. Und dann …« Sie nahm ein Taschentuch und wischte sich die feuchten Augen. »Dann ganz plötzlich war da Leere. Wie oft habe ich gebetet, dass ich mich täusche, aber in meinem tiefsten Innern wusste ich, dass ihm etwas zugestoßen ist.« Ihre Stimme zitterte.

Scharf kamen beinah selbst die Tränen.

»Ich hoffe, Sie denken nicht, dass ich verrückt bin. Ich kann das auch nicht erklären. Aber ich hätte alles für das vergangene Gefühl der Lebendigkeit gegeben.«

Burschel nickte. »Ich verstehe genau, was Sie meinen. Vielleicht gibt es so etwas tatsächlich. Das würde sich jedenfalls damit decken, dass er etwa seit einer Woche tot ist. Genaueres können wir Ihnen schon Montag sagen, wenn die Rechtsmediziner Ihren Mann untersucht haben. Normalerweise liegt der Leichnam vor der Obduktion sieben bis zehn Tage im Kühlhaus, aber in diesem Fall wird er vorgezogen.«

»Liebe Frau Mikkels, es gibt Dinge zwischen Himmel und Erde, die lassen sich nicht erklären, aber fühlen. Ich bin der Meinung, dass nahestehende Menschen sich im Notfall unterbewusst erreichen können. Das habe ich schon oft gehört. Ihr Mann war bis zur letzten Sekunde bei Ihnen und er wird weiterhin bei Ihnen sein, in all seiner Liebe«, sagte Scharf.

»Wie soll ich nur jemals über seinen Tod hinwegkommen? Es tut so weh«, flüsterte Mirjam. »Darf ich fragen, was … er anhatte, als Sie ihn gefunden haben?«

»Ein T-Shirt und Boxershorts.«

»Keine …? Warum hatte er seine Sachen nicht an?«

»Wir wissen es leider nicht.«

»Wie lange dauert so eine Obduktion?«

»Normalerweise nicht länger als drei Stunden. Wir werden Sie anrufen, sobald wir Ergebnisse haben.«

»Bitte versprechen Sie mir, dass Sie dieses Monster schnappen. Wer auch immer das getan hat. Er hat kein Recht, frei rumzulaufen.«

»Wir werden alles tun, um ihn zu finden«, versprach Burschel.

*

Karl Lemberg meldete sich nachmittags telefonisch:

»Hallo, Karl, gut, dass Sie anrufen. Es ist alles ganz furchtbar.«

»Klar, schön ist das nicht, aber Sie kannten ihn doch gar nicht. Also, bis auf diesen komischen Anruf.«

»Das meinte ich nicht. Die Beamten haben meinen Mann gefunden. Er ist tot. Er wurde ermordet, Karl.«

»Das gibt es nicht!« Lemberg klang erschüttert. »Das kann nicht sein. Wie haben die ihn so plötzlich gefunden?«

»Wollen Sie denn nicht wissen, wo?«

»Doch, natürlich. Soll ich vorbeikommen?«

»Nein, mir geht es nicht gut. Ich möchte zu Hause bleiben.«

»Dann komm ich eben zu Ihnen nach Hause. Das ist kein Problem.«

»Nein, nicht jetzt. Karl, haben Sie den Krimi meines Mannes eigentlich gelesen?«

»Noch nicht. Es tut mir leid, ich hole es auf jeden Fall nach. Aber wieso fragen Sie?«

»Weil dort ein Steinbruch nahe Bad Vilbel eine wichtige Rolle spielt. Ich wusste nicht einmal, dass es ihn wirklich gibt.«

»Und was ist nun mit ihm?«

»Können Sie sich an das letzte Schreiben erinnern? Ich zeigte es Ihnen doch.«

»Das Sie im Lokal zerrissen haben? Ja, da hat der Kerl mit Mondscheinmann unterschrieben. Sie glaubten, dass Német seine Finger im Spiel hat.«

»Ja, das meine ich aber nicht. Er schrieb etwas von Originalschauplätzen. Das hat die Kommissare auf die Idee gebracht, zu recherchieren, ob es den Steinbruch wirklich gibt.«

»Ach, ist ja verrückt.«

»Sie glauben, der Täter wollte ein eigenes Werk schaffen und hat Textfragmente von Német und meinem Mann verarbeitet. Wir haben alles falsch gemacht. Hätten wir nur nicht die Polizei eingeschaltet.« Mirjam hatte sich die ganze Zeit zusammengerissen, nun rollten die Tränen wieder.

»Sie meinen, ich hätte nicht zur Polizei gehen sollen? Sie machen mir einen Vorwurf?«

»Nein, ich hätte nicht zustimmen dürfen. Aber jetzt ist alles zu spät. Mike wird Montag obduziert. Wissen Sie was? Ich wünsche diesem mörderischen Schwein, dass es elendig verreckt.«

»Melden Sie sich, wenn Sie mich sehen wollen, Mirjam. Ich würde Ihnen gern helfen, aber auf Distanz kann ich nichts für Sie tun. Bleiben Sie stark. Das ist alles sehr hart für Sie. Auf bald.« Lemberg beendete das Gespräch.

Mike hatte einmal zu Mirjam gesagt, dass Männer nicht gut im Trösten sind. Da mochte er recht gehabt haben, Lemberg war offenbar überfordert.

»Ach Mike, ich wünschte, das alles wäre nur ein schlimmer Albtraum, aus dem ich gleich erwache. Was soll ich nur machen, jetzt, da ich dich nicht mehr habe? Ich fühle mich so schrecklich einsam. Wie wird es weitergehen? Montag zerlegen sie dich in tausend Einzelteile. Nur um festzustellen, wann genau du gestorben bist. Ist das nicht egal? Ich bekomme dich nie wieder und wo soll ich dich eigentlich beerdigen? Wir haben nie über derartiges gesprochen. Wozu auch, wir sind beide noch jung. Zu jung für den Tod.« Schluchzend warf sie sich auf das Bett und rollte sich zusammen wie ein kleines Kind, bis das Klingeln ihres Handys sie aufschreckte. Mirjam musste eingeschlafen sein.

Ganz tief in ihrem Innern fühlte sie einen winzigen Hoffnungsschimmer. Vielleicht hatten die Beamten festgestellt, dass es sich nicht um Mike handelte? Im nächsten Moment zerstörte sie selbst diese Hoffnung. Es war noch immer Wochenende. Sie würden erst Montag über ihren Mann herfallen.

Sie stand auf, suchte ihr Handy und fand es im Wohnzimmer. Es läutete nicht mehr. Auf dem Display las sie den Namen ihres Chefs.

# 27

*Montag, 6. August, Zoltan Német*

»Da können Sie von Glück reden, dass ich tief in meiner Arbeit stecke und das Haus heute nicht mal zum Einkaufen verlassen habe«, sagte Német, als er die beiden Kommissare in sein Arbeitszimmer führte.

»Nehmen Sie Platz.« Er deutete auf einen Zweisitzer. »Mein Agent hat mich bereits informiert, falls es um Schadt geht. War ein guter Lektor, das musste ich ihm lassen«, sagte Német und setzte sich an seinen Schreibtisch. »Ein herber Schlag auch für mich.«

Burschel ergriff das Wort: »Das ist leider nicht der Grund unseres Besuchs. Es geht um Ihren Kollegen Mike Mikkels.«

»Mikkels? Was ist jetzt schon wieder mit ihm?«

»Wir haben ihn vor drei Tagen in einem Steinbruch bei Bad Vilbel gefunden.«

»Ach du Scheiße. Ist er verunglückt?«

»Nein, er wurde ermordet.«

»Ich kann es nicht glauben!« Német schüttelte fassungslos den Kopf.

»Zurzeit befindet er sich im gerichtsmedizinischen Institut. Wir werden bald Näheres wissen und auch den ungefähren Todeszeitpunkt. Er hat da schon ein paar Tage gelegen. Sie werden wahrscheinlich heute oder morgen in der Zeitung darüber lesen.«

Német sah verwirrt von Burschel zu Scharf.

»Es wäre möglich, dass die beiden Morde zusammenhängen«, sagte Scharf.

»Mich wundert, dass Sie sich die Mühe machen, mir höchstpersönlich einen Besuch abzustatten, um mir das zu erzählen. Ich meine, wenn ich es doch eh in der Zeitung lesen werde. Sie trauen mir nicht über den Weg, ist das richtig?«

Scharf antwortete: »Das ist eine Berufskrankheit, dass wir stets skeptisch sein müssen. Frau Mikkels hat kürzlich einen Brief vom vermutlichen Entführer ihres Mannes erhalten. Der Brief wurde mit *Mondscheinmann* unterzeichnet.«

Német starrte sie an und spöttelte: »Ich verstehe und jetzt glauben Sie, ich habe Mikkels entführt oder gar ermordet? Ich glaube es ja nicht. Halten Sie mich für blöd?« Er tippte sich mit dem Zeigefinger an die Schläfe. »Hören Sie, ich schreibe Krimis, da sorgt man für Verwirrung, weil man nicht möchte, dass die Leser allzu schnell hinter die Identität des Täters kommen. Sie glauben also, wenn ich einen Menschen ermorden würde, dann würde ich mir selbst eine Falle stellen? Ja? Sehe ich das richtig? Machen Sie sich doch nicht lächerlich!«

»Herr Német, genau das könnte der Trick sein«, antwortete Burschel.

Német schüttelte entgeistert den Kopf. »Ich hoffe nicht, dass Sie an diesen Bullshit glauben. Und wenn die Morde zusammenhängen, warum hätte ich Schadt ermorden sollen? Er ist mein Lektor.«

»Wir werden es bestimmt herausfinden. Ach ja, eine Frage noch, sind Sie Rechts- oder Linkshänder?«

Német lachte. »Ich bin Beidhänder.«

»Beidhänder? Ist ja interessant.«

»Ja, sind meist kreative Menschen.«

»Sie kennen nicht zufällig einen Kollegen namens Tom Parker?«

Német stutzte. »Sollte ich das? Nein, ich glaube nicht, dass ich den Namen schon gehört habe.«

»Na dann.« Burschel stand auf, Scharf ebenfalls.

»Wir halten Sie auf dem Laufenden. Falls Ihnen etwas einfällt, was Sie vergessen haben, zu erwähnen, hier erreichen Sie uns.« Burschel legte eine Visitenkarte auf den Tisch. »Wir wollen Sie nicht länger stören. Auf Wiedersehen. Wir finden selbst raus.«

»Beidhänder, glaubst du das?«, fragte Scharf als sie wieder auf der Straße standen. »Bei dem treten wir auf der Stelle.« Sie schaute sich auf dem Parlamentsplatz um, blickte dann beiläufig von unten zu Némets Fenster hoch und sah gerade noch, wie sein Kopf hinter einem Vorhang verschwand. »Neugierig ist er schon. Aber denkst du nicht, dass er recht souverän war?«

»Ja, er ist entweder ein guter Schauspieler oder er hat mit den Morden nicht das Geringste zu tun.«

*

Sie saßen beim Italiener, bei dem Mirjam neulich schon mit Karl Lemberg war, nur dieses Mal saß ihr Doktor Bohnstätter gegenübersaß. Und es fühlte sich besser an, als sich zu Hause die Augen aus dem Kopf zu weinen. Zwar konnte sie keinen Bissen runterkriegen. Der kalabrische Wein beruhigte sie und ließ den schrecklichen Schmerz etwas erträglicher werden.

»Ich bin Ihnen sehr dankbar, dass Sie meine Hilfe annehmen. Es ist grauenvoll. Wer tut einem Menschen so etwas an? Und ein Unfall ist völlig ausgeschlossen?«

Mirjam nickte traurig. »Die Beamten sagen, es war Mord. Montag nach der Obduktion wissen die mehr. Es ist mir beinah egal. Etwas ist in mir zerbrochen. Meine Liebe zum Leben und ich glaube, dass ich mich nie mehr über irgendetwas freuen werde.«

Bohnstätter nahm Mirjams Hand. »Bitte, sagen Sie das nicht. Ich weiß, im Moment fühlt es sich so an, doch irgendwann wird auch der schlimmste Schmerz vergehen. Die Zeit heilt alle Wunden. Ich weiß nicht, ob es Sie tröstet, auch ich war mal in einer glücklichen Beziehung.«

Mirjam sah ihn an und sagte kein Wort. Über Bohnstätters Privatleben hatte sie sich noch nie Gedanken gemacht.

»Wir wollten heiraten, dann hat sich mein sogenannter bester Freund an Eva rangemacht. Die beiden sind zusammen durchgebrannt.« Während er sprach, begannen seine Hände zu zittern. »Eva war meine große Liebe und auch ich glaubte, ich könne nie wieder lachen. Ich hätte ihn umbringen können, habe mir sogar alles Mögliche vorgestellt. Ihm in Gedanken den Schädel eingeschlagen.«

Er machte eine Pause und sah Mirjam an. »Nicht erschrecken, ich kann in Wahrheit keiner Fliege etwas zuleide tun. Mein Bruder riet mir damals, alles von meiner Seele zu schreiben. Er ist Psychologe. Er meinte, das würde helfen, meine Aggressionen abzubauen. Daher habe ich all meine Wut in eine Geschichte gepackt.«

Mirjam nickte stumm.

»Langweile ich Sie?«

Sie schüttelte den Kopf. »Nein, erzählen Sie ruhig.«

»Ich versuchte, eine Art Tagebuch zu schreiben. Es gelang mir aber nicht. Ich hasse Tagebücher, konnte noch nie verstehen, wieso sich so viele Menschen dafür begeistern. Später habe ich es in eine Geschichte umgewandelt, unter einem Pseudonym. Ich wollte vermeiden, dass es meine Patienten mit mir verbinden. Ich dachte, es hilft, ehrlicher zu sein, wenn ich von mir in der dritten Person erzähle. Und dann, Sie werden vielleicht lachen, schrieb ich so eine Art Krimi. Ich ermordete meinen Freund, also natürlich nur auf dem Papier. Ich glaubte, einen Krimi zu schreiben sei nicht schwer, wenn man so viel Wut im Bauch hat. Ist es aber. Ich bin im Schreiben nicht besonders begabt. Ehrlich gesagt, bewundere ich das Talent Ihres Mannes.« Leiser fügte er hinzu: »Obwohl ich immer das Gefühl hatte, dass Sie bei ihm unter Druck standen.«

Mirjam zog die Augenbrauen zusammen. »Ich finde nicht, dass es der richtige Zeitpunkt für Kritik an meinem Mann ist.«

Bohnstätter beschrieb mit den Händen eine entschuldigende Geste. »Das war sehr ungeschickt von mir.«

»Sie haben einen Krimi geschrieben? Das wusste ich gar nicht.«

»Ich, na ja, ich habe ihn nicht veröffentlicht. Hätte ich damals gern, war aber zu schlecht. Wissen Sie, ich hatte einen Patienten, der Lektor war, dem gab ich es. Er zog mir sozusagen den Zahn.« Bohnstätter lachte. »Zumindest, was meine Begabung beim Schreiben betrifft. Was war ich damals wütend auf den Mann. Heute habe ich das längst überwunden. Auch Eva ist mir völlig egal. Ich weiß nicht einmal, wo sie lebt. Ich bin wohl etwas zu weit gegangen mit meiner Erzählung. Das interessiert Sie sicher nicht. Menschen wie Sie, Mirjam, machen das Leben lohnenswert. Sie werden sehen, alles wird eines Tages wieder gut. Lassen Sie mich Ihnen helfen, bitte.«

»Doktor Bohnstätter …«

»Dirk!«

»Verzeihen Sie, Dirk, wie lange ist das her?«

»Einige Jahre. Ich weiß nicht mal mehr, wie lang, so wenig interessiert mich das heute.«

»Wie hieß Ihr Lektor eigentlich?«, fragte Mirjam.

»Das darf ich nicht sagen, war ja vor Ihrer Zeit in meiner Praxis.«

## 28

*Montag, 6. August, Institut für Rechtsmedizin, Obduktionssaal*

»Können Sie uns schon was Brauchbares liefern?«, fragte Burschel, der beim Anblick des Toten, dem die Kopfhaut fehlte, Gänsehaut bekam.

Doktor Walther nickte. »Er war heute gleich unser erster Fall. Zunächst, die DNA auf der Zahnbürste, die Sie gestern hergebracht haben, stimmt mit der des Leichnams überein. Mike Mikkels ist der bekannte Autor, nicht? Makaber, wenn ein Krimiautor einem Mord zum Opfer fällt. Ich habe das Buch kürzlich gelesen. Hat mir gut gefallen.«

Burschel nickte. »Nur damit das auch geklärt ist, trägt der Tote am rechten Schneidezahn eine Porzellankrone?«

Leiss nickte. »Sehen Sie selbst.« Sie schob die Lippe des Toten nach oben.

»Außerdem soll er einen Leberfleck auf der rechten Schulter haben.«

Wieder nickte die Ärztin. »Hat er, überzeugen Sie sich.«

Sie deutete auf die rechte Schulter.

Scharf nickte. »Ich sehe es. Können Sie uns weitere Ergebnisse nennen?«

»Klar, kommen Sie, ich zeige sie Ihnen.«

Scharf jammerte: »Innerhalb weniger Tage zum zweiten Mal in der Gerichtsmedizin. Das ist nichts für meine schwachen Nerven.«

»Ach Frau Scharf, ist doch halb so schlimm. Ich fange an: Der Tote ist ziemlich abgemagert, war vermutlich schon vor seinem Tod entkräftet und dehydriert. Er wäre bald an einer Blutvergiftung gestorben.«

»An einer Blutvergiftung?«

Walther nickte. »Ich fange ausnahmsweise mit den Füßen an. Sehen Sie das?« Sie deutete auf die Verletzungen an den Zehen. »Auch am kleinen Finger sind entzündete Bissverletzungen zu erkennen. Die Knochen der Zehen sind bereits in Mitleidenschaft gezogen worden. Hätte er die Gefangenschaft überlebt, wäre ihm eine Amputation der betroffenen Zehen nicht erspart geblieben.«

»Bissverletzungen?«, fragte Burschel. »Klar, die Zehen sahen grauenvoll aus. Ist mir sofort aufgefallen. Sie sagen also es waren keine Vögel, sondern Bisse?«

»Ja, vermutlich wurde er von Ratten angegriffen. Das sind Bisswunden, die Nager verursachen.«

»Ist das ekelhaft«, sagte Scharf.

»Kann das nicht passiert sein, als er im Freien lag, also nach dem Tod?«

»Das glaube ich nicht. Die Zehen sind in einem viel schlechteren Zustand als der Rest des Körpers. Sie sind bereits weitgehend verfault. Daher die Blutvergiftung, wie ich schon sagte. Außerdem hat das Labor in seinen Haaren und an seiner spärlichen Kleidung Spuren von Nagerkot entdeckt und die Fasern einer Matratze oder etwas Ähnlichem. Nicht zu verwechseln mit den Fasern des Jutesacks. Außerdem fanden die Kollegen punktuell Spuren von Bleichmittel an seinem T-Shirt und an den Shorts. Er muss auf etwas gelegen haben, was zumindest einige Spritzer davon abbekommen hat.«

»Bleichmittel? Das ist merkwürdig.«

Doktor Walther nickte.

»Er ist ganz sicher nicht im Steinbruch gestorben. Das erkennen Sie an den Totenflecken, die sich vorne und hinten an der Leiche befinden. Ein deutliches Zeichen für eine Lageveränderung eines Leichnams. Dort, wo sich der Bund der Boxershorts befand, sehen Sie einen weißen Streifen. Er hat also nach Eintritt des Todes längere Zeit auf dem Rücken gelegen. Die Frakturen und Verletzungen, die durch den Sturz entstanden sind, haben keine Einblutungen verursacht. Ein weiteres Zeichen dafür, dass er bereits tot war. Ich bin außerdem sicher, dass ihm der Schädel eingeschlagen wurde.«

»Ernsthaft?«, fragte Burschel.

»Ja, ähnlich wie bei Schadt. Beide Male befanden sich die Frakturen oberhalb der sogenannten Hutkrempenlinie. Beide Male links am Schädel.«

»Sie erwähnten diese Linie bereits bei Schadt, aber wo befindet sie sich?«, fragte Scharf.

»Die Hutkrempenlinie ist die erdachte Linie, nämlich dort, wo sich bei Hutträgern die Krempe des Hutes befindet. Bei Unfällen entstehen die Frakturen unterhalb dieser Linie oder auf der Linie. Beispielsweise am Kinn, der Nase, dem Jochbein oder dem Kiefergelenk. Ich möchte Ihnen noch etwas zeigen. Ich habe den Kopf kahlrasiert und die Kopfhaut fotografiert. Sehen Sie dort an der Wand das vergrößerte Foto? Hier lässt sich deutlich ein Bluterguss erkennen, der halbkreisförmig und geriffelt ist. Das deutet erneut auf den Boden einer Glasflasche hin. Ich habe dann die Schädeldecke freigelegt, damit ich diverse Frakturen besser unterscheiden konnte. Man kann sehr genau zwischen dem todbringenden Schlag und den Frakturen des Sturzes unterscheiden. Sehen Sie hier. Die Linien des Sturzes, sprich die Frakturen, enden immer an den Linien des zuerst entstandenen Schlages. Wir nennen das die Puppe'sche Regel. Und dieser Schlag war der todbringende Schlag. Diese Fraktur hier stammte von einer Flasche. Er wurde oberhalb besagter Hutkrempenlinie ausgeführt. Allerdings war es eindeutig nicht dieselbe wie bei Schadt, aber ebenfalls eine Glasflasche. Die Riffelung ist enger. Nur etwa einen Millimeter. Bei Schadt waren es zwei, wenn ich mich recht entsinne. Die Gesichtsabschürfungen, die Sie hier sehen, sind bei dem Sturz durch den rauen Stoff des Jutesacks entstanden. Der hat die Haut des Opfers ein wenig gepeelt. Es befanden sich Larven an den Körperöffnungen des Toten und auch im Körper, nicht nur bereits geschlüpfte Maden. Unsere Abteilung für Entomologie hat bereits die ersten Untersuchungen durchgeführt, und danach war er ziemlich genau fünf bis sieben Tage tot, als Sie ihn fanden. Wenn Sie sich die Grünfärbung des Unterleibs ansehen, sie reicht bis zur Taille, dann würde ich mit Sicherheit sagen, dass er bereits seit einer Woche tot ist. Weitere Eingrenzungen sind frühestens in etwa zehn Tagen möglich, dann haben sich gewisse Proteine in den Muskeln abgebaut. Aber meiner Meinung nach definitiv nicht unter einer Woche. Darf ich zum Mageninhalt übergehen?«

»Ja klar.«

»Igitt.« Scharf starrte auf den Fliesenboden.

Doktor Walther lachte. »Auch hier gibt es Maden. Davon bleiben wir im Obduktionssaal nicht verschont. Sind hier unsere täglichen Begleiter. Sehen Sie da vorne an der Schiebetür das schmale Gitter? Das ist eine Madenrinne. Da kommen die Maden und Larven rein, die sich hier regelmäßig auf und in den Leichen befinden.«

Scharf verzog angewidert das Gesicht.

»Tja, sonst würde es hier bald nur so von Schmeißfliegen wimmeln. Wo waren wir doch gleich?«, fragte die Rechtsmedizinerin. »Ach ja, der Mageninhalt. Er hat starke Schmerzmittel genommen. Ich nehme an, er hat sie gegen die Schmerzen an den Füßen genommen oder bekommen.«

»Sind Sie sich da sicher?«

»Ja.«

»Okay, also das mit dem Bleichmittel versteh ich nicht. Lag er in einem Chemielabor oder ist der Mörder Friseur?«

»Diese Frage kann ich Ihnen nicht beantworten.«

»Zumindest ist es recht eindeutig, dass der Täter von Schadt und Mikkels ein und derselbe ist, oder? Er hat sich auf Flaschen spezialisiert«, bemerkte Scharf.

»Erstmal ja«, antwortete Doktor Walther, »allein von der Kraftanstrengung des ausgeführten Schlages würde ich auch auf denselben Täter tippen. Auf alle Fälle ist er Rechtshänder.«

»Dann werden wir wohl die Öffentlichkeit einbeziehen. Jede Beobachtung ist hilfreich. Geht noch heute an die Presseabteilung.«

## 29

*Dienstag, 7. August, Presseartikel, Frankfurter Zeitung*

Der Artikel füllte die erste Seite des Lokalteils. Das Foto einer Schlucht, bestehend aus rotem Gestein, trug die Überschrift: *Frankfurt sucht den Flaschenmörder!*

*Ein Mord in Schriftstellerkreisen? Die Kripo Frankfurt bittet um Ihre Aufmerksamkeit: Der berühmte Frankfurter Krimiautor Mike Mikkels wurde am 2. August 2018 erschlagen in einem Bad Vilbeler Steinbruch aufgefunden. Mit Mike Mikkels, 38 Jahre, hat Frankfurt eine wahre Ikone verloren. Einen Mann, der noch viel von sich hätte reden lassen, wäre am Leben geblieben. Darüber sind sich nicht nur Verleger, sondern auch seine Leserschaft einig.*

*Bereits am 14. und 15. Juli musste der ebenso bekannte Frankfurter Autor Will Buck für seinen Kollegen zwei Lesungen übernehmen. Die Frankfurter Zeitung berichtete kürzlich darüber. Zu diesem Zeitpunkt wusste nicht einmal Mike Mikkels' Ehefrau, warum ihr Mann von der Bildfläche verschwunden war. »Wenn er recherchiert und seine Ruhe braucht, zieht er sich zurück«, so erklärte sie öffentlich. Doch dann wurde am Abend des 31. Juli 2018 die Leiche seines Lektors Armin Schadt aufgefunden. Ein Einbruch konnte ausgeschlossen werden. Die Ermittlungen laufen auf Hochtouren. Aus gegebenem Anlass werden leerstehende Gebäude, Hallen, Baracken oder Kellerräume gesucht, in deren Umgebung in den letzten Wochen ungewöhnliche Beobachtungen gemacht wurden. Außerdem werden Personen gebeten, sich zu melden, die am frühen Abend des 31. Ju-*

*li in Höhe Basaltstraße 20, Frankfurt Bockenheim flüchtige Personen gesehen oder außergewöhnliche Beobachtungen gemacht haben. Der Name Tom Parker ist in diesem Zusammenhang von großem Interesse, da er in Verbindung zu den Morden stehen könnte. Er ist circa 1,80 bis 1,85 Meter groß, etwa 40 Jahre alt, schlank und hat wahrscheinlich schwarze kurze Haare.*

*Sachdienliche Hinweise bitte an die Kripo Frankfurt unter der Leitung von Arndt Burschel und Uta Scharf oder an jede andere Polizeidienststelle.*

*Foto © Karl Lemberg*

*

»Moin Uta«, sagte Burschel, als er das Büro des Präsidiums betrat. »Bin im Verkehr stecken geblieben.«

Scharf blickte von ihrer Zeitung auf. »Mal eine echte Freude, vor dir im Büro zu sein.«

»Ja«, antwortete Burschel und sah auf seine Armbanduhr. »Erst kurz nach acht. Du brichst sämtliche Rekorde.«

»Tja Burschi, mich hält zu Hause nichts mehr. Philip ist ausgezogen.«

Burschel war so verblüfft, dass ihm die Kinnlade runterfiel. »Du machst Scherze?«

»Ne, war die ganze Zeit schon schwierig. Er hat ständig gemault, weil ich nie zu Hause war und die letzten Wochen habe ich mich scheinbar immer mehr zurückgezogen. Habe es selbst kaum bemerkt. Wenn ich nach Hause kam, war ich platt. Habe mir meistens nur noch schnell etwas zu essen gemacht und bin ins Bett gefallen. Wir haben kaum noch miteinander gesprochen, und ja, meine Arbeit hat ihn nie interessiert. Umgekehrt war mein Interesse allerdings auch nicht groß am IT-Kram, wenn ich ehrlich sein soll.«

»Das tut mir leid. Leidest du?«

Scharf sah Burschel einen Moment lang nachdenklich an. »Eigentlich nicht. Es fühlt sich wie ein Befreiungsschlag an. Wir hätten das schon viel früher machen sollen. Ich komme ganz gut allein zurecht.«

Burschel, der normalerweise immer ein paar flotte Sprüche auf Lager hatte, blieb ernst. »Wenn du reden willst, ich kann gut zuhören.«

Scharf lächelte. »Ich weiß. Keine Sorge, ich springe nicht in den Main. Du hast nicht zufällig schon die Zeitung gelesen?« Sie deutete mit dem Zeigefinger auf die aufgeschlagene Seite.

Burschel kam neugierig näher, schaute Scharf über die Schulter und las. »Das ging schnell. Bin gespannt, was wir zu hören bekommen werden.«

»Du meinst aus der Bevölkerung?«

»Genau.«

»Wenn überhaupt. Ein Artikel im Bad Vilbeler Anzeiger ist auch erschienen«, antwortete Scharf. »Ob dabei was rauskommt? Der Steinbruch liegt versteckt und die Streuobstwiesen sind von unten kaum einsehbar.«

»Bedenke, dass es die Schaulustigen nah rangeschafft haben.«

»Wenn ein Spaziergänger zufällig eine Beobachtung gemacht hätte, wäre er vermutlich längst bei den Bad Vilbeler Kollegen gewesen. Sieh mal an, Lemberg hat das Foto geschossen. Das ist doch der Bekannte von der Mikkels. Ist witzig. Die Welt ist halt ein Dorf. Soll ich den Verleger verständigen oder willst du?«

»Das habe ich völlig vergessen, Burschi. Lemberg rief heute Morgen an, ist schockiert über die beiden

Morde. Er möchte unbedingt auf dem Laufenden gehalten werden.«

»Verständlich.«

*

»Hallo?«, meldete sich Mirjam, nachdem das Schrillen des Handys sie heute schon zum zweiten Mal zu Tode erschreckt hatte.

»Scharf hier.«

»Ja?«, fragte sie atemlos.

»Frau Mikkels, wollen wir uns treffen?«

»Nein, so lang kann ich nicht warten. Was hat die Obduktion ergeben? Bitte.«

»Er ist nicht im Steinbruch gestorben. Er wurde nach seinem Tod dorthin gebracht. Zuvor wurde er in einem Gebäude gefangen gehalten, möglicherweise einem leerstehenden Chemielabor. An seiner Kleidung befanden sich Spritzer eines Bleichmittels. War Ihrem Mann vielleicht irgendein Labor bekannt? Zum Beispiel aus Recherchegründen?«

»Nicht das ich wüsste. Woher wissen Sie, dass es ein leerstehendes Gebäude war?«

»An seiner Kleidung befand sich Nagerkot. In benutzten Räumen halten sich die Tiere nicht auf.«

»Das ist abscheulich. Was genau hat der Täter mit ihm gemacht?«

»Ich muss Ihnen leider sagen, dass er mit einer Flasche erschlagen wurde.«

Mirjam begann, bitterlich zu weinen. Als sie sich gefangen hatte fragte sie: »Wann … muss ich mich um die Bestattung kümmern. Wann wird mein Mann …, also sein Leichnam freigegeben?«

»Der Bestatter kann ihn morgen abholen«, antwortete Scharf.

»Danke. Es ist alles zu viel und es tut weh.«

»Das verstehen wir nur allzu gut, liebe Frau Mikkels. Darf ich Sie noch etwas fragen?«

»Ja.«

»Sie bekamen keine Schreiben mehr und keine merkwürdigen Anrufe, oder?«

»Nein. Nichts.«

»Okay, wir stellen Ihnen in den nächsten Tagen einen Wachdienst vor die Tür.«

»Sie denken, das ist nötig?«

»Es ist auf jeden Fall besser, Frau Mikkels. Es sieht so aus, als sei Armin Schadts Mörder auch der Ihres Mannes. Auch Schadt wurde erschlagen.«

»Das ist schrecklich. Ich kann es mir kaum vorstellen. Was ist das nur für ein Monstrum, das so etwas tut?«

»Ja, das ist mehr als entsetzlich.«

»Steht der Wagen dann Tag und Nacht vor unserem Haus?«

»Ja«, sagte Scharf.

»Hm, mir wäre es eigentlich lieber, wenn mich ihre Kollegen nur nachts bewachen. Tagsüber bin ich sowieso meistens nicht zu Hause und ich möchte nicht noch mehr Aufmerksamkeit erregen. Es ist alles so schon kaum erträglich. Ständig werde ich darauf angesprochen.«

»Nur nachts? Das können wir auch einrichten, wenn Sie das wollen«, bestätigte Scharf.

»Ich verstehe nicht, wer so etwas tut, Menschen töten, und weshalb? Der Gedanke bringt mich noch um den Verstand.«

»Sie sollten psychologische Hilfe in Anspruch nehmen, Frau Mikkels. Das wäre besser für Sie.«

»Nein, nicht jetzt. Ich habe Hilfe. Selbst der Verleger meines Mannes hat sich heute Morgen gemeldet und gefragt, ob er etwas für mich tun kann.«

»Wir versprechen Ihnen, dass wir alles tun werden, um den Mörder zu finden. Außerdem steht ein entsprechender Artikel im Lokalteil der Frankfurter Zeitung.«

»Ich werde sie mir besorgen. Herr Bruhns hat mir auch schon davon berichtet.«

»Nicht erschrecken, es ist ein Foto vom Ort des Verbrechens drauf. Natürlich nur davon, also nicht etwa von Ihrem Mann. Wir hoffen auf Hinweise aus der Bevölkerung und sind verpflichtet, bei einem Verbrechen der Presseabteilung Bericht zu erstatten.«

»Ich weiß«, antwortete Mirjam traurig.

»Das Foto vom Tatort stammt übrigens von Herrn Lemberg. Wussten Sie das?«

»Nein, wie gesagt, ich habe mir die Zeitung noch nicht besorgt. Allerdings habe ich gerade eine SMS bekommen. Sie ist von Karl Lemberg. Sicher wollte er mir davon berichten. Mit dem Artikel gerate ich noch mehr in den Fokus. Das gefällt mir gar nicht.«

»Es tut uns leid, aber anders ging es leider nicht. Vielleicht können Sie sich vermummen? Damit man Sie nicht so leicht erkennt?«

»Sie meinen wegen der Paparazzi?«

»Ja.«

»Wir müssen Sie bitten, uns den Computer und das Handy Ihres Mannes zur Verfügung zu stellen. Sie bekommen natürlich alles zurück. Möglicherweise finden wir Hinweise auf den Mörder. Vielleicht kannten sich die beiden sogar. Gut möglich, dass der Täter selbst Schriftsteller ist.«

»Ich ahnte es ja bereits. Nehmen Sie alles, was Sie brauchen. Ich glaube, ich kenne alle seine Passwörter. Ich mache eine Liste.«

»Danke, das wäre sehr hilfreich für unsere IT-Abteilung. Wir schicken einen Kollegen bei Ihnen vorbei.«

»Und wann?«

»Ich schätze in einer halben Stunde, könnte auch etwas länger dauern. Ist das in Ordnung?«

»Ja.«

*Dienstagnachmittag, 7. August*

»Haben die Kollegen schon etwas gefunden?«, fragte Scharf, nachdem Burschel sich telefonisch den Bericht aus der IT-Abteilung angehört hatte.

Burschel machte ein nachdenkliches Gesicht und schüttelte den Kopf. »Mikkels hatte es scheinbar nicht so mit Handys. Er hat kaum telefoniert. Nur eine Nummer hat er hin und wieder angerufen, nämlich die von Schadt. Und ein paar Wochen früher mal seine Frau. Aber es gab keine SMS, keine WhatsApp, nichts von dem, was die meisten Leute heutzutage regelmäßig nutzen. Der war doch jung, merkwürdig. Kenne kaum jemanden, der sein Handy so wenig nutzt.«

»Vielleicht hat er regelmäßig alles gelöscht.«

»Unsere Kollegen konnten nichts finden. Mirjam Mikkels sagte ja auch, dass er das Handy nicht gern nutzte.«

»Im Computer irgendwas Auffälliges? Merkwürdige E-Mails oder so?«

Burschel schüttelte den Kopf. »Bisher alles ganz sauber. PDF-Dateien seiner Bücher scheinbar, ein Ordner mit Verträgen, alles Mögliche. Nichts, was auf eine Bedrohung hindeutet. Ich fürchte, da kommen wir nicht wirklich weiter. Ein Tom Parker taucht nirgendwo auf und es gibt auch keinen Austausch mit seinem Kollegen Német. Der Mörder hat ihn nicht übers Internet kontaktiert oder es war doch eine spontane Tat. Was ich aber nicht recht glauben will.«

## 30

*Dienstagnachmittag, 7. August, Karl Lemberg*

»Danke, dass Sie sich frei genommen haben, Karl.« Mirjam trug eine große Sonnenbrille und hielt ihr Haar unter einem Kopftuch verborgen.

Sie saßen erneut in einer Nische des Cafés an der Bockenheimer Warte. »Sie haben Angst, dass sich Fotografen über Sie hermachen, oder?«

Mirjam nickte.

»Ich kann aber nicht ewig zu Hause sitzen. Das macht mich wahnsinnig.«

»Das verstehe ich. Wenn ich einen bemerke, dann gebe ich ihm den Laufpass. Ich kenne ja einige.«

»Danke, dass Sie es mit mir aushalten.«

Lemberg lächelte und legte einen Rosenstrauß auf den Tisch. »Die Blumen sollen Sie ein klein wenig trösten.«

»Vielen Dank, sie sind sehr schön.«

»Ich muss Ihnen etwas sehr Makabres mitteilen. Ich bin am Tatort gewesen.«

Mirjam nickte. »Das weiß ich.«

»Sie haben den Artikel gelesen?«

»Habe ich. Konnten Sie den Auftrag nicht ablehnen? Es hat mich ein wenig verletzt, dass ausgerechnet Sie dort waren.«

Karl blickte beschämt auf seine Kaffeetasse herunter. »Das war unüberlegt. Es war ein guter Auftrag, und ich habe nicht bedacht, dass ich Ihnen damit wehtun würde. Doch es könnte hilfreich sein. Wenn ich demnächst Zeit habe, vergrößere ich das Foto in meiner Dunkelkammer. Vielleicht finde ich ein winziges Detail, das unbemerkt geblieben ist und uns weiterhilft. Manchmal sind Aufnahmen auf echtem Fotopapier Gold wert.«

»Sie glauben, Sie finden mehr als die Polizei? Ach, Karl.«

»Wer weiß das schon. Ich sag Ihnen dann zuerst Bescheid. Also nur, wenn Sie das wollen.«

»Natürlich! Mikes Mörder muss gefunden werden. Das wenigstens bin ich meinem Mann schuldig.«

Karl nahm Mirjams Hand in seine Hände und sah ihr fest in die Augen. »Ich werde Ihnen helfen, so gut ich es kann.«

»Danke und Entschuldigung. Ich bin einfach völlig am Ende und kann kaum noch zwischen Gut und Böse unterscheiden. Außerdem haben Sie sich in letzter Zeit so rar gemacht. Da dachte ich, ich hätte nun auch Sie verloren.«

»Niemals, Mirjam. Ich wollte Ihnen etwas Zeit geben, sich zu beruhigen. Sie wissen doch sicher, wie gern ich Sie habe. Nun erzählen Sie, was haben die Beamten rausgefunden?«

»Das steht doch in der Zeitung.«

»Ich meine bei der Obduktion.«

*Freitag, 20. Juli, Tom Parker*

*Der Artikel war wirklich überraschend detailliert. Ach, es ist aber auch zu schade. Nun muss ich meine neue Existenz schon wieder aufgeben. So ein Jammer. Dieses verdammte*

*Manuskript, hätte ich es nur nicht bei Schadt liegenlassen. Ich habe diese Scharf und ihren Kollegen unterschätzt. Richtig ausgebufft, die beiden. Mein Gebäude finden die trotzdem nicht. Es gibt in Frankfurt unendlich viele Baracken und leerstehende Gebäude. Solange mich niemand gesehen hat … Nein, Sorgen brauche ich mir keine zu machen. Im Gegenteil. Wir spielen Katz und Maus, nur dass ich die Katz bin. Mal sehen, wo ich noch ein paar Käsebröckchen abwerfen kann. Etwas anderes ärgert mich mehr. Meinen Text werde ich so leider nicht mehr veröffentlichen können. Wenn etwas Gras über die Sache gewachsen ist, werde ich unter meinem richtigen Namen ein Meisterwerk rausbringen. Vielleicht nenne ich es »Das einzig wahre Verbrechen«.*

*

Mirjam kam nicht zur Ruhe, glaubte nie wieder schlafen zu können. Sie drehte sich seit geraumer Zeit von einer zur anderen Seite, streckte ihre Hand aus und streichelte Mikes kaltes Kopfkissen. Mike würde es mit seinem Kopf nie wieder wärmen, sie nie wieder umarmen. »Ich brauche dich so sehr. Ich habe alles falsch gemacht. Wäre ich doch mit den Drohbriefen zur Polizei gegangen. Dann würdest du vielleicht noch leben. Verzeih mir, Mike«, flüsterte sie.

Immer wieder stand sie auf, ging zum Fenster, von dem aus sie auf die Leipziger Straße sehen konnte, und überzeugte sich, dass das Auto des Wachmanns noch vor dem Hauseingang stand.

Sie musste an Doktor Bohnstätter denken. Ihr Chef war voller Mitgefühl. Sie würden morgen Abend noch einmal über alles reden. Das letzte Gespräch war so beruhigend. Sie war nicht mehr allein mit ihren Sorgen. Sie hatte nicht nur Karl, sondern auch einen verständnisvollen Chef. Manchmal halfen Gespräche, die Wahrheit zu finden.

Abrupt fiel ihr ein, in welch erbärmlichem Zustand Mike gefunden wurde. Immer wieder schlich sich dieser Gedanke in ihr Bewusstsein. Die Beamten haben chemische Spritzer auf Mikes spärlicher Kleidung entdeckt. Warum nur hat ihm der Mörder die Kleider weggenommen? Wegen des Bleichmittels? Waren die Kleidungsstücke verätzt? Und wo kam das Zeug her? Plötzlich traf es sie wie ein Schlag. Bleichmittel! Manche ihrer Patienten kamen zu einer professionellen Zahnaufhellung. Zum Bleichen der Zähne benutzte man Wasserstoffperoxid. Sie schlug die Hände vor das Gesicht. Bohnstätter! Ihr wurde übel. Er kümmerte sich in letzter Zeit auffällig um sie. Verdammt, das hätte ihr längst verdächtig vorkommen müssen. Ihre Beine zitterten. Mit dem Rücken gegen die Wand gelehnt, glitt sie zu Boden.

»Das kann nicht wahr sein«, flüsterte sie. »Hast du Mike entführt und ermordet? Wolltest du ihn loswerden, um dich an mich ranzumachen? Dabei tat es so gut, mir meinen Kummer von der Seele zu sprechen.« Sollte sie mit Scharf und Burschel darüber sprechen? Zweifel überkamen sie. Sie konnte ihren Chef nicht einfach denunzieren, ohne restlos sicher zu sein, dass er der Täter war. Sie musste selbst rausfinden, was hinter Bohnstätters Bemühen steckte. Wo sollte Mike gewesen sein, etwa in Bohnstätters Wohnung? Das war lächerlich. Allerdings hatte sie versprochen mit der Polizei zu kooperieren. Das würde sie tun, wenn sich ihr Verdacht erhärten sollte. Sie hatte schon zu viele Menschen verdächtigt. Unter anderem Armin Schadt, und der war jetzt tot. Sollte ihr selbst etwas zustoßen, war es ihr beinah schon egal. Hatte Bohnstätter aber Mike etwas angetan, dann Gnade ihm Gott.

# 31

*Mittwoch, 8. August, Klaus Heimann*

Heimann las den Artikel nun schon zum dritten Mal und murmelte: »Mikkels nun also auch. Verdammt nochmal! Morde ausgerechnet in Schriftstellerkreisen. Das fehlt mir gerade noch, dass meine Agentur deswegen in Verruf gerät.«

Es klopfte an der Tür.

»Ja?«

Die Tür wurde geöffnet und Zoltan Német kam zum Vorschein. »Bin ich zu früh?«

Heimann sah auf seine Armbanduhr. »Ne, zehn Uhr hatten wir vereinbart. Komm her und setz dich. Willst du 'nen Kaffee?«

Zoltan schüttelte den Kopf und nahm Platz. »Hat mich die Meier auch schon gefragt. Hatte heute Morgen schon genügend Koffein. Schieß schon los.«

Heimann schob Német den Zeitungsartikel rüber. »Ich will nicht lang um den heißen Brei reden. Hast du das gelesen?« Er deutete auf den Artikel.

Német holte seine Brille aus dem Jackenrevers und setzte sie auf. Er las aufmerksam. »Ach du Schande, Mikkels jetzt auch?«

»Was soll das heißen? Wusstest du schon von Schadt?«

Zoltan nickte. »Die Scharf und ihr Kollege sprachen davon.«

Heimann wirkte erstaunt.

Német lehnte sich zurück. »Sie waren bei mir.«

»Genau aus dem Grund wollte ich mit dir sprechen, Német.« Ich kann mir hier keinen Ärger erlauben. Wenn du Dreck am Stecken hast, dann bringst du mich in Teufels Küche.«

»Spinnst du jetzt total?«, fragte Német, während sich seine Miene verfinsterte.

»Sind wir doch ehrlich. Du bist der einzige Mensch, der Nutzen aus Mikkels' Tod zieht. Du bist wieder in den Fokus gerückt. Mir ist ein verdammt guter Autor weggebrochen. Ein Garant für massenhaft Buchverkäufe.«

Német versuchte, sich zu beherrschen, in dem er tief durchatmete. »Puh, das muss ich verdauen. Mein Agent unterstellt mir, ein Mörder zu sein. Das ist wirklich allerhand und wird normalerweise Rufmord genannt.«

»Quatsch, ich geh damit doch nicht hausieren. Ich unterstelle gar nichts. Ich wollte nur, dass du Stellung nimmst. Die Beamten waren auch bei mir und haben mich ausgefragt. Das nervt.«

»Ich kann dir nur sagen: Such dir jemand anders, dem du haltlose Dinge unterstellst, sonst bist du mich ebenfalls los. Ich habe kein Problem damit, mir einen neuen Agenten zu suchen.«

Heimann faltete entschuldigend die Hände. »Beruhig dich. Wenn du sagst, dass du da nicht mit drinhängst, ist es okay. Aber bitte versteh mich. Schadt und Mikkels. Ist doch mehr als merkwürdig, oder? Euer Verleger tut mir mehr als leid. Schadt war sein bester Lektor und Mikkels hat er ebenfalls verloren.«

»Ja, ich habe schon mit Bruhns telefoniert. Er fragte mich, ob ich dieses Jahr zwei Manuskripte einreichen kann. Er will die Lücke füllen. Das wird hart für mich, ohne meinen vertrauten Lektor. Wenn du mal logisch denkst, weshalb sollte ich Schadt was anhaben? Er hat meine Bücher bestens lektoriert. Ich war immer sehr zufrieden mit seiner Arbeit.«

»Was weiß ich. Ich verstehe das einfach alles nicht. Die haben mich übrigens nach einem Tom Parker gefragt, sagt er dir was?«, fragte Heimann.

»Habe den Namen nie gehört«, antwortete Német.

»Er war mal hier, wollte mir ein Manuskript aufschwätzen. Ein ziemlicher Stümper. Ich habe Schadt das Zeug rübergereicht. Hatte keine Lust, den ganzen Mist zu lesen. Sie haben es bei ihm gefunden. Gucken wohl alles durch.«

»Sollen sie ruhig. Ich habe mir nichts vorzuwerfen. Sind wir jetzt wieder im Reinen miteinander?«, fragte Német.

»Du weißt doch selbst, dass zwischen Agent und Autor ein Vertrauensverhältnis bestehen muss. Wir haben wenigstens mal darüber gesprochen. Tut mir leid, wenn ich zu impulsiv war. Aber verdammt nochmal, ich will nicht in schlechtes Licht geraten. Du sagst, du hast mit der Sache nichts zu tun, dann lass uns zur Tagesordnung übergehen. Aus Pietätsgründen habe ich deine Lesungen, die für diese Woche geplant waren, verschoben.«

»Was? Und auf wann?«

»In vierzehn Tagen werden die nachgeholt. Glaub mir, kommt besser rüber beim Publikum.«

## 32

*Mittwochabend, 8. August, Doktor Bohnstätter*

Mirjam hatte sich mit dem Bestatter geeinigt, Mike auf dem Bockenheimer Friedhof zu begraben. Die Trauerfeier sollte nur im kleinen Kreis stattfinden unter Ausschluss der Öffentlichkeit.

Später fasste Mirjam den Entschluss, Bohnstätter einen Besuch abzustatten. Zielstrebig verließ sie ihre Wohnung und ging eilig zur Praxis. Ihre Kollegin war erstaunt, sie zu sehen. »Mirjam, geht es dir besser?«

»Noch nicht. Ich müsste kurz mit dem Chef sprechen.«

»Er sitzt gerade allein im Sprechzimmer. Geh ruhig rein.«

»Danke.« Mirjam klopfte und öffnete die Tür, ohne auf eine Reaktion zu warten.

»Mirjam«, sagte Bohnstätter erstaunt.

»Ich will Sie nicht lange stören, müsste nur etwas mit Ihnen besprechen.«

»Kommen Sie rein.«

Mirjam schloss die Tür hinter sich.

Bohnstätter wies mit der Hand auf einen Stuhl vor dem Schreibtisch und Mirjam nahm Platz.

»Es geht um unsere Verabredung, Dirk. Ich fühle mich seit diesem Zeitungsartikel in der Öffentlichkeit gar nicht wohl. Schon zweimal hat jemand versucht, mich zu fotografieren. Es tut mir leid, aber im Moment fühle ich mich zu Hause am wohlsten. Ich sage nur ungern ab, aber …« Sie machte ein verzweifeltes Gesicht.

»Aber Mirjam, das verstehe ich doch. Wenn Sie nichts dagegen haben, kommen Sie doch einfach zu mir. Oder soll ich zu Ihnen kommen?«

»Nein, ich komme gern.«

Das wollte Mirjam erreichen, denn sie hoffte, Indizien für Mikes Gefangenschaft zu finden. Ihr war zwar mulmig bei dem Gedanken, Bohnstätter ausgeliefert zu sein, aber sie hatte sich nun mal dazu entschieden.

Wieder zuhause legte sie vorsorglich eine Notiz auf den Schreibtisch: *8. August, 18 Uhr. Bin bei Doktor Bohnstätter in der Broßstraße.*

Sie war sich sicher, die Polizei würde ihre Tür aufbrechen, wenn sie einfach so von der Bildfläche verschwände. Der Polizeiwagen würde erst um 21 Uhr auftauchen. Bis dahin war sie, wenn alles gut verlief, längst wieder zu Hause.

Sie brauchte mit dem Fahrrad für den Weg keine acht Minuten. Bohnstätter schien hinter der Tür auf sie gewartet zu haben. Er öffnete unmittelbar, nachdem sie läute.

»Geht es ihnen etwas besser?« Er reichte ihr die Hand. »Ich bin extra früher aus der Praxis. Ich weiß, Sie legen momentan Wert darauf, zu Hause zu sein, bevor es dunkel wird. Ich kann Sie aber später auch fahren.«

»Nicht nötig Herr Doktor, bin mit dem Fahrrad gekommen.«

»Wir hatten uns doch auf unsere Vornamen geeinigt.«

»Verzeihung, Dirk.«

Er führte Mirjam in das helle Wohnzimmer seines Einfamilienhauses. »Bitte nehmen Sie Platz.«

Mirjam setzte sich auf eine Designercouch und sah sich um. »Schön haben Sie es hier.«

»Ein bisschen groß für nur eine Person, aber ich mag das Haus. Darf ich Ihnen einen Wein anbieten?«

»Gern, ein Glas geht.«

Er war im Begriff, den Raum zu verlassen, kehrte jedoch nochmal um. »Sie sollen wissen, dass ich Ihre Trauer niemals ausnutzen werde. Ich möchte Sie weder belästigen noch Ihnen zu nahetreten. Ich stehe Ihnen rein als Freund zur Verfügung.«

Mirjam sah zu ihm auf. »Danke, dass Sie das sagen. Es beruhigt mich irgendwie. Mikes Tod ist grauenhaft. Der Gedanke daran, dass er einem Mord zum Opfer gefallen ist …« Ihre Unterlippe zitterte. »… belastet mich stark. Gerade heute habe ich die Beisetzung organisiert.«

»Wann wird sie stattfinden?«

»Erst in vierzehn Tagen. Es wird eine Feuerbestattung.«

Bohnstätter nickte. »Verstehe. Wenn Sie möchten, dass ich Sie begleite, sagen Sie Bescheid.«

»Danke, aber ich weiß nicht, ob ich Begleitung brauche.«

»Sie müssen ein bisschen zur Ruhe kommen. Bin gleich zurück.«

Kaum war er aus dem Raum, sprang Mirjam auf. Sie ging schnurstracks zu dem gläsernen Schreibtisch, der schräg vor dem bodentiefen Terrassenfenster stand.

Bohnstätter war ein sehr ordentlicher Mann. So kannte sie ihn auch aus der Praxis. Auf seinem Tisch lagen ein paar sorgfältig übereinandergelegte Akten, ein zusammengeklappter Laptop, daneben ein Tablet und – Mirjam schaute genauer hin – das Buch ihres Mannes, daneben Will Bucks *Mondscheinmann*.

»Ah, Sie schauen sich ein bisschen um?«

Sie zuckte zusammen und drehte sich um. Bohnstätter stellte zwei Gläser und eine geöffnete Weinflasche ab. »Ein etwas eigentümlicher Schreibtisch, nicht? Ich mag ihn, weil er viel Licht ins Zimmer lässt, obwohl er einen Teil des Fensters bedeckt.«

»Dirk, hier liegen zwei Bücher, die ich gut kenne. *Der Beginn allen Wahnsinns* und der *Mondscheinmann*. Lesen Sie die Bücher parallel?«

Bohnstätter lächelte. »Nein, eigentlich nicht. Aber da das gerade alles erst passiert ist, habe ich mir das Buch Ihres Mannes vorgenommen, obwohl ich mit dem *Mondscheinmann* noch nicht fertig bin. Das alles lässt auch mich nicht kalt. Kommen Sie, ich habe hier einen sehr schönen Chardonnay, ich hoffe, Sie mögen ihn.«

Mirjam ging zur Couch und nahm Platz. Bohnstätter schenkte ein, setzte sich in gebührendem Abstand neben sie und hob sein Glas. »Auf Ihre Gesundheit, Mirjam, und dass sich dieser Fall bald aufklärt. Machen Sie sich bitte um Ihren Job keine Sorgen. Wenn Sie eine längere Auszeit brauchen, sollen Sie die auch bekommen.«

»Danke.« Mirjam trank einen Schluck.

»Erzählen Sie, was hat die Polizei bisher rausgefunden? Also nur, wenn Sie darüber sprechen wollen.«

»Mike und Schadt wurden beide erschlagen.« Mirjam beobachtete Bohnstätters Reaktion ganz genau. »Sie haben es ja gelesen. Er ist irgendwo gefangen gehalten worden.«

»Da stand, dass sie nach einem Tom Parker fahnden. Wer soll das sein?«

»Er ist ebenfalls Autor. Sein Manuskript hat wohl beim Lektor, also bei Schadt, gelegen. Genaueres weiß ich auch nicht. Nur was in der Zeitung stand. Ein großer Mann muss es gewesen sein. Um einen Menschen zu erschlagen, braucht man sicher viel Kraft.«

»Schlimme Vorstellung. Wie kann man nur anderen Menschen Gewalt antun?«

Mirjam starrte automatisch auf die Weinflasche.

»Was ist? Was denken Sie? Haben Sie Angst, weil da eine Flasche steht?«

»Meine Nerven«, sagte sie und lächelte gequält. »Vor Zahnärzten haben auch viele Menschen Angst. Im Grunde tun Sie den Menschen doch auch Gewalt an, nicht?«

»Ich bitte Sie. Wir versuchen zu helfen. Aber an der Furcht der Patienten kann ich leider nichts ändern.«

Mirjam nickte. »Ihr Haus gefällt mir. Wollen Sie es mir zeigen? Das würde mich ablenken.«

»Klar, kommen Sie mit.«

Das Wohnzimmer war so groß, dass es beinah das ganze Erdgeschoss ausfüllte. Nur für eine Küche und eine Gästetoilette war noch Platz. »Soll ich Ihnen den Garten zeigen?«

»Nein, ich interessiere mich für Ihre Einrichtung. Ich kenne Sie eigentlich nur aus unserer sterilen Praxis. Was ich hier unten sehe, finde ich beeindruckend.«

»Es gefällt Ihnen tatsächlich? Das freut mich. Oben habe ich drei weitere Räume und ein Bad. Kommen Sie.«

Sie folgte ihm die Treppe nach oben. Die Schlafzimmertür stand offen und ihr Blick fiel auf das große Boxspringbett.

»Daneben ist gleich das Bad.« Er öffnete die Tür und enthüllte eine schiefergeflieste Wellnessoase, die an ein Luxushotel erinnerte. In der begehbaren Dusche hätten leicht zwei Personen Platz, daneben stand ein moderner Waschtisch. Hinter einer halbhoch gefliesten Mauer befand sich die Toilette, nahm Mirjam an.

»Wirklich wunderschön.«

»Vorne sind noch ein Gästezimmer und mein Büro.«

»Oh, dann haben Sie quasi zwei Büros?«

»Ja, aber wenn ich ehrlich bin, sitze ich meistens im Wohnzimmer am Schreibtisch. Hier oben mache ich meinen Praxiskram und die Steuer. Sehen Sie, nichts als Aktenordner. Und hier ...« Er ging zu einem Wandregal und zog eine Mappe hervor. »Hier befindet sich mein Manuskript, ich erzählte Ihnen davon. Ich werde es wohl nie zu Ende schreiben.« Er lächelte.

»Darf ich es sehen?«

Er zögerte. »Nein, das ist mir peinlich. Vielleicht eines Tages.« Er schob die Mappe zurück. »So, jetzt haben Sie alles gesehen.«

»Wieso, haben Sie keinen Keller?«

Bohnstätter musste lachen. »Sie interessieren sich für meinen Keller?«

»Klar, er gehört auch zum Haus.«

»Er ist nicht besonders sehenswert. Ich habe da unten nur ein paar Sportgeräte, Hanteln und ein paar chemische Substanzen stehen da rum. Sie wissen ja, wegen des dritten Behandlungsraums fehlt uns in der Praxis Abstellfläche.«

Mirjams Alarmglocken schrillten und sie schauderte.

»Mirjam, was ist auf einmal mit Ihnen, Sie wirken so erschrocken? Habe ich etwas Falsches gesagt?«

»Nein, ich habe einfach so viel im Kopf.«

»Kommen Sie, ich schenke uns nochmal nach. Gehen wir wieder ins Wohnzimmer.«

»Nein, danke, ich muss jetzt nach Hause. Wir sehen uns bestimmt nächste Woche bei der Arbeit.«

»Ja klar, gerne. Sie können mich Tag und Nacht anrufen. Ich bin immer für Sie da.«

»Danke nochmals. Auch für den Wein.« Sie reichte Bohnstätter die Hand und ging zur Tür. »Bis bald.«

Mirjam war erleichtert, als sie sich auf dem Rückweg befand. Der Besuch hätte auch anders verlaufen können. Wieso wollte Bohnstätter ihr den Keller nicht zeigen? Gab es dort Spuren von Mikes Aufenthalt? Bleichmittel? Dann erwähnte er die Sportgeräte. Er hatte Kraft. Dazu die zwei Bücher, die er parallel las, obwohl er nicht allzu viel von Krimis hielt.

Sie würde morgen Scharf und Burschel verständigen. Danach würde sie Karl Lemberg bitten, ihr die vergrößerten Aufnahmen des Tatorts zu zeigen. Sie musste sich selbst ein Bild davon machen.

# 33

*Donnerstagmorgen, 9. August, Polizeipräsidium*

»Na Burschel, wie war deine Nacht? Ich jedenfalls habe wachgelegen.«

»Ach komm, so heiß ist es draußen nicht oder hast du an mich gedacht?« Burschel grinste.

»Ich darf mir sicher einen Eistee nehmen? Ich kriege Durst, wenn ich deinen sehe.«

»Aber klar. Sag mal, wenn du demnächst einen freien Abend hast und ich eventuell auch, wollen wir ihn dann versuchsweise gemeinsam verbringen?«

Mirjam öffnete ihren Eistee, nahm einen langen Schluck, stellte die Dose auf ihrem Schreibtisch ab und setzte sich.

»Soll ich die Frage noch mal wiederholen oder überlegst du noch?«

»Ich frage mich, ob das eine gute Idee ist. Wir würden nur über unsere Arbeit sprechen, und das würde mir in meiner Freizeit auf den Zeiger gehen.«

»Das ist es ja. Wir vereinbaren einfach, das nicht zu tun. Sollte einer von uns gegen die Vereinbarung verstoßen, muss er dem anderen einen ausgeben. Na, was hältst du davon?«

»Puh, das klingt nach Besäufnis.« Sie lachte. »Prinzipiell habe ich die Schnauze von Kerlen voll, aber bei dir könnte ich unter Umständen eine Ausnahme machen. Du bist ganz nett. Also, du kannst es zumindest sein.«

»Aus deinem Mund kommt das rüber wie eine Lobeshymne. Wann?«

Scharfs Handy vibrierte. »Scharf? Ach, hallo, Frau Mikkels, wie geht es Ihnen? … Sie haben mir etwas zu sagen? Ich stell mal auf Lautsprecher, dann kann mein Kollege mithören. Moment …« Uta tippte auf ihr Smartphone. »So, sind Sie noch da?«

»Ja, das bin ich. Guten Morgen Herr Burschel.«

»Hallo«, antwortete Burschel.

»Ich habe eine Frage, wenn ich sozusagen einen Verdacht habe, der eine ganz bestimmte Person betrifft, würden Sie vor dieser Person erwähnen müssen, dass ich sie angeschwärzt habe?«

»Aber nein, natürlich nicht. Wir halten Sie da raus.«

Mirjam Mikkels räusperte sich. »Also, es ist so. Mein Chef ist ein netter Mensch müssen Sie wissen und er kümmert sich rührend um mich seit der Sache mit Mike. Ich bin sogar so lange krankgeschrieben, bis ich mich wieder einigermaßen gefangen habe.« Mirjam brach ab.

»Und weiter?«, ermutigte Scharf.

»Gestern habe ich ihn unter dem Vorwand besucht, es würde mit guttun zu reden. Und ich fühle mich im Moment in der Öffentlichkeit nicht wohl. Jeder scheint, diesen Artikel gelesen zu haben oder mich ständig zu beobachten. Ja, was soll ich sagen. Er mochte meinen Mann nie besonders. Sagte immer, ich habe was Besseres verdient. Vielleicht mag er mich etwas mehr, als er sollte. Ich weiß es nicht. Er liest übrigens gerade Mikes letztes Buch und auch das von Német. Die lagen jedenfalls beide auf seinem Schreibtisch, aufgeschlagen.«

»Ach, dann ist er wohl doch zum Krimifan geworden?«, unterbrach Scharf.

»Wieso?«

»Er sagte mir neulich, dass er sich nicht besonders für Krimis interessiert und auch nicht für Belletristik.«

»Das wunderte mich. Er erzählte mir außerdem, er habe selbst mal ein Manuskript geschrieben und im Keller seines Hauses bewahrt er Chemikalien für unsere Praxis auf. Sie erwähnten doch Spuren von Bleichmitteln. In unserer Praxis nutzen wir diese, um Zähne zu bleachen.«

Scharf sah zu Burschel, der machte ein nachdenkliches Gesicht.

»Es muss alles nichts heißen«, setzte Mirjam fort, »Aber Sie sagten doch, dass er in einem Keller gefangen gehalten wurde.«

»Das könnte sein, ja.«

»Dann sollten Sie vielleicht im Keller von Doktor Bohnstätter nachsehen. Er hat da unten einen Fitnessraum und hat bestimmt viel Kraft.« Mirjams Stimme brach. »Bitte, er ist mein Chef. Wenn ich ihm unrecht tue … Bitte, erwähnen Sie mich nicht.«

»Das tun wir nicht, Frau Mikkels, aber besuchen Sie ihn nicht wieder, bis wir das geklärt haben«, sagte Scharf. »Danke für den Hinweis.«

»Auf Wiederhören.«

»Na sieh mal einer an«, Burschel machte ein nachdenkliches Gesicht. »Geschrieben hat er auch. Das klingt für den Anfang ganz brauchbar. Ich ordere beim Bereitschaftsstaatsanwalt einen Durchsuchungsbeschluss und hole zwei Männer von der Spusi dazu. Sieh zu, dass du Bohnstätter aus der Praxis holst.«

*

Bohnstätter stand stinksauer in der Eingangstür seines Hauses. »Ich habe Patienten. Ich habe eben einen auf dem Stuhl zurücklassen müssen, um hierher zu hasten. Was soll das alles? Ich habe nichts verbrochen. Was ist das da vorne für ein Wagen? Sind da weitere Leute von Ihnen drin?«

Burschel nickte. »Das sind Kollegen von der Spurensicherung.«

»Von der was?«

Burschel zog ein Blatt aus seiner Jackentasche und hielt es Bohnstätter vor das Gesicht.

»Herr Bohnstätter, wir haben hier einen Durchsuchungsbeschluss. Es besteht ein gewisser Verdacht gegen Sie, dass Sie mit dem Mord an Mike Mikkels zu tun haben.«

»Das ich was?«

»Herr Bohnstätter, können wir das freundlicherweise drinnen besprechen?«, fragte Scharf.

Widerwillig ließ Bohnstätter die beiden eintreten. Im Flur blieb er jedoch stehen.

»Sie waren der Zahnarzt des Verstorbenen und seine Frau ist bei Ihnen angestellt.«

»Und das macht mich zum Tatverdächtigen?«

»Da sich an Mike Mikkels' Kleidung Spuren von Bleichmitteln fanden, müssen wir Sie und Ihr Haus überprüfen. Sie arbeiten doch mit Bleichmitteln?«

Bohnstätter stieß einen gequälten Lacher aus. »Bleichmittel? Ach, deshalb verdächtigen Sie mich? Ich werde verrückt. Weil ich zur Zahnaufhellung Bleichmittel benutze, glauben Sie, ich hätte Mikkels hier bei mir im Keller verschanzt, bevor er starb? Warum sollte ich das getan haben?«

»Im besten Fall können Sie uns das sagen. Im schlechtesten müssen wir es selbst herausfinden. Wir bitten Sie, mit uns zu kooperieren. Wenn Sie ein reines Gewissen haben, sollte das kein Problem sein«, meinte Burschel.

Bohnstätter zuckte resigniert die Schultern. »Machen Sie ruhig. Bleichmittel werden Sie hier kaum finden.«

»Dann hole ich jetzt die Kollegen von der Spusi rein«, sagte Scharf.

»Tun Sie, was Sie wollen.«

Scharf ging zur Tür und winkte die Kollegen herbei. »Ich glaube, hier geht es zum Keller.« Sie zeigte auf die nach unten führende Treppe und stellte sich wieder zu Burschel.

»Herr Doktor, kannten Sie Armin Schadt?«, fragte Burschel gerade.

Bohnstätter dachte nach. »Armin Schadt? Ach der Lektor, der ebenfalls ermordet wurde? Nein. Ich habe von ihm nur in der Zeitung gelesen.«

»Können Sie uns verraten, wo Sie sich am Dienstag, dem 3. Juli gegen 19 Uhr befanden?«

Bohnstätter zog sein Smartphone aus der Hosentasche, wischte darüber und öffnete seinen Terminkalender. »Hier bitte, wollen Sie selbst nachschauen? Ich hatte um 18 Uhr einen Notfallpatienten mit starken Zahnschmerzen. Bitte, nehmen Sie.«

Burschel und Scharf studierten das Display.

»Wie lange dauerte der Termin genau?«

»Eine gute Dreiviertelstunde, der Zahn musste extrahiert werden. Bis die Narkose richtig wirkt, vergeht schon allein eine Viertelstunde. Die Extraktion war kompliziert, da die Wurzel schräg lag, dann natürlich noch die Wundversorgung. Danach habe ich die Daten in den Computer eingegeben. Ich bin erst gegen kurz vor acht zu Hause gewesen.«

»Wann genau sind Sie aus der Praxis gekommen?«

»Sicher nicht vor sieben. So genau weiß ich das nicht mehr.«

»Waren Sie allein?«, fragte Scharf.

»Natürlich nicht, meine Helferin war da, außerdem kam die Putzfrau. Die kommt jeden Abend um Punkt sieben.«

»Ah, das ist ein guter Anhaltspunkt. Haben Sie eine Telefonnummer für uns?«

»Von der Putzfrau?«

»Ja, natürlich.«

Bohnstätter suchte unter seinen Kontakten. »Bitte sehr.« Er gab Burschel das Handy.

»Frau Elmas?«

Bohnstätter nickte.

»Schreibst du die Nummer auf?«, bat Burschel.

Scharf tippte die Nummer in ihr Smartphone ein und gab Bohnstätter sein Gerät zurück. »Vielen Dank, Herr Doktor.«

»Und wie ist der Name der Helferin?«, fragte Burschel.

»Wollen Sie auch ihre Nummer?«

»Das wäre nett.«

Bohnstätter seufzte. Wieder bediente er sein Handy. »Sie heißt Dana Pavlovic.«

»Kannst du das auch aufschreiben, Uta?«

Wieder nahm sie das Handy und tippte die Nummer ein. »Danke.« Scharf gab das Smartphone erneut zurück. »Darf ich mich im Wohnzimmer umsehen?«

»Tun Sie, was Sie nicht lassen können.«

Scharf steuerte auf den gläsernen Schreibtisch zu, der am Fenster stand. »Das ist ein interessanter Schreibtisch.«

»Ich schau mich so lange oben um, Herr Doktor«, sagte Burschel.

»Tun Sie sich keinen Zwang an.« Er beobachtete Scharf, die auf die Bücher auf dem Schreibtisch aufmerksam geworden war.

»Ich hätte schwören können, dass Sie sich nicht für Kriminalliteratur interessieren.«

»Tja, ich dachte, ich lese mal quer. Mirjam, ich meine Frau Mikkels, ist so verzweifelt und auch ich suche wohl nach der Nadel im Heuhaufen. Oder ist es verboten, dass ich die Bücher lese?«

Scharf winkte ab. »Natürlich nicht. Wunderte mich nur gerade. Sind beide aufgeschlagen, lesen Sie die parallel? Das würde mich völlig irritieren.«

Burschel betrat das Wohnzimmer. »Ich war gerade oben, dort ist alles okay.«

Ein Beamter der Spusi kam ebenfalls rein. »Wir sind soweit fertig. Melden uns nach der Auswertung.«

Burschel nickte. »Okay.«

»Tja, das war's, Herr Doktor. Wir melden uns in Kürze bei Ihnen. Danke für Ihr Entgegenkommen.«

»Was blieb mir schon anderes übrig!«

# 34

*Karl Lemberg am selben Tag*

Mirjam wollte auf dem Markt an der Bockenheimer Warte das Nötigste einkaufen, war dann aber doch einem Fotografen in die Arme gelaufen, der versuchte ein Foto von ihr zu schießen, und war daraufhin Hals über Kopf nach Hause gestürzt.

Mit zitternden Fingern wählte sie Lembergs Handynummer.

Er meldete sich sofort: »Hallo, Mirjam, ist alles in Ordnung?«

»Nein, bin gerade fotografiert worden.«

»Oh, das tut mir leid.«

»Hätten Sie heute vielleicht Zeit für mich? Ich muss mit Ihnen sprechen, außerdem würde ich mir gerne diese Schwarzweiß Aufnahme ansehen. Die von dem Steinbruch. Sie wollten sie doch vergrößern.«

»Hm ja, das wollte ich. Bin aber leider noch nicht dazu gekommen.«

»Oh, wie schade, das wäre mir sehr wichtig gewesen.«

»Aber wissen Sie was? Ich nehme Sie heute Abend mit in die Dunkelkammer, dann können wir das Bild gemeinsam vergrößern. Einverstanden? Ich hole Sie gegen siebzehn Uhr ab, ist das okay?«

»Das wäre toll, ich warte vor dem Haus. Hier kann man ja schlecht parken.«

*

Während Scharf Telefonate führte, hatte er den Kollegen von der Spusi einen Besuch abgestattet.

»Und? Schon was rausgefunden?«, fragte er, als er ins Büro zurückkehrte.

Scharf nickte. »Für den Mord an Schadt hat Bohnstätter ein Alibi. Beide Frauen bestätigen, dass Bohnstätter die Praxis am 3. Juli nicht vor 19:15 Uhr verlassen hat. Dana Pavlovic wurde nämlich um diese Zeit von ihrem Mann abgeholt. Da war Bohnstätter noch in der Praxis.«

»Kombiniere, dann ist Bohnstätter nicht unser Mann. Die von der Spusi haben auch nichts gefunden, was auf eine Gefangenschaft in seinem Haus hinweisen könnte. Bleichmittel gab es auch keine im Keller.«

»Eigentlich beruhigt mich das. Ich finde nämlich, dass Bohnstätter ein sympathischer Mann ist.«

Burschel kam näher und setzte sich mit verschränkten Armen auf Scharfs Schreibtischkante. »Du hast schon mal eine ähnliche Äußerung gemacht. Langsam werde ich eifersüchtig.«

Scharf lachte. »Beweg deinen Hintern von meinem Schreibtisch.«

Burschel rührte sich nicht. »Wollten wir nicht ein Date ausmachen? Da ist uns einer dazwischengekommen, erinnere ich mich dunkel.«

»Ja, der Bohnstätter.«

»Siehst du, schon wieder dieser Name. Du lässt den Mann besser in Ruhe. Also wann?«

»Ich habe erst nächsten Donnerstag frei«, sagte Scharf.

»Klingt gut, das krieg ich hin. Also haben wir Donnerstag ein Date?«

»Wenn nichts dazwischenkommt, du Drillbohrer. Sag mal, waren unter den Anrufern, die sich wegen des

Zeitungsartikels gemeldet haben, eigentlich ein paar mit brauchbaren Ergebnissen?«

Burschel schob die Unterlippe nach vorn. »Eher weniger. Da waren viele Neugierige, die gefragt haben, wo genau das passiert ist, und so weiter. Aber nichts Hilfreiches bisher. Auch nicht in Schadts Haus. Niemand ist nach Hause gekommen oder aus dem Haus gegangen. Es ist wie verhext. Einer will beobachtet haben, wie ein Mann kurz nach sieben zu seinem Kleinwagen gehechtet ist und zügig davonfuhr. Er weiß weder, wo der Mann herkam, noch wie der Mann aussah oder welches Fabrikat das Auto hatte. Von einer Nummer ganz zu schweigen. Nur grün soll es gewesen sein.«

»Na toll, damit lässt sich ja wirklich viel anfangen.«

»Und was hört man aus Bad Vilbel?«

»Nichts, da scheint niemand etwas bemerkt zu haben.«

»Scheiße! Tschuldigung, musste raus.«

*

Als Mirjams Handy klingelte und sie den Namen auf dem Display las, erschrak sie. Bohnstätter. Wusste er etwa, dass sie ihn denunziert hatte? Sie überlegte, den Anruf ignorieren konnte sie nicht. Er war ihr Chef und er würde erneut anrufen. Also nahm sie das Gespräch an.

»Hallo?«

»Mirjam? Hier ist Dirk.«

»Hallo, Dirk.«

»Ich muss Ihnen was mitteilen.«

Also doch, dachte sie, war ja klar. Die Beamten haben ihm gesagt, dass sie ihn angeschwärzt hat und nun stand ihr die Kündigung ins Haus.

»Ja?«, fragte sie.

»Die Polizei hat mein Haus durchsucht. Mirjam, die verdächtigen mich, Ihren Mann ermordet zu haben.«

Mirjam sagte kein Wort.

»Sie müssen mir glauben, dass ich mit der Sache nicht das Geringste zu schaffen habe. Ich könnte niemals einen Mord begehen, mein Gott. Sie wollten sogar wissen, ob ich ein Alibi für den Mord an diesem Schadt habe. Dabei kenne ich den Mann nicht mal.«

»Das, das tut mir alles so leid, Dirk.«

»Sie können nichts dafür. Ich möchte einfach nur, dass wenigstens Sie mir glauben. Ich bin heute Morgen aus allen Wolken gefallen. Gerade habe ich Ihnen mein Haus gezeigt und dann das.«

»Ja, das ist wirklich merkwürdig.«

»Haben Sie heute Abend für mich Zeit? Ich glaube, heute brauche ich mal Ihr Ohr, also wenn Ihnen das nicht zu viel ist.«

»Leider kann ich heute nicht. Herr Lemberg, das ist der Pressefotograf, will mir die Aufnahmen vom Steinbruch zeigen. Besser gesagt, ich bat ihn darum. Er wollte für mich extra die Aufnahmen vergrößern. Ich habe das Gefühl … ich muss einfach den Ort sehen, an dem mein Mann gefunden wurde.«

»Aber den Artikel, darüber haben Sie doch in der Zeitung gelesen.«

»Schon, aber man erkennt auf diesen Zeitungsfotos nicht viel. Es mag sein, dass es Unsinn ist, aber ich kann nicht anders. Ich brauche das für meinen Seelenfrieden. Vielleicht muss ich irgendwann selbst dorthin.«

»Soll ich mitkommen? Gehen Sie ins Pressearchiv?«

»Nein, er hat eine Dunkelkammer.«

»Mirjam, ich bin kein Psychologe. Aber ich glaube, das verstört Sie nur noch mehr. Tun Sie sich das nicht an, bitte.«

»Ich muss«, flüsterte Mirjam. »Bis bald.« Sie wartete seine Antwort nicht ab und legte auf.

## 35

*Donnerstag, 9. August, 17:05 Uhr, Karl Lemberg*

Mirjam stand schon seit einigen Minuten auf der Adalbert–, Ecke Leipziger Straße, immer auf der Hut vor neugierigen Blicken, als ein grüner Honda hupte. Sie erkannte Karl nicht sofort, erst als das Auto anhielt.

»Schnell, springen Sie rein«, rief Karl, der die Scheibe runtergelassen hatte.

Mirjam beeilte sich, denn schon hupte es hinter ihnen.

»Sie behindern den Verkehr«, rief ein Autofahrer, der abbremsen musste. »Entschuldigung«, rief Mirjam und stieg zu Karl ins Auto, der zügig davonfuhr.

»Ich habe mir den Abend für Sie freigeschaufelt, Mirjam. Wir können die Abzüge ganz in Ruhe machen.«

»Fahren wir zu Ihrer Wohnung?«

»Nein, ich habe einen Raum angemietet. Ist aber ganz in der Nähe meiner Wohnung in Rödelheim. Jetzt erzählen Sie mal. Was gibt es Neues?«

»Sie behalten das bitte für sich, ja? Ich meine, Sie geben das keinem Journalisten weiter?« Sie starrte auf die Fahrbahn. »Sie müssen aufpassen, auf der Leipziger kommen Ihnen ständig Fahrräder entgegen oder Fußgänger wechseln die Straßenseite. Es gibt da ein paar unübersichtliche Stellen.«

Karl verringerte das Tempo. »Also was soll ich für mich behalten? Und Mirjam, habe ich etwa jemals was ausgeplaudert?«

»Nein, natürlich nicht. Sie haben sich mehrfach als Freund bewiesen, deshalb erzähle ich Ihnen ja alles. Ich war gestern bei meinem Chef zu Hause. Wissen Sie, er ist sehr fürsorglich, beinah zu sehr. Nicht, dass mich das stört, es tat mir gut, wundert mich mittlerweile aber eher. Er will mir immerzu helfen. Die Polizei hat an der Kleidung meines Mannes Spuren von Bleichmittel gefunden.«

»Bleichmittel?«

Mirjam nickte. »Mir ist dann eingefallen, dass mein Chef Bleichmittel zum Bleachen der Zähne benutzt.«

»Ach herrje.«

»Ich wollte natürlich nicht anschwärzen. Ich habe schon zu viel falsch gemacht, also bin ich bei ihm gewesen und habe mir sein schönes Haus zeigen lassen, besser gesagt, das war mein Vorwand. Nur den Keller durfte ich nicht sehen. Ist das nicht merkwürdig? Er sagte, dass er dort Sachen für die Praxis aufbewahrt.«

»Oha, ich verstehe, was Sie meinen. War aber nicht ganz ungefährlich, einfach zu ihm zu gehen, Mirjam.«

»Ich weiß und bereue es beinah. Heute Morgen habe ich bei der Kommissarin angerufen, um ihr meine Bedenken mitzuteilen.«

»Das war richtig von Ihnen. Was Sie erzählen, klingt ja beinah, als ob Ihr Chef da mit drinsteckt.«

»Karl, er rief mich vorhin an, um mir von der Durchsuchung zu erzählen. Ich fühle mich furchtbar schlecht.«

»Hat er Sie verdächtigt?«

»Nein hat er nicht. Er hat immer Verständnis für meine Situation gehabt. Sagte mir, ich kann mir solange freinehmen, bis ich alles verdaut habe.«

»Das ist freundlich, kann aber auch Taktik sein. Stellen Sie sich vor, er wäre ein Mörder und Sie würden Ihren Verdacht verschweigen. Das wäre doch fatal.«

Karl hielt an der Ampel am Schönhof und blinkte nach rechts. »Wir sind gleich da. Nur noch über die Brücke, dann in die Rödelheimer Landstraße. Da ist es gleich.«

Mirjam kannte die Straße, Mike hat hier immer gern in der italienischen Großmarkthalle Weine und Fisch gekauft.

Etwa 200 Meter vor der Einfahrt zum italienischen Großmarkt hielt Lemberg an. »Das blaue Gebäude auf derselben Straßenseite ist es. Ich muss nur noch einen Parkplatz suchen.«

»Warum parken Sie nicht direkt davor? Da ist doch Platz.«

»Nein, da sind Lagerräume. Möglich, dass ein Lastwagen in die Einfahrt fährt. Ich wüsste zwar nicht, dass die restlichen Räume momentan vermietet sind, aber man weiß nie. Na, die Parklücke hier ist doch perfekt.« Karl parkte rückwärts ein und drosselte den Motor. »Kommen Sie, Mirjam. Vorsicht mit dem Verkehr. Tagsüber ist hier einiges los.«

Das große blaugestrichene Gebäude lag etwa zwanzig Meter abseits der Straße.

»Wir müssen da vorne hin. Mein Eingang befindet sich seitlich rechts.« Er zog einen Schlüsselbund aus der Hosentasche und liefen über eine Laderampe vor bis zu einer mit einem Vorhängeschloss gesicherten massiven Metalltür.

»Da drin befindet sich Ihre Dunkelkammer? Ich hätte keine Lust, da zu arbeiten.« Sie sah sich beunruhigt um. »Ich finde es hier wenig einladend. Haben Sie keine Angst, dass Sie überfallen werden?«

»Überfallen? Aber von wem denn?« Er amüsierte sich. »Ich besitze bestimmt kein Geld. Wissen Sie, ich suche die ganze Zeit nach einer größeren Wohnung irgendwo in Bockenheim, Nähe Leipziger Straße. Wenn Sie da mal was hören, dann denken Sie an mich. Ich brauche drei Zimmer, dann könnte ich meine Dunkelkammer auch zu Hause einrichten.«

Er öffnete die Tür, schloss sie und schob von innen einen Riegel vor. »Bitte sehr.« Er bedeutete Mirjam, ihm zu folgen.

Mirjam betrat den breiten Gang des finster wirkenden Gebäudes und blickte zur hohen Decke empor. »Mein Gott, hier passt ja beinah ein LKW rein.« An der linken Seite befand sich ein großer Lastenaufzug.

»Es gibt sogar noch eine Etage?«

»Ja, aber da oben war ich noch nie. Mein Raum befindet sich da hinten rechts.« Er schloss eine weitere Tür auf, ließ sie eintreten und verriegelte auch sie von innen. Dann bediente er einen Lichtschalter an der Wand. »Bisschen finster. Liegt daran, dass nur ganz oben ein paar schmale Fenster sind. Von außen vergittert, schlucken viel Licht. Ideal für eine Dunkelkammer.«

Mirjam fühlte sich unbehaglich. »Uh, definitiv nichts für mich, das ist mir hier zu unheimlich.«

Auf einem langen Tisch, der rechts an der Wand stand, türmten sich Berge von Fotos. Ein großes Waschbecken befand sich ganz hinten und auf der gegenüberliegenden Seite eine zweite Tür.

»Wo gehts dort hin?«

»Zeige ich Ihnen später. Ich kann Ihnen leider nur diesen wackligen Holzschemel anbieten, wenn Sie sich setzen wollen. Sie sehen ja, mehr Mobiliar habe ich hier nicht. Ich muss erstmal die Fotos vom Steinbruch finden. Dauert einen Moment. Wir werden die in Schwarz-Weiß abziehen. Ich finde immer, dass man mehr Details sehen kann. Ich habe schon zwei Wannen hingestellt.« Er deutete mit dem Kopf zu einem an der Wand befestigten Brett.«

»Ist da Entwicklerflüssigkeit drin?«

Karl nickte.

»Und daneben?«

»Bleichmittel, ich bin etwas altmodisch. Nicht alle Fotografen arbeiten so. Heutzutage schon gar nicht. Ich hingegen lege Wert auf gute Fotos. So wie man sie früher machte. Digitale Fotografie kann da kaum mithalten.

»Sie benutzen Bleichmittel?«

»Ja, Sie sehen, viele benutzen es. Nicht nur Ihr Chef.« Karl blickte auf und zwinkerte, plötzlich veränderte sich sein Ausdruck. Sein Blick wirkte kalt und verstörend.

Mirjam wurde eiskalt, denn sie begann zu begreifen. Verstohlen blickte sie zur Tür, während Karl sich wieder seinem Bilderstapel widmete und seelenruhig sagte: »Das mit der Tür können Sie vergessen, ich habe den Schlüssel einstecken.«

»Was meinen Sie? Ich versteh nicht recht.«

»Ich glaube, du verstehst mich sehr gut. Ich muss dich übrigens dringend bitten, sitzen zu bleiben. Solltest du aufstehen, werde ich dich niederschlagen, und glaube mir, ich kann sehr brutal werden. Aber warte, ich möchte dir doch ein ganz besonderes Foto zeigen.«

Karl zog ein Bild aus dem Stapel und legte es auf den Tisch, während er sich auf die Tischkante setzte. »Du hast viel durchgemacht, Mirjam? Das denkst du doch, oder? Dass ich nicht lache. Ich habe dich von diesem

Lackaffen befreit und du sagst, du hast viel durchgemacht. Weißt du, das mit dir wird mir langsam zu heiß. Erst hast du nur mit mir über den Fall gesprochen, dann weihst du Bohnstätter ein. Wer kommt als nächstes?«

Mirjam stand der kalte Schweiß auf der Stirn. »Aber Sie sind extra für mich zur Polizei gegangen, Karl. Warum haben Sie das getan?«

Karl lachte hämisch. »Warum wohl? Ach Mirjam, sei nicht so dumm. Weil ich von mir ablenken musste natürlich. Verstehst du nicht? Ich bin Autor. Ich habe keine Lust mehr auf diesen Scheißjob bei der Zeitung. Ich möchte Bücher schreiben. Gefällt dir übrigens mein Pseudonym? Ich mag es sehr. Schon seit meiner Kindheit liebte ich den Namen Tom.«

Mirjam starrte Karl ungläubig an.

»Ich wollte ein paar kleine Tricks von deinem Mann lernen, deshalb habe ich ihn hergebracht. Die Verlage wollten mich nicht, bin nicht bekannt genug. Dass ich genial bin, haben sie nicht mal bemerkt.«

»Ich gebe zu, dein Mann hatte was drauf. Ich habe alles gelesen, auch von dem Buck. Deshalb kam ich drauf, die beiden mitreinzuziehen. Dein Mann hat mir einige hilfreiche Verbesserungen geboten. Danach habe ich ihn erlöst. Er war ein armes Schwein. Du hättest keine Freude mehr an ihm gehabt, glaube mir.«

»Sie haben ihn hergebracht?« Mirjam starrte auf die zweite Tür, die sich am Ende des Raums befand.

»Ja, wir machen gleich noch eine Ortsbesichtigung. Erst möchte ich ein bisschen reden. Ach, sieh mal. Ich wollte dir ein hübsches schwarzweiß Foto zeigen. Dafür brauchte ich Bleichmittel.« Er hob ein Foto in DIN A4 Format.

Mirjam glaubte, sie müsse auf der Stelle ohnmächtig werden. Es zeigte ihren Mann. Er lag auf dem Boden auf der Seite. Nur in T-Shirt und Boxershorts. Seinen Kopf umrahmte eine schwarze Blutlache. Das Foto war von unten aufgenommen worden. Im Vordergrund befanden sich seine Füße.

Mirjam schrie auf. Blanke Knochen schauten weiß aus dunklem Fleisch hervor. Sie presste beide Hände vor das Gesicht.

»Hat was, oder? Beinah künstlerisch. Mal sehen, vielleicht verkaufe ich die Aufnahmen irgendwann an einen Liebhaber. Gibt so Menschen, die turnt der Anblick an.«

»Sie sind ja wahnsinnig!«

»Ne, nur wahnsinnig blöd, wenn ich dich am Leben lasse. Bis vorhin war ich mir noch nicht sicher, was ich mit dir anstellen soll. Aber als dir beim Erwähnen des Bleichmittels der Groschen fiel, war mir klar, dass du verschwinden musst. Dabei habe ich überlegt, ob ich dich später mal heiraten sollte. Stell dir das nur vor. Ich glaube, wir hätten sogar eine Chance gehabt.«

Mirjam starrte noch immer auf das Bild. »Was ist mit seinen Füßen geschehen?«

Die Ratten haben ihn angefressen. Diese Viecher schrecken vor nichts zurück.«

»Das waren Ratten?«

»Na was denn sonst? Du kannst Fragen stellen. Ich sagte doch bereits, hier wimmelt es nur so von den Viechern. Hier gab es nämlich ein Lebensmittellager. Kannst dir denken, dass die sich da wohlgefühlt haben. Jetzt ist das Lager leer. Da wurden die Biester hungrig. Ich bin ja kein Unmensch. Habe denen einen Leckerbissen gegönnt. Übrigens, die Klamotten habe ich ihm ausziehen müssen. Da ist mir etwas Bleichmittel ausgelaufen. Auf der Unterwäsche habe ich nichts gefunden, sonst hätte ich ihn nackt weggeschafft.«

Mirjam überlegte verzweifelt. Sie hatte nur eine Chance zu entkommen, wenn sie Karl den Fuß in den Schritt rammte. Er saß vor ihr am Rand des Tisches.

Jetzt. Ihr Fuß schnellte hoch, doch Lemberg war schneller, packte ihr Bein und riss sie vom Schemel zu Boden. Sie schrie auf: »Du Schwein. Du wahnsinniges Schwein!«

Er schlug ihr so fest ins Gesicht, das sie Lichtblitze wahrnahm, bevor ihr Körper erschlaffte.

*

Lemberg packte ihre Beine und schleifte Mirjam zur hinteren Tür. Ihr Handy fiel aus ihrer Gesäßtasche zu Boden. Er hob es auf, warf es auf den Tisch und schleifte Mirjam durch den angrenzenden Raum zur Matratze, auf der auch Mike Mikkels bis zu seinem Tod gelegen hatte. Zum Glück hatte er das Ding nicht entsorgt.

»Du willst wissen, wie es ihm vor seinem Tod ergangen ist? Ich habe nichts dagegen«, murmelte er. Aus dem Nebenraum holte er einen Eimer, den er neben die Matratze stellte, dann verließ er den Raum und sperrte zu.

*

»Hallo, Doktor Bohnstätter, Scharf hier, Mordkommission.«

»Was wollen Sie, bin ich verhaftet?«

»Ganz im Gegenteil. Die Ermittlung gegen Sie wird eingestellt. Uns liegen, was Sie betrifft, keine Beweise und Spuren für eine Entführung von Herrn Mikkels vor. Außerdem haben Ihre Sprechstundenhilfe und auch die Putzfrau bestätigt, dass Sie sich zum Zeitpunkt des Mordes an Herrn Schadt in Ihrer Praxis befanden.«

»Und darüber soll ich mich jetzt freuen? Zumal ich diesen Schadt nicht einmal kenne? Wissen Sie, ich wohne in der Broßstraße. Habe dort Nachbarn und als Zahnarzt außerdem einen Ruf zu verlieren. Glauben Sie, meinem Ansehen hat die Durchsuchung nicht geschadet?«

»Das tut uns wirklich leid. Aber bei einem, besser gesagt bei zwei Mordfällen können wir leider keine Rücksicht auf das Umfeld verdächtiger Personen nehmen. Wir werden Sie gewiss nicht länger belästigen.«

»Ich habe Frau Mikkels bereits telefonisch von dieser Ungeheuerlichkeit berichtet.«

»Wir wollten sie auch sprechen, erreichen sie aber nicht. Ihr Handy ist ausgeschaltet. Das ist merkwürdig.«

»Sie sagte mir, sie sei mit Karl Lemberg verabredet. Er hat für sie das Foto vom Steinbruch vergrößert. Das wollte sie sich unbedingt ansehen. Er hat wohl eine Dunkelkammer.«

»Wissen Sie, wo die sein soll?«

»Keine Ahnung.«

»Wann waren die beiden verabredet?«

»Heute, die genaue Uhrzeit kenne ich nicht.«

*

Mirjam zitterte und ihr Kopf schmerzte. Ihre Nase war geschwollen und blutverkrustet. Sie lag auf einer widerwärtig stinkenden Matratze. War Mike in diesem Raum gefangen gewesen?

Mirjam überkam eine unbändige Wut, die ihre Ängste bei weitem besiegte. Ihr Handy. Sie hatte es in die Jeanstasche geschoben. Hektisch tastete sie danach. Es war weg.

»Verdammter Mist!«, schrie sie. »Lass mich raus, du Miststück! Damit kommst du nicht durch!«

Keine Geräusche. Vielleicht war er nicht mehr hier? Verdammt, was sollte sie bloß tun? Und sie hatte den armen Dirk Bohnstätter verdächtigt. Er würde ihr nie verzeihen.

Klick, klick, klick.

Was waren das für Geräusche? Hörte sich an als ob winzige Füße eilig über den Boden trippelten.

Stöhnend setzte Mirjam sich auf. Etwas huschte an ihr vorbei. Sie schrie auf. Das war eine Ratte. Kein Zweifel. Das war nicht nur eine. Sie würden sie anfressen wie Mike!

Neben dem Bett stand ein Blecheimer. Sie packte ihn und warf ihn scheppernd in die Richtung, in der sie das Tier vermutete. Es folgte ein lautes Quietschen. Sie hatte es erwischt.

»Ihr werdet es nicht wagen, mir zu nahe zu kommen.«

Wieder musste sie an Bohnstätter denken und eine winzige Hoffnung keimte auf. Sie hatte bei ihrem Telefonat erwähnt, dass sie sich mit Lemberg treffen wollte, sogar den Grund hatte sie erwähnt. Wenn sie nun in den nächsten Tagen nicht erreichbar war, würde er die Polizei informieren und von ihrem Gespräch berichten.

»Bitte, bitte, bitte«, murmelte sie.

Lemberg hatte bei ihr einen Schalter umgelegt. Aus Trauer um ihren Mann war Hass gegen den Mann geworden, der Mike getötet hatte und vermutlich auch Schadt, warum auch immer. Es war ihr egal.

Ein plötzlicher Gedankenblitz. Lemberg sprach von irgendwelchen Korrekturen, also hatte Mike etwas zum Schreiben bekommen. Mit Papier und Stift würde sie versuchen, eine Nachricht zu hinterlassen, wäre sie in Mikes Lage gewesen.

Angestrengt sah sie sich um. Sie hockte sich auf die Knie und schob die Matratze zur Seite, darunter entdeckte sie ein Stück Papier. Sie konnte vor Aufregung kaum atmen. Vorsichtig zog sie das angerissene Stück Papier hervor. Es war beschrieben.

Verdammt, so wenig Licht. Sie hielt das Papier näher in das spärliche Licht und erstarrte. Das war Mikes Handschrift.

»Mike«, seufzte sie und begann zu lesen, nicht ohne zu unterbrechen, weil ihr Tränen den Blick verschleierten.

»Reiß dich zusammen, verdammt«, murmelte sie.

»... leb wohl geliebte Mirjam, finde diesen Mistkerl.« Immer und immer wieder las sie Mikes Zeilen und seine letzten Worte. Sie waren sehr unleserlich geschrieben und ein wenig verwaschen.

Ob auch er geweint hatte? Er musste bereits sehr schwach gewesen sein. Eines aber tröstete sie: Er war nicht mehr böse auf sie gewesen. Er hatte an sie gedacht bis zum Schluss. Sie wusste, es war keine Einbildung gewesen.

»Ich bin jetzt hier ebenfalls gefangen, Mike. Ich weiß nicht, ob ich dich noch rächen kann. Dieser Mann ist wahnsinnig.« Sie faltete den Zettel und schob ihn tief in ihre Jeanstasche. Ihre einzige Hoffnung blieb Bohnstätter.

# 36

*Donnerstag, 21:30 Uhr, Polizeipräsidium*

Der Beamte des Einsatzwagens auf der Leipziger Straße hatte bemerkt, dass Mirjam Mikkels gegen 21 Uhr entgegen der Vereinbarung nicht nach Hause gekommen war. Nachdem auch mehrfaches Klingeln an der Haustür erfolglos blieb, verständigte er den Kriminaldauerdienst.

Bis die Beamten vor Ort waren, traf auch der Hausmeister mit einem Zweitschlüssel ein.

»Geben Sie uns den Schlüssel. Zu gefährlich, wer weiß, was wir dort vorfinden«, sagte einer der Beamten.

Der Hausmeister gab dem Beamten den Schlüssel. »Oberste Etage.«

»Warten Sie bitte hier.«

Beide Polizisten zogen ihre HK P30 aus den Holstern. Einer schob, so schnell und geräuschlos wie möglich, den Schlüssel ins Schloss, während der Kollege die Waffe im Anschlag hielt und den Pistolenschlitten zurückzog. Dann stürmten sie die Wohnung, in der sich jedoch niemand befand. Daraufhin wurde das Fachkommissariat informiert, nämlich Burschel und Scharf.

*

Mirjam hielt sich standhaft die Ratten vom Hals. Seit einiger Zeit saß sie auf dem Matratzenrand und lauschte angestrengt auf Geräusche aus dem Nebenraum. Wo auch immer Lemberg gewesen war, er war zurückgekehrt. Allerdings machte es augenblicklich nicht den Anschein, als ob er die Tür öffnen wollte. Zuerst wollte sie schreien, entschloss sich aber zu einer anderen Taktik. Dazu musste er zu ihr kommen. Sie war so aufgeregt, dass sie ihren Pulsschlag im Kopf wahrnahm.

Jetzt bloß keinen Fehler machen, sonst war sie verloren. Dieser Mann würde sie ebenso qualvoll zugrunde richten, wie er es mit Mike getan hatte. Dieses Dreckschwein.

Ein Geräusch an der Tür. Der Riegel bewegte sich. Mirjam warf sich auf die Matratze und stellte sich schlafend.

Die Tür sprang quietschend auf. Lemberg verharrte eine Weile auf der Schwelle, bis er leise eintrat. Sie roch seinen Schweiß. Er näherte sich ihr, blieb stehen.

Mirjam blinzelte, er stand direkt vor ihr. Sie riss das Bein hoch und traf ihn in den Schritt. Er schrie auf, taumelte. Sie hechtete hoch, verpasste ihm einen zweiten Tritt. Er stöhnte, rang nach Luft, fiel aber nicht. Stattdessen versuchte er, ihr mit der Faust ins Gesicht zu schlagen. Sie verhinderte das, indem sie den Ärmel seiner Jacke packte, ihn in die Hand biss, und sich ihre Zähne in sein Fleisch bohrten. Ein gellender Schrei, seine freie Faust traf sie auf die Wange. Sie stürzte. Er taumelte aus dem Raum. Die Tür fiel mit einem lauten Schlag zu, Mirjam hörte erneut den Riegel.

Wimmernd hielt sie sich die Wange. Ihr Angriff war gescheitert. Dies war ihre letzte Chance gewesen.

*

Die Schlampe hatte ihn heftig getroffen. Noch immer waren die Schmerzen kaum zu ertragen.

»Das zahle ich dir heim, verlass dich drauf«, röchelte er.

Er lag mit angezogenen Beinen seitlich auf dem Betonboden und versuchte, den Schmerz zu veratmen. Erst jetzt registrierte er die Bisswunde, die sie ihm zugefügt hatte. Die Hand blutete.

»Scheiß Tussi, das bereust du.«

Eine halbe Ewigkeit dauerte es, bis er in der Lage war, sich aufzurichten. Von einer Küchenrolle, die auf dem Tisch lag, riss er einen langen Streifen ab und umwickelte damit die verletzte Hand. Er musste nach Hause fahren, um sich vernünftig zu verarzten.

Er verließ den Raum, verriegelte die Tür sorgfältig von außen, schloss zweimal ab und schlurfte gekrümmt über die Straße zu seinem Auto. Noch immer sickerte Blut aus der Wunde und tropfte trotz des provisorischen Verbandes auf seine Kleidung. Mit der anderen Hand öffnete er die Fahrertür seines Honda und ließ sich stöhnend auf den Sitz gleiten.

»Du Dreckschlampe. Ich werde dir zeigen, was Schmerzen sind.« Gerade als er ausparken wollte, fuhr ein Streifenwagen mit Blaulicht an ihm vorbei. »Scheiße, beinah hätte der mich gerammt, auch das noch.«

Als er wenige Minuten später in seine Straße einbog, sah er einen Streifenwagen vor seinem Haus stehen. Zufall? Ganz sicher nicht. Er wendete unverzüglich und fuhr zurück.

*

Zunächst waren Scharf und Burschel um das Wohnhaus herumgelaufen. Lemberg wohnte im Erdgeschoss. Kein Licht drang durch die Fenster. Dann hatten sie im Haus geklingelt, bis sie von einem laut fluchenden Nachbarn eingelassen wurden.

»Verdammt, es ist nach elf. Ich habe schon geschlafen«, schimpfte der Mann.

»Wir sind von der Kriminalpolizei«, erklärte Burschel. »Wissen Sie, ob Herr Lemberg zu Hause ist?«

»Woher soll ich das wissen? Klingeln Sie halt bei ihm. Hat er etwa was angestellt?«

»Darüber dürfen wir keine Auskunft geben.«

»Sie haben ihn nicht zufällig heute Abend gesehen?«

»Ich habe ihn vorhin wegfahren sehen.«

»Vorhin, wann war das genau?«

»Nachmittags, keine Ahnung wann. Glauben Sie, ich gucke dabei auf die Uhr?«

»War er allein?«

»Der ist immer allein, jedenfalls habe ich ihn noch nie in Begleitung gesehen.«

»Was fährt er für ein Auto?«

»Einen grünen Honda. Sie können ja auf der Straße nachsehen. Ist so'n hellgrünes Auto. Wenn es da steht, ist er zu Hause.«

»Kennzeichen?«

»Das kenne sogar ich, weil es so einfach ist: F: KL123.«

*

Burschel forderte einen weiteren Dienstwagen an, um Lembergs Haus zu überwachen, falls er auftauchen sollte.

»Ich möchte wetten, dass die Mikkels noch bei ihm ist, und zwar unfreiwillig. Wir geben jetzt die Fahndung raus.«

Über Funk kontaktierte Burschel seinen Kollegen Sebastian Dorn im Polizeipräsidium.

»Hi Bastian, hier Burschi, gib mal folgende Meldung an die Einsatzwagen: Gesucht wird ein Honda, hellgrün, Kennzeichen: F: KL123. Der Besitzer heißt Karl Lemberg. Er hat möglicherweise Mirjam Mikkels in seiner Gewalt.«

»Wird erledigt. Wo seid ihr gerade?«

»Schönhofbrücke.«

»Kehrt mal um. Wir haben eben den Anruf einer älteren Dame bekommen, die wohnt in der Rödelheimer Landstraße, gegenüber einer blauen Lagerhalle. Heute Nachmittag hat sie gesehen, wie ein Mann und eine Frau, die ihr bekannt vorkam, in das leerstehende Gebäude gegenüber ihrem Haus gegangen sind. Sie sind übrigens aus einem grünen Auto ausgestiegen, behauptet sie. Sie habe nicht schlafen können und vor etwa einer Stunde ist der Mann, der offenbar verletzt war, allein in sein Auto gestiegen und fortgefahren. Im Nachhinein glaubt sie in der Frau, Mirjam Mikkels erkannt zu haben. Sie hat sie erst kürzlich auf einem Zeitungsfoto gesehen.«

Burschel stellte das Blaulicht an und machte an der Ampel nach Bockenheim einen U–Turn. »Wo genau befindet sich diese Lagerhalle?«

»Rödelheimer Landstraße 39. Ein hellblaues Gebäude, nicht zu übersehen. Verstärkung ist unterwegs. Verzichtet aber bloß auf das Martinshorn.«

»Was denkst du denn, ich bin doch kein Anfänger?«

»Na dann mal los«, sagte Scharf. Burschel gab Gas.

Die Rödelheimer Landstraße zog sich, doch die Lagerhalle war selbst im Dunkeln durch ihre ungewöhnliche Farbe nicht zu übersehen. Burschel parkte in einer

Bucht vor der Frontseite und stellte die Scheinwerfer aus. Kurz darauf trafen zwei weitere Streifenwagen ein.

»Zwei Beamte bleiben hier vorne stehen. Meine Kollegin und ich gehen rechts um das Gebäude, ihr links«, wies Burschel die Kollegen leise an.

»Hat jemand Lembergs Fahrzeug gefunden?«

»Nein«, sagte einer der Beamten.

Mit Taschenlampen und die HK P30 im Anschlag schlichen die Polizisten aufmerksam ums Haus.

»Guck mal da oben auf der Rampe. Dort ist eine Tür«, raunte Scharf. »Siehst du das Vorhängeschloss? Es ist nicht verschlossen.«

Burschel leuchtete auf die Tür. »Wir müssen da hoch.« Er legte seine Taschenlampe auf den Boden und zog das Funkgerät aus der Tasche. »Brauche an der Ostseite Verstärkung.«

*

Lemberg hatte sein Auto etwa hundert Meter weiter auf den Parkplatz des italienischen Großmarktes *Venos* gestellt. Dort gab es ein paar von der Straße nicht einsehbare Plätze, die in der Nacht niemandem auffallen würden. Zum Glück hatte er die Bullen noch rechtzeitig gesehen. Nach Hause konnte er vorläufig nicht mehr. Wie kamen die nur darauf, mitten in der Nacht zu seiner Wohnung zu fahren? Die Schlampe musste geredet haben. Er bewaffnete sich mit einer Wasserflasche, die im Auto gelegen hatte, und öffnete die Tür zu ihrem Verschlag. Dieses Mal trickste sie nicht. Sie saß auf der Bettkante und starrte ihn an. Er hob die Flasche.

»Siehst du das? Frankfurt sucht den Flaschenmörder.« Er schwenkte die Flasche hin und her. Wenn du dich rührst, schlag ich dir damit deinen hübschen lockigen Schädel ein. Ich muss ja jetzt als Flaschenmörder meinem Image treu bleiben. Verlass dich drauf. Wem hast du erzählt, dass du dich mit mir triffst?«

»Wie kommen Sie darauf? Wem sollte ich davon erzählen? Ich hielt Sie für einen Freund. Vielleicht sind die selbst dahintergekommen, dass da irgendwas nicht stimmt, falls Sie die Polizei meinen. Mein Haus wird bewacht und ich bin nicht nach Hause gekommen.«

»Quatsch, du konntest deinen Mund nicht halten. Ihr Weiber seid doch alle gleich. Also nochmal, hast du Bohnstätter davon erzählt?«

»Ich habe nichts gesagt, wirklich nicht.«

»Du falsche Schlange, ich glaub dir kein Wort. Am liebsten würde ich dich auf der Stelle erschlagen. Aber vielleicht brauche ich dich noch und außerdem will ich dich leiden sehen, kleines Miststück. Für das da!« Er hielt ihr seine verbundene Hand vor die Nase. »Und für den Tritt. Du wolltest wissen, wie dein Mann gestorben ist? Du sollst es am eigenen Leib erfahren. Ich werde alles überwachen und über dein Ableben einen Thriller schreiben. Klingt gut, was? Für irgendwas musst du ja gut sein.« Er lachte gehässig.

»Sie sind krank. Die Kripo wird Sie finden. Lassen Sie mich frei!«

»Sag mir nicht, was ich zu tun habe!«

Ein Geräusch ließ ihn innehalten. Er drehte sich um und horchte. In diesem Moment sprang Mirjam auf, riss den Eimer vom Boden, holte aus und traf Lemberg hart am Kopf. Lemberg brach zusammen. Sie rannte durch die offenstehende Tür und schmiss sie zu. In ihrer Eile übersah sie den Hocker, auf dem sie vorhin gesessen hatte. Sie stolperte und fiel. Jetzt hörte sie von draußen einen Schlag gegen die Tür. Sie rappelte sich auf, drehte sich ängstlich um. Lemberg war noch nicht aufgetaucht. Sie hastete zur Eingangstür. Verdammt, Lemberg hatte den Schlüssel eingesteckt. »Hilfe ich bin hier drin? Hört mich jemand?«, rief sie.

»Polizei, öffnen Sie die Tür.«

»Ich kann nicht. Die Tür ist verschlossen.« Wieder drehte sie sich um. Jeden Moment konnte Lemberg kommen und sie überwältigen.

»Gehen Sie von der Tür weg. Wir werden sie aufschießen.«

»Ja.« Mirjam rannte wieder zurück und drückte sich an die Wand. In diesem Moment riss Lemberg die Tür auf. Sein Gesicht blutüberströmt, in der Hand der Flaschenhals einer zerbrochenen Glasflasche. Mirjam schrie auf. Mit wutverzerrtem Gesicht stürmte er auf sie zu. Er packte Mirjam bei den Haaren, und hielt ihr das zerbrochene Glas an die Kehle.

»Ein Mucks und ich ramme dir das Ding rein«, zischte er.

Ein Schuss, das Holz des Türrahmens splitterte.

»Rühr dich nicht«, schrie Lemberg. Ein zweiter Schuss, ein dritter. Tritte gegen die Tür. Die Angeln lösten sich. Erneut Tritte. Die Tür krachte in den Raum. Die Waffen der Polizisten zielten auf Mirjam und Lemberg.

Mirjam riss panisch die Augen auf.

»Lassen Sie die Frau los, Lemberg!«, schrie Burschel.

»Nein, lassen Sie die Waffen fallen, sonst ramme ich ihr das Glas in die Kehle.«

Scharf legte ihre Waffe auf den Boden. »Beruhigen Sie sich, Herr Lemberg. Machen Sie es nicht noch schlimmer. Sie kommen hier nicht raus.«

Lemberg lachte. »Das glauben Sie wirklich? Nein, allein komm ich hier nicht raus, aber mit ihr. Sie machen mir den Weg frei, sonst wird die Frau sterben.«

Scharf hob die Arme, ging langsam auf die beiden zu. »Lassen Sie die Frau los und nehmen Sie mich, das ist fair. Ich gehe mit Ihnen raus. Aber lassen Sie die Frau los.«

»Ich denke nicht dran. Das ist ein fauler Trick. Los, weg von der Tür!«

Ein stechender Schmerz ließ Mirjam aufschreien, als Lemberg ihr in den Hals schnitt.

»Sehen Sie, so geht das. Sagen Sie Ihren Kollegen, sie sollen die Waffen runternehmen.«

Scharf blieb stehen. Urplötzlich schrie sie: »Achtung Lemberg, hinter Ihnen.«

Lemberg drehte erschrocken den Kopf zur Seite und ließ die Flasche fallen. In dem Moment schnappte Scharf Mirjams Arm und riss sie zur Seite.

»Keine Bewegung!«, rief Burschel, dessen Revolverlauf auf Lembergs Brust zielte. »Arme hoch!«

Einer der Polizisten packte Lembergs Arme, zog sie hinter dessen Rücken und fixierte die Hände mit Fesseln.

»Sie sind wegen zweifachen Mordes und versuchten Mordes verhaftet, Karl Lemberg. Sie sind berechtigt, einen Anwalt hinzuzuziehen. Jedes Wort, dass Sie äußern, kann gegen Sie verwendet werden.«

*

Karl Lemberg hatte ein umfassendes Geständnis über seine Taten abgelegt. Alles begann mit den brutalen Erziehungsmethoden einer offenbar psychisch kranken

Mutter. Schon damals erfand Karl Lemberg ein Alter Ego, um sich vor Strafen zu schützen.

»Kennen Sie noch den Film: *Mein Freund Harvey*?

Ein Klassiker, er stammte aus den Fünfzigern. Ein Millionär erfindet einen imaginären Hasen, mit dem er durch die Kneipen der Stadt zieht. Nun bin ich zwar kein Millionär, aber der Film hat mich als Kind sehr beeindruckt, und deshalb erfand ich Tom.«

Zum Vornamen war sehr viel später der Nachname gekommen, unter dem Karl Lemberg auch seine Bücher veröffentlichen wollte. Lemberg wurde dem Haftrichter übergeben. Sein PKW wurde am nächsten Tag von der Polizei gefunden und sichergestellt. Lemberg genoss seinen letzten großen Auftritt allerdings ganz offensichtlich. Er berichtete in epischer Breite über jeden Gedankengang und jede Handlung während seiner brutalen Taten. Er wolle daraus einen authentischen Krimi machen, der seinen Lesern den Atem verschlagen sollte.

Ein psychiatrisches Gutachten ergab, dass Lemberg nicht zurechnungsfähig war und eine lebenslange Sicherungsverwahrung in einer psychiatrischen Anstalt absitzen musste.

Klaus Heimann nahm schon bald Kontakt mit Lemberg auf. Mit ihm als Agenten würde Lembergs Werk doch noch zum Kassenschlager werden, davon war der Agent überzeugt. »Wann liest man schon ein Buch, geschrieben von einem echten Mörder.«

Mirjam Mikkels erholte sich nur langsam von den Schrecken der vergangenen Wochen. Der Brief, den ihr Mann in seinen letzten Zügen verfasst hatte, war zu spät gekommen. Doch wenigstens wusste sie nun, dass er sie bis zum Schluss geliebt hatte. Geholfen hatte ihr letztendlich die unumstößliche Freundschaft zu Bohnstätter, der ihr auch bei der Beisetzung ihres Mannes zur Seite stand. Selbst als sie ihm gestand, dass Sie diesen unsäglichen Verdacht gegen ihn geäußert hatte, brachte er Verständnis auf. Später wurde ihr klar, dass sie diesen Mann in ihrem künftigen Leben nicht missen wollte.

Will Buck, alias Zoltan Német, fühlte sich befreit, als man ihn jeglichen Verdachts enthob, und schrieb weitere Bestseller.

# Epilog

*Ihr glaubt, ihr habt mich geschnappt? In Wahrheit bin ich der Sieger. Ich habe es geschafft. Nun werde ich endlich berühmt, nicht nur für meine Taten. Ich werde mein Werk in Ruhe vollenden. Danach plane ich sorgfältig meinen Ausbruch und dann Gnade euch Gott, Mirjam Mikkels und Uta Scharf. Da kann dir auch dein neuer Freund nicht helfen. Ja, ihr seid jetzt verbandelt, du und dieser Burschel, stimmt's? So was entgeht mir nicht. Auch hier nicht.*

*Meine Psychologin wickle ich um den Finger. Wenn ich so tue, als sei ich einsichtig, steckt sie mir die neuesten Neuigkeiten zu. Schon bald wird euch allen da draußen Hören und Sehen vergehen. Das schwöre ich, so wahr ich lebe, und ich werde lange leben. Genießt die wenige Zeit, die euch noch bleibt, bevor ich zu euch zurückkehre.*

*ENDE*

# Danksagung

Mein Dank gilt allen Personen, die geduldig zuhörten, als ich über das Entstehen dieses Buches berichtete.

Die Strafverteidigerin Gabriele Rittig half und hilft mir bei rechtlichen Fragen.

Meine Tochter Mareike hat mich als Ärztin nicht nur über die Hutkrempenlinie aufgeklärt, vielen Dank für deine Tipps.

Meine kriminellen Gedanken hat sich der Zollfahnder a. D. Hubert Huhn mit viel Geduld angehört, mich korrigiert und mir wertvolle Tipps gegeben. Ich werde die HK P30 in meinen folgenden Krimis mit größter Vorsicht einsetzen, lieber Hubert.

Ganz herzlich möchte ich mich bei dem Leiter des Instituts für Rechtsmedizin, Professor Doktor Marcel A. Verhoff, bedanken, der mich nicht nur durch sein beeindruckendes Institut geführt, sondern auch wertvolle Eindrücke gewährt – und viel erklärt hat. Er hat in meinem Manuskript freundlicherweise sogar die Passagen korrigiert, die mit dem Auffinden der Opfer und der darauffolgenden Obduktionen zusammenhängen. Das war einfach großartig.

Meddi Müller
REITERHOF
*Ein Frankfurt-Krimi*

**kartoniertes Buch**
ca. 330 Seiten
13,00 EUR [D]
ISBN 978-3-948972-44-8
ET: April 2022

**Ebook epub**
ISBN 978-3-948972-45-5
**Ebook PDF**
ISBN 978-3-948972-46-2

Der junge Pferdewirt Peter Freiwald wird vermisst. Auf Drängen ihres Vorgesetzten, der dem Wachleiter in Bergen-Enkheim noch einen Gefallen schuldet, übernehmen Shaft und Grotte unter Protest den Fall.

Schnell weisen die Indizien darauf hin, dass Peter Freiwald schon längst unfreiwillig aus dem Leben geschieden ist. Grotte und Shaft stoßen auf ein Geflecht aus Lügen, Intrigen, Eifersucht und Manipulation. Doch zu einem Mord fehlt ein entscheidendes Detail: Die Leiche.

Franziska Franz
MAINKURTOD
*Ein Frankfurt-Krimi*

**kartoniertes Buch**
272 Seiten
13,00 EUR [D]
ISBN 978-3-946734-23-9
lieferbar

**Ebook epub**
978-3-946734-24-6

Es hätte ein Traumjob sein können: die Stelle als Maklerin in Frankfurt, eine Kollegin, mit der sie sich auf Anhieb versteht. Doch dann erfährt Marlene von der Ermordung und dem mysteriösen Verschwinden ihrer Vorgängerinnen.

Kurz darauf findet sie sich selbst eingesperrt in einem stockfinsteren Raum wieder, ohne Erinnerung an die letzten Tage. Damit nicht genug: Zu ihrem Entsetzen entdeckt sie in einer Tonne eine Leiche – und ist sich sicher: Sie wird die nächste sein.. Was ist faul bei Immobilien Richter? Wer hat es auf die Maklerinnen abgesehen? Marlene muss sich erinnern. Denn zum Entkommen bleibt ihr nicht mehr viel Zeit ...

Franziska Franz

# DAS GEHEIMNIS DES ROTEN HAUSES

*Ein Frankfurt-Krimi*

**kartoniertes Buch**
192 Seiten
13,00 EUR [D]
ISBN 978-3-946734-63-5
lieferbar

**Ebook epub**
978-3-946734-64-2

Über Jahre hinweg war der Wiederaufbau der Frankfurter Altstadt eine umstrittene Großbaustelle – nun ist Frankfurts historisches Zentrum wieder bewohnt. Doch nicht jeder Einwohner hat eine reine Weste. Als ein Geheimnis droht, enthüllt zu werden, kommt es zu einem brutalen Verbrechen. Kommissar Weigand übernimmt die Ermittlungen ohne zu ahnen, dass er damit nicht nur sich, sondern auch seine Familie in Gefahr bringt.